MARCELA SERRANO

El albergue
de las mujeres tristes

punto de lectura

© Marcela Serrano, 1997
© Aguilar Chilena de Ediciones Ltda. (Primera edición, 1997)
© Aguilar, Altea, Taurus, Alfaguara, S.A., (Primera edición, 2000)
© De esta edición, Suma de Letras Argentina S.A., 2002
Paseo Colón 221, 6º piso, Ciudad de Buenos Aires

ISBN: 987-1106-00-9
Hecho el depósito que indica la ley 11.723

Impreso en la Argentina. *Printed in Argentina*
Primera edición: septiembre de 2002

Diseño de colección: Ignacio Ballesteros
Ilustración de cubierta: *La desserte,* de Henri Matisse (detalle)

Impreso por Printing Books
Gral. Díaz 1344, Avellaneda, Buenos Aires, Argentina

MARCELA SERRANO

El albergue
de las mujeres tristes

Para Elisa y Margarita,
mis hijas

Índice

PRIMERA PARTE

Desangrado son corazón

Dónde esperaremos si el amor no llega.
Cubiertas de qué estas heridas.

ANTONIO GIL,
Los lugares habidos

Uno

El amor se ha vuelto un objeto esquivo: fue la última ráfaga en la mente de Floreana Fabres mientras leía *Bienvenidos* en un largo letrero a todo lo ancho del camino. El destartalado autobús cruza la entrada del pueblo y ella mira por la ventanilla: la sorprende el brillo del azul. Floreana había olvidado completamente el cielo.

Desciende y estira las piernas. Sobre su cuerpo pesan demasiadas horas de carretera, sumadas al vaivén del transbordador que la trajo desde Puerto Montt a la isla, y a los innumerables caminos de tierra por los que el bus ha debido internarse para llegar hasta el pueblo donde se encuentra el Albergue. Mide sus fuerzas con la maleta en una mano y la mochila sobre la espalda: sí, piensa, me la puedo todavía. Con los ojos busca la colina anunciada: de modo casi espectral se eleva el Albergue, recortado sobre el fondo del promontorio que mira al mar. El entusiasmo que el verde invernal le produce y las ansias por llegar la obligan a desentenderse del peso de su equipaje, y comienza animosamente el ascenso. Absorta, avanza por la senda polvorienta y apenas da una ojeada a la clásica iglesia de tejuelas, rodeada de casas y boliches. Identifica solamente los rótulos inevitables en la plaza de cualquier pueblo que merezca llamarse así, por muy dejado que esté de la mano de Dios: *Municipalidad, Escuela, Bomberos, Policlínico, Retén de Carabineros…*

Empinada es la ladera que deja atrás el pueblo.

Atisba en la cima, en medio de una espesa arboleda, esa curiosa construcción de madera a la que su fantasía ha llegado mucho antes que ella, y la excitación le impide oír el llamado del mar, allá abajo…

Aparece de pronto un hombre, o una parodia de tal: su cuerpo encorvado se halla cubierto de sucias lanas blancas y sus pies desnudos saltan como los de un conejo. Con una enorme sonrisa desdentada balbucea algo incomprensible mientras alivia a Floreana del peso de su maleta. Ella lo sigue hasta la puerta misma del Albergue.

—Buenos días, soy Maruja —se presenta una mujer que la recibe allí—. Tenía que habernos avisado a qué hora llegaba… ¡Miren que subiendo sola esa maleta! Si el Curco se la traía en un dos por tres… Porque usted debe ser la señorita Floreana, ¿verdad?

La mujer no espera respuesta, le basta la sonrisa tímida que Floreana le devuelve. Se limpia tres veces seguidas las manos en un delantal que no muestra huella alguna de suciedad.

—La estábamos esperando —continúa—. Bienvenida, bienvenida… Pase, le voy a avisar al tiro a la señora Elena.

16

Maruja, repite para sí misma Floreana, observando la figura gruesa y oscura, plantada en la puerta con su impecable delantal. Y cuando una leve brisa le limpia la fatiga del rostro, ella le agradece y piensa que le habría gustado sentirse siempre así. Y haber sido leve.

—Adelante, Floreana, aquí está tu casa —Elena abre la puerta de la cabaña tras cruzar un pequeño porche donde se acumula la leña.

Son cinco cabañas, cada una equipada para cuatro habitantes. Voy a vivir por tres meses entre veinte mujeres, más Elena que equivale ella sola a unas diez, medita Floreana mientras curiosea a su alrededor, sintiendo que se la tragan el olor de la madera y la tibieza de una salamandra encendida en la pequeña sala de estar. Al centro ve una mesa con cuatro sillas, y detrás una pequeña cocinilla adosada a la pared. Pero antes de fijarse en el escaso mobiliario, le llama la atención un libro abierto sobre la mesa del desayuno. Lo toma para leer su título: *New Economics in the United States*.

—¡Por favor…! ¿Quién lee esto? —pregunta con el tono de las que nunca aprendieron matemáticas más allá de las cuatro operaciones básicas.

Elena se acerca con una calma que, Floreana sospecha, nunca la abandona.

—Constanza, no cabe duda.

—¿Constanza?

—Sí, tu compañera de baño.

—¿De baño o de dormitorio?

—No, cada pieza tiene una sola cama.

—¿Y no has pensado aprovechar el espacio con dos camas por pieza?

—No, Floreana. Cualquier reparación posible pasa por dormir sola.

Mira a Elena sintiéndose un poco idiota y no se le ocurre qué decir.

—Tenemos un baño cada dos dormitorios, pero cada una tiene acceso propio —Elena continúa en su papel de anfitriona—. Cuando tú lo ocupas, cierras por dentro el pestillo de la otra puerta.

Entra al baño y hace la demostración. Floreana observa la cortina. ¿Habrá una simple ducha ahí detrás? Respira tranquila al ver la tina: *tengo todo lo que tenía que tener,* se dice recordando a Guillén. Como si le adivinara el pensamiento, Elena comenta:

—Tuviste suerte: no hay más que una tina por cabaña, el baño del frente sólo tiene ducha.

—Bueno, se la prestaremos a las otras dos cuando les entre el antojo de darse un baño con espuma —contesta Floreana de buen humor—. A propósito, ¿quién es Constanza?

—Ya iremos a mi oficina en cuanto descanses un poco y te explicaré todo lo que necesitas saber. En todo caso, se llama Constanza Guzmán.

—¡Constanza Guzmán! ¿Es ella misma?

—Sí, la economista. ¿La conoces?

—No personalmente, pero todo Chile la ubica. Sale siempre en la tele, en los diarios, es una súper ejecutiva... ¡Qué increíble! Jamás imaginé encontrármela aquí...

La invade una leve timidez ante la idea de convivir estrechamente con una mujer tan famosa. Elena la interrumpe:

—También está en tu cabaña Toña París.

Esta vez su asombro es aún mayor.

—¿La actriz?

—Sí, la actriz —sonríe su anfitriona.

—Pero, Elena —exclama Floreana, admirada—, ¡tienes mujeres muy destacadas aquí!

—No es raro —responde Elena—, suelen ser las que están más tristes.

Todo es mínimo, suficiente y preciso.

Floreana se tiende sobre la colcha blanca tejida a crochet, con miles de diseños que alcanzan el suelo en ampulosos pliegues; es el único lujo, se dice tocándola. Observa su austero entorno. El techo es bajo y sobre las paredes de color castaño brilla el barniz que protege la madera. Aparte del ropero, solamente una cómoda, un velador, un estante de libros y la pequeña mesa con su silla. Se imagina sentada allí, escribiendo cartas o, si el ánimo la acompaña, corrigiendo su última investigación, esa que ha devorado largas, eternas horas de su vida.

Desempacar no le tomó mucho tiempo. Le dio un toque personal a su dormitorio ordenando algunos libros en el estante y poniendo dos fotografías sobre la cómoda. Una es pequeña, en blanco y negro: un niño de tonos oscuros y mirada seria, muy parecido a ella. La otra, aprisionada en un antiguo marco de plata, muestra un numeroso grupo familiar: una pareja de cierta edad en un sillón, al centro, rodeada de un considerable número de adultos, hombres y mujeres, y varios niños, muchos en realidad, distribuidos a sus pies en el suelo. Un convencional retrato de familia. Floreana lo contempla; son todos fragmentos de una misma especie, representan la continuidad de tres generaciones. Lo que ella no desea recordar es una tercera fotografía que ha dejado dentro de la maleta. En un principio la extrajo junto a las demás: desde un liviano marco de madera, una mujer cuya edad podría fluctuar entre los treinta y los treinta y cinco años —un poco más joven que ella misma—, de pelo ensombrecido y con una bonita sonrisa de dientes perfectos, observa a Floreana con ojos que la miran y no la ven. Una mirada que ya no es mirada, pero que intenta capturar la vida a través de sus pupilas fijas, engañosas como toda fotografía. Son esas pupilas las que Floreana no resiste, y decide guardar el retrato en la maleta.

El aura de Elena inunda ahora el dormitorio, y hacia ella se vuelve Floreana. ¡Cuántas veces se la mencionó su hermana Fernandina! No, no exageraba, un fuerte resplandor emana de ella. Sólo una vez la ha visto antes —no lo olvida—, hace tantos años: era un día oscuro, el aeropuerto, Fernandina partiendo al exilio aferrada al brazo del marido que nunca volvió, confundida entre la familia y los amigos que la despedían. Floreana retuvo en su mente esa figura que sus ojos percibieron como majestuosa. Ese momento coincidía con el adiós definitivo de Elena a su actividad política clandestina: la partida de su amiga Fernandina, con quien trabajaba, hizo estallar de una vez las contradicciones entre la mujer comprometida con su tiempo que Elena siempre fue —ayudando a los que estaban en problemas en un momento crucial de la historia del país—, y la que sentía, a fin de cuentas, que abusaban de su buena voluntad. Feroz combinación la de los *pijes* y los *ultras*, como le dijo Fernandina entonces. Es como si unos existieran gracias a los otros; éstos se aprovechan sistemáticamente de aquéllos, de sus sentimientos de culpa por venir de donde vienen, y al final los dejan botados.

Elena nunca fue una militante, le había explicado Fernandina a Floreana. Se convirtió solamente en una *ayudista* —como llamaban a quienes cooperaban con la causa de la resistencia sin realmente pertenecer a ella—, y lo hizo por su espontánea generosidad, por las ganas que tenía de servir y cambiar el mundo, como buena hija de los años sesenta.

Floreana no habría dejado la capital sin conocer la historia de este personaje que excitaba su curiosidad: la formación universitaria de Elena había coincidido con el comienzo de esos años —los benditos o malditos sesenta—, y muy pronto comenzó a sentir su alma partida en dos: por un lado su interés por la excelencia académico-profesional y por otro su vocación social. Estudiar medicina mitigó por un tiempo esta contradicción. Elena provenía de una familia adinerada y rangosa. No fue extraño, entonces, que se interesara por conocer ese otro mundo, el «Chile real». Para tomar contacto con la gente trabajó en el departamento de Acción Social de la Federación de Estudiantes. Pero como era una buena alumna, quiso completar su trayectoria académica con un doctorado en el extranjero, y al hacerlo en esa época, inevitablemente se desconectó de la militancia por la que sin duda habría optado de permanecer en su país. Al regresar a principios de los años setenta, se encontró con un Chile efervescente y políticamente polarizado. Cuando sobrevino el golpe de Estado, quiso ayudar a sus amigos en desgracia: ella estaba «limpia», podía usar libremente sus infinitos recursos… entre otros, los familiares. En ese momento conoció a Fernandina. Trabajaron un tiempo juntas, y fue ésta quien, llegado un cierto punto, la reconvino: aquellos a quienes ayudas te exponen, le dijo, no te dan cobertura, son deshonestos contigo al no informarte de los peligros que corres, se han aprovechado de tu buena fe. Elena terminó por cortar con la izquierda de la resistencia, pero al bajar esa cortina la acometió el vacío. Buscó entonces una salida individual para su propia vocación. Se había especializado en psiquiatría y a través de su trabajo clínico en los consultorios populares pudo palpar la realidad de las más desamparadas. La comunicación fluía sin problemas entre ella y las mujeres que trataba, y se sorprendió al ver acrecentarse su sensibilidad en el contacto con las de su propio sexo. Según Fernandina, esa experiencia había constituido el *turning point* de Elena.

Ya está en el Albergue: el tiempo no se escurrirá y Floreana podrá observar a Elena con toda calma. Pasea su vista por el dormitorio y la detiene en una alfombra de lana blanca y gruesa; es típicamente chilota, se dice al recordar aquel mercado en Dalcahue donde había comprado otra idéntica para la primera casa que armó por su cuenta, al casarse. ¿Dónde estará hoy esa alfombra? Muchos años y muchas casas han transcurrido para semejante pregunta. Luego de deslizar suavemente sus manos por el mañío que uniforma los muebles, aspira profundamente el aire: tiene la certeza de habitar al fin en el cuarto que buscaba. Éste va a ser su *cuarto propio* durante los próximos tres meses.

Dos

—¿Dónde está nuestra nueva conviviente?

La puerta de la habitación se abre y Floreana, aún adormilada sobre su cama, mira confundida. Reconoce aquella figura que tanto ha apreciado sobre las tablas y en las pantallas de televisión: una silueta elástica, muy joven, vestida enteramente de negro, el pelo color naranja cortado casi al rape. La miran dos ojos enormes, negros también, y oye una voz áspera que parece no hacer concesiones.

—Hola, yo soy Toña —se acerca a saludar a Floreana y le besa la mejilla—. ¿Ya hablaste con Elena? ¿Lo tienes todo claro?

—Sí —el sueño todavía flota vaporoso alrededor de su conciencia—, estuve en su oficina.

—Bueno, si tienes alguna duda —dice Toña—, aquí estamos nosotras para aclarártela. ¡Angelita, ven! —se vuelve hacia alguien que Floreana no ve—. ¡No seas tímida, si ya se despertó!

—¿Podemos entrar? —pregunta con recato otra mujer, asomándose a la puerta. Su rostro, a contraluz, no se distingue bien.

—Mejor me levanto y nos tomamos un café —sugiere Floreana, incorporándose.

Se alisa el pelo y la ropa, se calza las botas forradas en lana de las que no piensa desprenderse en toda su estadía y camina hacia la sala de estar. La mujer de la puerta ya ha tomado la tetera para hervir el agua.

—Siéntate —le dice Toña a Floreana—, por hoy te atenderemos nosotras. Ella es Angelita Bascuñán. No se conocen, ¿verdad? Nuestras piezas están aquí —las apunta con el dedo—, al frente tuyo, y compartimos baño. Angelita es para mí el equivalente de Constanza para ti, y las dos son… ¡insoportablemente glamorosas! —suelta una risa breve.

Caída del cielo. Ésa y no otra es la sensación de Floreana al mirar a Angelita: sus reflejos dorados asoman como si ella misma fuese una hojuela de maíz. Obscena tanta belleza, piensa. A pesar de su aire distinguido, Angelita lleva la más común de las vestimentas: jeans y un suéter azul de cuello subido, lo apropiado para el clima duro del sur. Tiene ojos verdes que recuerdan los de un gato y sus manos se ven suaves, sin asomo de sequedad o aspereza alguna. Se acerca a besarla, con una dulzura casi opuesta a la actitud de Toña.

—Vas a ser feliz aquí, Floreana —le dice—. Muy feliz.

—Si es que se puede ser feliz en alguna parte —dispara Toña con ese dejo de cinismo al que Floreana pronto se acostumbraría.

Angelita saca del mueble de cocina el tarro de Nescafé, un azucarero pintado con flores azul pálido y tres tazas de la misma loza floreada. En un momento todo está dispuesto. Con razón se llama Angelita, piensa Floreana, nadie con esta hermosura podría llamarse Ángela a secas.

—De Toña ya lo sé todo —se dirige a ella con curiosidad—, o al menos lo que todo el mundo sabe. ¿A qué te dedicas tú?

—Técnicamente, soy dueña de casa —Angelita lo dice con cierta ironía, mientras vierte el agua en las tazas con cuidado y levanta la vista—. Y tú, Floreana, ¿qué haces cuando no estás triste? —esto último lo pregunta con humor, para alivio de la recién llegada que aún no sabe cómo se lo toman las mujeres del Albergue.

—Soy historiadora. Me dedico a la investigación.

—¿Y qué haces después con tus investigaciones? —pregunta Toña.

—Las publico y terminan siendo libros que nadie lee, salvo algunos especialistas tan locos como yo.

Toña se ríe y hace unas exageradas muecas de espanto con sus labios pintados de ciruela.

—Como si nadie fuera a ver mis obras de teatro… ¡Qué frustración! O como si mis programas en la tele no tuvieran *rating*.

—No, no es igual… Los historiadores sabemos desde el principio que la nuestra es una vocación solitaria.

—¿Cuál es tu especialidad? —Toña quiere saberlo todo.

—El siglo XVI chileno. También me he adentrado en el XVII... Pero el XVI es mi fuerte.

—Uy, ¡qué aburrido! ¿Por qué no elegiste algo más vivo? —los gestos de Toña son divertidos, habla con su rostro.

—A mí me parece estupendo —la interrumpe su compañera, muy compuesta en la silla, las manos entrelazadas sobre su falda—. No sé nada de historia, nada, y no me vendrían mal unas lecciones.

—Bueno —se disculpa Floreana—, la gracia está en hacerlo vivo, pero en fin, hace un par de años cambié de tema y he incursionado en otra cosa...

—¿En cuál?

—La extinción de la raza yagana.

—¿Qué es eso? —pregunta Angelita.

Está a punto de hablar del sur austral de Chile, de la Patagonia, cuando se abre la puerta y entra la cuarta integrante de la cabaña. Floreana no desvía ni un poco su mirada: es tal como la recuerda de las fotos en la prensa.

—Tú eres Constanza —le dice de inmediato.

La sonrisa que la otra le devuelve mientras se desprende de su chaqueta entraña siglos de reserva. Es una sonrisa melancólica, aunque su figura irradie un aplomo imposible de ignorar. Floreana aplica sobre ella una especie de radiografía: su porte altivo sobrepasa el de las demás, la espalda se mantiene orgullosamente recta y sus largas piernas se adivinan bien torneadas bajo el pantalón de franela gris. Constanza irradia un colorido castaño

27

claro, con tenues luces casi amarillas. Pero es sobre sus uñas que Floreana fija su atención: el corte es perfecto, están delicadamente limadas y esmaltadas, y no sobra cutícula alguna. Son las uñas más cuidadas que jamás ha visto.

(Al desempacar, sola, en el dormitorio, Floreana había entrado al baño a dejar sus cosas y encontró las de Constanza. Cómo sospechar que usaba esta crema o que tomaba estas cápsulas cuando la veía en las noticias o en una entrevista, se dijo analizándola a través de sus objetos más íntimos; o que ésta es su colonia... Es lo que nunca sabemos de las otras, ni siquiera de las cercanas. ¿Cómo será el botiquín de Isabella, el de Fernandina? No sé qué crema se ponen de noche mis hermanas, y ahora lo sé de Constanza Guzmán.)

Ya son las siete de la tarde; a las siete y media irán a la casa grande, donde se hallan el comedor, la biblioteca, la oficina y el departamento de Elena, y donde se desarrolla la actividad comunitaria. Hoy, a la hora de comida, Floreana será presentada.

Conversando todavía con sus compañeras de cabaña, no deja de sentir un rayo de opacidad cayendo sobre ella. La originalidad y el desenfado de Toña, la belleza y la dulzura de Angelita, la superioridad que emana de Constanza, la golpean al mismo tiempo. ¿Por qué tuvo que tocarme esta cabaña? Yo venía a convivir con mis iguales, gente normal, mujeres de carne y hueso... Voy a ser la que desentona, la aburrida, la común y corriente… Seguiré siendo exactamente lo que he sido siempre.

Arropada en su propia tibieza, Floreana no puede conciliar el sueño esa noche, a pesar del cansancio que se ha adueñado de cada uno de sus huesos. Un carrusel de rostros y nombres la confunde. Ha visto mujeres por todos lados. No trates de retener todas las caras, le había advertido Elena, lentamente se te irán grabando las que valgan la pena. Entre palabras cordiales y risas solidarias celebraron su llegada. Por ahora, recuerda a Olguita y a Cherrie, que se sentaron a su lado en la larga mesa del comedor.

Olguita viste de riguroso negro y su cabello, delgado y grisáceo, luce tirante por un moño recogido sobre su nuca. Ella es la que teje las colchas a crochet, como la que Floreana acarició con tanta devoción al tenderse por primera vez en su cama.

—Yo soy de la zona —le dijo Olguita—, de Puerto Montt. Y tengo el orgullo de haber inaugurado el Albergue con Elenita, hace ya más de seis años… y tengo setenta.

Fue la primera en llegar. La envió su yerno, el chofer del intendente, por recomendación de éste, y ella accedió contenta. Una flexibilidad poco común a su edad, reflexiona Floreana.

29

—Mire, mijita, yo ya estoy vieja, a mis hijos y nietos les sobro. Vine aquí cuando enviudé, segura de que ya nadie más me iba a querer en lo que me quedaba de vida. Pasé los tres meses reglamentarios y volví a la ciudad. Pero allá me sentí tan, tan sola que al poco tiempo me pillé sacando cuentas: mantenerme un mes en Puerto Montt me costaba lo mismo que un mes aquí. Encontré una tontera gastarme la pensión y mantener una casa grande y vacía para la pura soledad. Entonces le escribí a Elenita y le propuse venirme a vivir en el Albergue, con la condición, eso sí, de volverme a la ciudad cada vez que ella necesitara un espacio urgente para otra mujer. Y así lo hemos hecho.

A la hora de los postres, saboreando el dulce de mora que cubre el flan de leche, le dijo:

—Aquí yo no sobro, mijita, aquí me quieren. Dios me dio la virtud de tejer y poco a poco he ido haciendo estas colchas que usted ha visto. Me demoro meses en cada una. Ahora me faltan dos no más para las camas de la cabaña del fondo, y listo, quedan todas las piezas completas. Elenita me compra los hilos para el crochet. Y cuando termine las colchas, voy a hacer manteles, cortinas y mantillas… ¡si hasta los podemos vender! Elenita cobra lo justo y necesario, y no le vendría nada de mal una platita extra. Es que ella dice que si cobrara más, esto se repletaría de viejas ricas y ociosas, y quedarían fuera las mujeres que de verdad lo necesitan.

Las arrugas en el semblante de Olguita hablan de alguien que ha debido surcar con esfuerzo cada día de sus largos setenta años.

Cherrie, que comparte cabaña con Olguita, es de otro estilo. Es una mujer joven y al reír muestra unos dientecillos inocentes, como si fuesen de leche. Se enorgullece de su oficio: es artesana y hace muñecas. Nació en Osorno, sus abuelos eran alemanes empobrecidos y ella cuenta que tuvo una infancia muy estrecha. Floreana observa los coquetos vuelos de su blusa bajo el grueso chaleco, mientras ella afirma, tocándose las caderas, que ser «rellenita» no es un mal. A la hora de la «quietud», como llaman al atardecer, cuando se convive escuchando música, leyendo o trabajando en cualquier cosa, ella confecciona sus muñecas. Con manos de oro va formando los cuerpos de trozos de madera —desprecia el plástico—, y luego pinta las cabezas de loza que ha traído consigo. Después les fabrica el pelo con los materiales más diversos y las viste, cosiéndoles amorosamente la ropa, los calcetines, los zapatos. Le habla a Floreana sin darle respiro: su formación consistió en aprender técnicas usadas en la confección de muñecas exclusivas para las niñas ricas de principios de siglo. No sé nada de peluches, le dice, eso no entra en mi rubro, pero algún día te contaré de las muñecas con música y también de las que tienen piezas desmembrables. Su cabaña está llena de estas maravillas que regalará al resto de las mujeres cuando deba partir.

(Son unos mamarrachos, le diría después Toña, parecen del siglo pasado. Pero Angelita la había contradicho: ésa es la gracia que tienen, no le hagas caso, Floreana, te van a encantar. Y Floreana pensó que el pelo rubio de Cherrie era igual al de las muñecas.)

Durante la comida observó, repartidas en distintos asientos, a sus compañeras de cabaña. Toña es el alma de la fiesta, la pongan donde la pongan. Imposible que esté calmada o pase inadvertida, y cuenta con que las demás sean sus espectadoras. Angelita, que la sobrepasa al menos por quince años, es su compañera inseparable. Comen también juntas. Constanza, en cambio, está lejos y, aunque se la ve rodeada por tantas, parece comer sola; proyecta una rara distancia intraspasable. Elena la observa a menudo. ¿Será una de sus favoritas? No es que Floreana ponga en duda la ecuanimidad de la anfitriona, sino que la siente —por este detalle— humana, vulnerable. Constanza no se sabe centro de mirada alguna y efectúa cada acción con parsimonia, desde la frase que le dirige a su compañera de asiento hasta el rutinario acto de untar el pan con mantequilla.

Floreana se arropa todavía más. Hace un buen tiempo que no duerme tranquila, y entrega sus esperanzas a la noche. Se siente segura; el cielo de las solitarias hará callada vigilia sobre el Albergue y los cerros.

Tres

—Es que las mujeres, Floreana —dice Elena mientras caminan hacia el pueblo—, ya no quieren ser madres de sus hombres… y tampoco quieren ser sus hijas.

—¿Y qué quieren ser?

—Pares. Aspiran a construir relaciones de igualdad que sean compatibles con el afecto.

—No me parece una aspiración descabellada…

—Tampoco a mí. Pero existe una mitad de la humanidad que lo pone en duda.

—¡Y una mitad más bien poderosa!

—Es raro esto que nos pasa… Hemos crecido, hemos logrado salir hacia el mundo, pero estamos más solas que nunca.

—¿Por qué?

—Porque se nos ha alejado el amor.

—¿Lo sientes así, tan rotundo?

—No es que lo sienta; lo sé. Lo veo todos los días. Creo que la desconfianza y la incomprensión entre hombres y mujeres va agigantándose. Los viejos códigos del amor ya no sirven, y los hombres no han dado, o nosotras mismas no hemos dado, con los nuevos…

Elena se vuelve hacia el mar, verifica el persistente tronar de las olas.

—El sueño —continúa— era que, en la medida en que abarcáramos más espacio y tuviéramos más reconocimiento, seríamos más felices. Pero no me da la impresión de que esté siendo así.

Mierda, piensa Floreana. Reconoce la verdad en el diagnóstico de Elena, pero no tiene ganas de que se lo comprueben. Un dolor aún no anestesiado la impulsa a pronunciar palabras que creía secretas.

—¿Sabes, Elena? Es tan cierto lo que dices, que después de muchas idas y venidas he optado por lo más sano: la castidad.

—No me parece una buena idea, eres muy joven todavía.

—De acuerdo… Se podría juzgar como una renuncia seca, muerta. Pero, en serio, no quiero tener nunca más una pareja.

Mi instinto me acerca a los hombres, se dice atribulada, y mucho, pero sólo la absoluta prescindencia me permite ganar la pelea y tener paz. Siente una vez más su cuerpo como un estuche cerrado que no debe abrirse, para que no se desparramen las joyas guardadas allí. Lo pensó aquel día en que resolvió vivir en castidad.

—No puedes torcer la naturaleza —agrega Elena—. Creo que esencialmente es buena, aunque a veces los destinos están mal trazados. Deja la castidad para el día en que no tengas pasión alguna que esconder o confesar. Entonces, créeme, vas a ser libre.

—¿Eso también lo sabes?

—En carne propia. El día en que la libido me abandonó, en que prácticamente desapareció, comprendí que había alcanzado la libertad.

—¿Cuándo te ocurrió?

—Cerca de los cincuenta años. Todo cambió: nunca más un dolor… de ésos, al menos.

—Y tampoco un hombre…

—No tengo una posición, digamos, militante. De vez en cuando puede haber un encuentro… pero suave, relajado, sin las connotaciones de antes. Voy por otro riel, definitivamente.

—¿Pero es cierto eso? ¿Se acaba la libido algún día?

—Sí. Bueno, no sé si a todas les pasa, pero ésa es al menos mi experiencia.

Elena es un cuento aparte, piensa Floreana, en el amor como en tantas otras cosas.

Evoca a sus hermanas hablando de Elena con indisimulada envidia por los estragos que producía en el sexo opuesto y los muchos enamorados que la rodeaban constantemente. Recuerda los escándalos que le atribuían los que no soportaron la forma en que Elena les dio la espalda a sus orígenes. ¿Y a esta mujer —¡a ella!— la abandonó la libido? Se desconcierta observando esos ojos de aguamarina sin asomo de maquillaje. Sus arrugas están tostadas por el sol y luce el pelo blanco como un desafío, parece orgullosa de mostrar que por ella el tiempo no ha pasado en vano. Aunque parezca contradictorio, piensa Floreana, ese rostro y sus huellas resultan joviales y dignos al no intentar disimulo alguno. Su porte perfecto no amaina con el tiempo, su cuerpo sigue siendo templo, baluarte y gloriosa fortaleza. ¿Cómo iré a ser yo a esa edad? Así, como ella, aunque pusiera todo mi empeño, ciertamente no.

Llegan al almacén. Pegada a la vitrina, una hoja de cuaderno escrita con lápiz a pasta azul dice: *Se vende vaca.* Entran donde la anciana señora Carmen, probable protagonista de la vida del pueblo desde antes que éste naciera. Su brazo derecho no existe y la manga de su delantal cuelga vacía.

Luego de los saludos, Elena le pide azúcar.

—¿Un kilo o cinco?

—Déme dos no más, señora Carmen, que luego voy a la ciudad.

—¡María! —pega un grito la vieja—. ¡Tráete dos kilos de azúcar!

Floreana supone que María estará en la bodega oscura que se insinúa detrás del mostrador.

—Por mientras, déme un paquete de mantequilla.

Los movimientos de la señora Carmen son lentos como los de un ave herida. Estira su única mano hasta el estante, saca la mantequilla y la envuelve en papel. La operación toma exactamente ocho minutos. Nadie llega con el azúcar.

—¡María! —el segundo grito es igualmente sonoro—. ¡Tráete la azúcar!

Elena pide fósforos: todo el procedimiento tarda casi lo mismo que con la mantequilla. No hay caso, el azúcar no llega.

—¿Cuánto le debo, señora Carmen?

La vieja trata de sujetar una pequeña libreta y al mismo tiempo sumar las tres pequeñas cifras con una máquina calculadora. Que no se preocupe, le dice Elena, ella sumará. Al tercer grito hacia la invisible María, Floreana empieza a taconear el suelo con su bota, enervada.

—Calma —le susurra Elena al oído—. Tienes que olvidarte de la ciudad; estamos en el tiempo del sur.

Se encuentran con un carabinero a la salida del almacén. A Floreana le sorprende la amabilidad de su trato con Elena:

—¿Todo bien, señora Elena? ¿No se le ofrece nada?

—No, gracias, mi cabo, todo bien.

—Estamos preparando la llegada del ministro.

—¡Qué interesante! ¿Cuándo llega?

—Dentro de diez días. Pero no se preocupe, le avisaremos a tiempo —responde pronunciando con precisión cada s y cada z.

Se lleva una mano a la gorra y se despide. En uno de sus dedos reluce un grueso anillo con una piedra roja al centro.

—El ministro es amigo mío y ellos saben que yo moví algunos hilos para que viniera —le explica

Elena a Floreana; cuando termina la frase, la alcanza un anciano vestido pulcramente—. ¿De nuevo la cuenta de la electricidad, don Cristino? — Elena descifra el papel que el anciano le muestra.

—Es que alguien tiene que explicarme, pues, Elenita. El costo de un kilovatio… ¿dónde dice el costo? ¡Yo no puedo pagar estas cuentas!

—Pregúntele al ministro, don Cristino. Viene en diez días más. Usted sabe que yo no entiendo de kilovatios…

—Pero si usted entiende de todo, Elenita, no se haga la lesa.

—Le sugiero que hable con el alcalde para que le fije una audiencia, no vaya a ser que ese día no pueda conversar con el ministro.

—Buena idea, buena idea…

Parte don Cristino camino a la Alcaldía.

—Siempre la misma historia —se ríe Elena—, vive obsesionado con los kilovatios.

—Se ve que te quieren en el pueblo.

—Al principio me miraban con bastante recelo. Tuve que superar un lento proceso de aceptación… y por fin se hizo claro que a ambos, pueblo y Albergue, nos cundía más si hacíamos alianza. Les trajimos un poco de prosperidad, también. Constituimos una buena fuente de trabajo para ellos, desde la señora que nos hace el pan cada mañana hasta los pequeños agricultores que nos venden los corderos, los patos y los vacunos. Además de los huerteros con sus hortalizas, porque nuestra pequeña huerta no da para abastecernos... ¿Te imaginas la fortuna que se ha hecho con nosotras el tipo de la Telefónica, o el del Correo? También ayudaron las conexiones que tengo en Santiago. Tú sabes, éste es un país chico y no es difícil conocer gente. Consigo que los parlamentarios vengan más allá del período de elecciones y que gestionen proyectos. Pero la razón por la que más me quieren es el policlínico.

—¿Tú lo formaste?

—No. Cuando yo llegué, tenían la infraestructura pero no había médico. Ningún profesional parecía dispuesto a venirse a este pueblo perdido. Convencí a un colega que atravesaba por una crisis personal en Santiago para que se viniera. El pueblo adquirió otro carácter ahora que tienen doctor. Y el policlínico es su orgullo, vienen de todos los pueblos vecinos a atenderse aquí.

—¿Y cómo se te ocurrió formar el Albergue? —pregunta Floreana mientras comienzan a escalar la colina, a la salida del pueblo.

—Mi padre era un hombre muy rico y construyó un hotel en esta isla por puro capricho, antes de que estuviera de moda, cuando aún no existía en este país un concepto del turismo como negocio. Lo recibí de herencia a su muerte. Mis hermanos decidieron que yo era la única chiflada de la familia que podía sacarle algún provecho.

—El lugar es estupendo y tiene una vista privilegiada. Si lo hubieras destinado a un hotel común y corriente habrías ganado mucha plata.

—No es tan cierto. Tendría clientes sólo en verano. ¿A quién se le ocurriría pasar aquí el invierno? Pero la verdad es que ni el lucro ni la hotelería me interesaban.

Floreana constata el buen estado físico de Elena a través de la fluidez con que habla, a pesar del esfuerzo que significa subir la colina.

—¿Cuándo te vino la idea del Albergue, entonces?

—Cuando detecté un nuevo mal: las mujeres ya no eran las mismas, pero no todos los resultados del cambio las beneficiaban.

—¿O sea?

—O sea que, alcanzada su autonomía, se quedaron a medio camino entre el amor romántico y la desprotección.

—¿Y eso es todo?

—No deja de ser. Los hombres se sienten amenazados por nuestra independencia, y esto da lugar al rechazo, a la impotencia… y así empieza un círculo vicioso bastante dramático.

—A este rechazo masculino siguen el desconcierto y el miedo femeninos; ¿es ésa la idea?

—Es que las mujeres viven esta lejanía como agresión, lo que a su vez produce más distancia en ellos. ¿Te das cuenta del resultado? Las mujeres se vuelcan más hacia adentro, se afirman en lo propio…

—Se quema la cara de la luna.

Elena la mira, interrogante.

—¡Olvídalo! Es parte de la mitología del pueblo yagán.

—Bueno, el resultado es lisa y llanamente el desamor —dice Elena, categórica.

Se detiene y mira a su interlocutora con intensidad, como advirtiéndole que no bromea.

Floreana le cree. ¡Cómo no va a creerle, si lleva las marcas del desamor en sus propias espaldas!

—Me haces un diagnóstico, de acuerdo —prosigue tras unos momentos Floreana, reanudada la caminata—, pero lo que no me has respondido es qué te trajo hasta aquí.

—A ver… Todo comenzó cuando partió Fernandina. Abandoné el trabajo político y fui desarrollando a fondo mi profesión. Al trabajar con los problemas psicológicos y culturales de mis pacientes, fui descubriendo que para poder sanarlas, en este mundo tan complejo, no bastaba la actividad psiquiátrica que yo podía ejercer en la ciudad; era necesario darle un carácter más sistemático al proceso de recuperación de las mujeres.

—¡Menuda tarea! ¿Cómo se puede lograr?

—Mis objetivos son modestos. Algo se logra permitiéndoles «socializar» sus penurias, contarse sus dramas individuales, los que, créeme, siempre terminan siendo colectivos, y generando así una atmósfera de compañerismo.

—¿A condición de estar a más de mil kilómetros de Santiago?

—Ironías aparte, sí. El silencio es vital, Floreana. Concebí un lugar lejos del mundanal ruido, donde las que necesitan recuperar la paz puedan hacerlo, para luego reinsertarse…

—¡Qué difícil armar esta enorme empresa!

—Sí —Elena suelta una risa divertida—. No fue fácil; tengo un punto de vista medio heterodoxo y no encontré apoyo institucional. Tampoco una socia dispuesta. Pero perseveré, eché mano a mis propios recursos, y contra viento y marea me vine.

—A fin de cuentas, Elena, ¿qué es el Albergue? ¿Una terapia, una casa de reposo, un hotel entretenido, un *resort* ecológico? ¿Puedes definírmelo?

—El Albergue es lo que tú quieras que sea.

Floreana guarda silencio un trecho, concentrada en el brillo de las piedras lavadas por la lluvia, semihundidas en la huella de barro.

—Y con ello —insiste—, ¿resolviste tus propias inquietudes?

—Sí. Logré lo que no pude hacer en los veinte años anteriores: ayudar realmente a personas de carne y hueso. He llegado a una profunda tranquilidad personal.

No cabe duda, basta mirarla, piensa Floreana.

—Los tiempos en Chile estaban muy revueltos entonces, y esperé a que eso acabara —sonríe Elena, maliciosa—. ¿Te imaginas la cara de los militares ante un grupo de mujeres refugiadas en un cerro de Chiloé?

—¡Una facción lesbiana del Frente Patriótico!

Elena se ríe. Al llegar a la arboleda que anuncia la gran construcción central de alerce y sus cinco cabañas, da un cierre a sus ideas:

—Cuando en Chile comenzó la transición a la democracia, sentí que estábamos todos convocados a construir acercamientos, a hacer posible esa convivencia que antes no tuvimos. Pero como yo ya estaba lejos de la política, mi proyecto fue éste. Me vine con camas y petacas. La ciudad ya no me interesaba, mi alma buscaba desesperadamente lugares todavía humanos. Entonces abrí el Albergue.

Cuatro

Esa tarde, al caer la hora obligatoria de silencio, Floreana abre el último cajón de la cómoda y saca las fichas de su investigación. Las recorre hasta dar con la que busca.

«Cuenta la mitología que antiguamente, cuando mandaban las mujeres, los hombres estaban obligados a obedecer y a efectuar todos los trabajos, aun los menos agradables. Para mantener a los hombres en esta subordinación, las mujeres habían inventado unos juegos que transformaron en la ceremonia llamada Kloketen. Éstos consistían en que las mujeres se pintaban el cuerpo de formas diversas y a través de la pintura se convertían en espíritus. Por medio de apariciones de estos espíritus fingidos, atemorizaban a los hombres haciéndoles creer que tales espíritus descendían del cielo o salían del interior de la tierra.

»Sigue refiriendo la mitología que un día el Sol, en aquel entonces hombre inteligente y buen cazador, era marido de la Luna, la que ejercía gran influencia sobre las demás mujeres. Un día el Sol, al regresar de la caza, observó cómo dos mujeres se bañaban en el río, haciendo desaparecer del cuerpo la pintura con la cual se presentaban como espíritus.

»El Sol comunicó sus observaciones y sospechas a los demás hombres, quienes seguían observando a las mujeres sigilosamente; de este modo se descubrieron los engaños. Entonces los hombres, muy enojados y armados de un gran palo, asaltaron el rancho del Kloketen, matando a todas las mujeres. La luna, que era de gran poder, recibió también un fuerte golpe. Pero en seguida se estremeció el mundo entero y el ciclo amenazaba romperse. Nadie se atrevía a darle un segundo golpe para terminar con ella. Al final, un hombre valiente la echó al fuego; mas la Luna logró huir hacia el cielo, llevándose en el rostro algunas quemaduras que todavía pueden verse.

»Muertas así las mujeres, con excepción de las criaturas pequeñas, los hombres estudiaron la manera de imitar y practicar los juegos que antes ellas ejecutaban. Se pintaron de la forma más variada y según las características del espíritu a quien querían representar. Engañaron a las mujeres de igual modo y las tuvieron bajo su dominación. Hoy, ellas contemplan desde lejos los movimientos y bailes de esos espíritus y el miedo las mantiene sujetas a la voluntad de sus maridos».

Hacia la derecha de la arboleda, en cuyo interior parecen esconderse las cabañas, se levanta una pequeña construcción, aislada, a la que llaman «capilla». No se escucha ningún ruido humano.

La hora de silencio es solemnemente respetada por las mujeres. Viendo que aún le queda tiempo, Floreana se dirige hasta ahí.

Entra y se sienta en un banco. Todo es de madera. En lugar de las inexistentes imágenes —ni Jesús, ni Buda, ni Krishna—, sólo troncos en los muros y en el cielo, y al centro, presidiendo los bancos, un entramado de varillas de canelo forma un dibujo, una escultura, un altar virtual que la naturaleza pura ofrenda a las huéspedes.

Debe haber estado pendiente Floreana de que estaba viva. Todo su silencio —¡bendita hora diaria!— se concentra en un detalle inmenso: no ha muerto. Ella no ha muerto. El movimiento de sus vísceras continúa, como la respiración a través de su apretada garganta: no duele el aire que del mismo aire penetra. Por lo tanto, está viva. Sigue pensando, aunque sus pensamientos no tengan ton ni son: está viva. Siguen frente a sus ojos las varillas de canelo: está viva. Y los troncos en el cielo: está viva. Sus dedos siguen apretándose unos a otros: está viva. Se levantará, caminará por la arboleda y si se cruza con el Curco, éste saltará como conejo: por lo tanto, el Curco y ella están vivos. Entrará a la cabaña y la controlada voz de Constanza romperá la ausencia de sonido: imposible no estar viva si oye a Constanza en su hablar. La lluvia, sí, también la lluvia romperá el silencio, y si ella aún escucha la lluvia y siente la lluvia, y se moja con la lluvia, quiere decir que no ha muerto.

Ella no ha muerto.

Aunque parezca romperse el firmamento y la lluvia dé paso a la tormenta y se aproxime la borrasca y crujan vidrios y puertas, no morirá. La lluvia insensible y despiadada y desnuda, la tormenta y el firmamento enfurecido, serán inofensivos. Porque la vida aún no la ha descartado.

En la capilla, Floreana piensa en la muerte. Luego, al saberse viva, recuerda que el camino a casa está siempre abierto. Ésa es la esperanza, le dijo Dulce un día: la última llama. Pero Floreana se pregunta: la casa y la patria, ¿qué son, dónde están?

Palabras que retumban en la madera vacía.

Su archivo de historiadora es un delirio del tiempo detenido. Todo lo que quedó del pasado yace ahí, inmovilizado en su materialidad. Ella lo hará vivir: es una forma de controlarlo. En los documentos mismos nada puede pasar ni cambiar, pero ella los hará bailar a su ritmo. Su interés en la Patagonia, ¿no es, Floreana, una fascinación por esa marginalidad radical que implica la extinción, los mundos que se acaban? Es la forma más absoluta de desaparecer de la historia. («Allí, al abrigo de sus pobres chozas, me referían cómo y de dónde habían venido los primeros hombres a estas regiones; cómo se formó la inmensidad de los canales y la nieve eterna que cubre de blanco sus montañas. Me dejaron conocer los nombres de las aves y demás seres vivientes, refiriéndome la particularidad mitológica de cada uno de ellos; finalmente me referían los destinos de su raza, su pasado y su presente, y el porvenir oscuro que los condena a una desaparición definitiva».)

Mis muertos vivirán en mi recuerdo, pero ¿qué pasa con un pueblo entero que desaparece de la geografía y, finalmente, de la historia? Sólo la memoria rescata a esos hombres y esas mujeres, allí vuelven a vivir. Consuelo que no les queda a los muertos propios, los que una amó, los que no perecieron colectivamente.

La memoria es más potente que el recuerdo.

La memoria quedará en los textos, el recuerdo no.

Y la patria. En latín, la tierra de los padres. ¿Dónde está el origen, dónde la pertenencia? No te engañes, Floreana, la historia para ti no es más que una necesidad, una forma aparentemente digna de buscar arraigo, de aplacar tu infinito terror a su opuesto, el desarraigo. Si estudias la dimensión temporal de los problemas del hombre es porque el tema del tiempo es para ti vitalmente significativo, por tu miedo a su volatilidad, a lo perecedero. Pobre Floreana, tan profunda tu angustia frente al no pertenecer. Sólo te queda rescatar. Eso es tu profesión: rescatar lo vivo de los muertos.

No, Dulce, no conozco bien el camino a casa.

No debo confundir este mar con el de Ciudad del Cabo, se repite Floreana. No es su deseo desamar estas aguas frías, azules y australes. Fija los ojos hasta

48

que no queda en ellos ni una gota de humedad. Entonces atraviesa la arboleda y se dirige a la casa grande. Al inscribirse esa mañana en el diario mural de la entrada para ayudar con el almuerzo, le agradó la idea de participar en el trabajo doméstico, no sólo porque las dos chiquillas del pueblo no dan abasto sino porque hacer cosas mínimas le viene bien. Nada grandioso, nada que sea tan fuerte que carezca de lenguaje. Floreana ha llegado al momento paralizador de enfrentarse con sensaciones tan intensas que no es posible, a su juicio, modularlas. El dolor no tiene lenguaje, el cáncer tampoco lo tiene, la injusticia no lo tiene. La representación nunca podría ser suficientemente pura; falsearía las imágenes con sólo pretender describirlas.

Camina rápido para tomar su puesto en la cocina. Pelar papas no requiere palabras. Eso, además de la poética monacal que el Albergue le sugiere, la calma. Confía en que llegará el día en que las aguas de Ciudad del Cabo, frente al mar de Chiloé, sean sólo una coincidencia a lo lejos. Pero no se engaña, sabe que el mar no lo es todo y que deberá aprender a vivir con otros fantasmas, multiplicadamente innombrables.

Acercándose a la casa, detiene su atención en esas hortensias purpúreas, lilas, moradas, celestes, azules, escarlatas... tantas hortensias descansan con su voluptuosa pigmentación contra la madera. ¡Los lirios del campo!, recuerda Floreana... ¿dónde, dónde está la voluntad de Dios?

Cinco

—Elena piensa que todo ser humano extirpado de sus raíces tiende a reproducir, donde lo pongas, su hábitat anterior —afirma Toña, bebiendo un sorbo del insípido Nescafé—. Por eso combina los espacios comunes con el gueto: la distribución de las cabañas no es casual.

—Eso es una idea tuya —replica Angelita—. Primero, no le viene al carácter de Elena, y segundo, ella no puede saber quién va a llegar a cada espacio que se desocupa.

—Puede ser… Pero yo he observado la onda de cada cabaña, he establecido categorías y les he puesto nombre.

—A ver, dale —pide Floreana de buen humor, mientras apoya sus botas forradas de lana sobre una silla, tratando de no mancharla con el barro adherido a las suelas.

—En la primera cabaña —Toña estira su cuerpo elástico al hablar— están las esotéricas, que son evidentes y no requieren mayor explicación; vuelan entre las hierbas y la astrología y siempre se muestran cálidas. En la segunda, las «proletas»…

—¿Las proletas? —Angelita, con el cepillo de pelo en una mano, las mira desconcertada.

—Las proletarias, mujer... Las pobres del mundo. Olguita, Cherrie, Maritza, Aurora. ¿Qué tienen ellas cuatro en común? La pobreza, pues, Angelita, ubícate... En la tercera están las intelectuales, todas super profesionales, densas y un poco insoportables... de esa cabaña hay que arrancar lejos. La cuarta somos nosotras, las VIP.

—Yo no creo ser una *very important person*... —objeta Floreana.

—No seas tan literal —se impacienta Toña—. No significa que todas se ajusten en un cien por ciento a la nomenclatura, hablo de la línea general. Además, tu hermana es diputada y tú ya has publicado dos libros.

—Si es por eso, la que sobra aquí soy yo, nunca he hecho nada importante —se queja Angelita mientras con una traba ordena su hermoso pelo en una larga y dorada cola de caballo que agita coquetamente—. Las VIP son Constanza y Toña, y nosotras dos pasamos coladas...

—¿Y la quinta cabaña?

—Ésas son las bellas durmientes.

—¿Como las del cuento?

—Sí, más o menos... Son románticas, convencionales, apegadas a lo cotidiano; todavía creen que un día despertarán con un beso y todo amanecerá diferente por arte de magia, y que ellas no tienen ninguna responsabilidad en dicha transformación:

serán felices por mandato divino. En buenas cuentas, esperan ser resucitadas por el beso del Príncipe Azul —contesta Toña mientras abre una caja de polvos de arroz y comienza a aplicárselos en el rostro.

—¡El Príncipe Azul! —exclama Angelita—. ¿Todavía no se les destiñe? Yo ya lo tengo en celeste bien clarito…

—¿No hay una sola que tenga marido entre todas estas mujeres? —se percibe en Floreana cierta estupefacción.

—Marido como Dios manda, no. Si la hubiera, no estaría aquí —responde Toña; mira a Angelita y se largan ambas a reír.

Floreana no sabe si bromean. Es su tercer día en la isla, hoy ha pelado papas luego de su hora de ejercicio físico y del encuentro diario con la naturaleza —el conocimiento de la flora y fauna de Chiloé, le habría corregido Elena—. Después del almuerzo quiso dormir una breve siesta. Encontró a sus dos compañeras en la salita común: tomaban una taza de café y Toña, sentada en el suelo frente a la mesa de centro, manipulaba una gran caja de maquillaje. Contenía de todo. A Floreana le pareció mágica, y miró embelesada la destreza con que la actriz se aplicaba los diferentes ungüentos. Posterga la siesta para sumarse al café, atraída por la novedad de esta convivencia. Constanza, le informan, sale a caminar después del almuerzo. Son caminatas largas, nunca vuelve a la cabaña antes de las cinco.

—Supongo que no hablan en serio —exclama Floreana—. ¡No van a decirme que las únicas mujeres que están en problemas son las que no tienen marido!

—Nada es tan automático —contesta Toña, aún riendo.

El sueño ignora su llamado, pero Floreana cierra igualmente los ojos, como si borrara así la habitación, la cabaña, la arboleda... el Albergue entero. Siente que los recovecos del pasado se desanudan y todo se vuelve presente. Un día de campo. Isabella (su hermana mayor) y su marido están con ella bajo la higuera. Recogen higos blancos —el aperitivo de la eternidad, los llamaba Hugo— y Floreana se ha subido al árbol para alcanzar los más maduros. Al tratar de bajarse, tuvo miedo de caer. Hugo se acercó, recibió de ella los higos y le ofreció ayuda. Floreana titubeaba, temerosa de dar un paso en falso. Puso el pie tímidamente en el hombro de Hugo. Pisa firme, no más, estás apoyada sobre algo sólido, escuchó la voz de su cuñado, estás sobre mis hombros.

Isabella es la dueña de esa solidez.

Cada verano los padres de Floreana —cuando aún vivían en Chile— arrendaban una casa grande en la playa del litoral central, e invitaban a todos sus hijos, con sus cónyuges y su descendencia, a disfrutarla. Imagen enclavada: viernes seis de la tarde,

Floreana y Fernandina tendidas sobre sus camas, saturadas ya del sol de toda la semana, mirando a Isabella y a Dulce arreglarse para esperar a sus maridos. Isabella comenzaba por lavarse el pelo, cepillándolo largamente, luego se encremaba el cuerpo entero, gozando mientras la crema daba diversos brillos al tostado de su piel, y elegía una solera rebajada para insinuar el escote doradísimo. Dulce buscaba su perfume en aquel desorden femenino, aprovechaba sus piernas largas para darles un toque con las sandalias nuevas y una minifalda casi escandalosa, y esperaba a que Isabella desocupara la crema para empezar ella la tarea, sensualmente, por los brazos, el vientre... Dulce todavía usaba bikini, Isabella no. Floreana miraba su propio color avellana y el de Fernandina, y se preguntaba para qué les servía si no tenían a quién ofrecerlo. El rito veraniego del viernes por la tarde sólo le recordaba lo inútil de sus cuerpos; la belleza que el sol les agregaba como un regalo, enteramente desechada.

Muchos ojos le devolvieron a Floreana la imagen de Isabella y Dulce como las mujeres logradas de la familia. Como si Fernandina y ella no se hubiesen empeñado en nada. Ni el Parlamento ni la Biblioteca Nacional equivalían a la dedicación de las otras dos a sus maridos. Y a pesar del enojo que esto les producía, Fernandina le dijo a su hermana antes de partir: «¿Sabes, Floreana? Lo bueno de estar casada es tener derecho sobre un cuerpo. Sea como sea ese cuerpo, es el único que a una le pertenece».

Tener derecho: Fernandina.

Ser dueña de: Isabella.

Floreana acude al recuerdo del magallánico. Don Eugenio, se llamaba. Lo conoció en Puerto Williams mientras llevaba a cabo su investigación sobre las comunidades yaganas. Ella nunca perdía el asombro de encontrarse en la capital de la Provincia Antártica, en la ciudad más austral de las australes. Presentía que la vastedad de esas soledades tenía pocos equivalentes en esta tierra. La isla Navarino se rodea de muchas pequeñas islas, casi todas desiertas. Una de esas islas contaba con un habitante. Un hombre solo: la isla y él. Lo acompañaban su alma, su ganado y el frío. Visitaba Puerto Williams una vez al mes para vender sus ovejas y comprar provisiones: un odioso trámite obligatorio. Cuando Floreana lo conoció, se hizo muchas preguntas fantaseando sobre la vida de don Eugenio. Y cada atardecer, al mirar el poder de la montaña en los Dientes de Navarino, sentía una oleada de admiración por este hombre, hasta el día en que la montaña le devolvió esa admiración convertida en envidia. Porque Floreana había observado atentamente a los guanacos de la zona. Las manadas tienen un solo macho. Éste espanta a los más jóvenes, los expulsa de la manada y se queda solo con todas las hembras. De tanto en tanto, a través de la pampa, un guanaco solitario comiendo pasto, como un exiliado, espera su turno.

Don Eugenio no espera turno alguno; ha prescindido. La envidia de Floreana.

Seis

El pizarrón del *hall* se repleta con notas diarias: desde pedidos de ayuda para la cocina o la huerta hasta el aviso de partida de alguna huésped. Allí se inscriben las mujeres para una determinada tarea, se dejan recados, se ofrecen servicios.

Floreana se anota para hacer las compras en el pueblo. Con ello intenta sacudirse el aceleramiento metropolitano. Demostrar apuro es una forma de ganar *status*, de sentirse importante, le decía socarronamente Dulce a Fernandina cuando ésta empezó a correr entre Santiago y Valparaíso, tras asumir su escaño en el Congreso.

Floreana respira el aire seco y frío del sur. Tengo todo el tiempo del mundo, el que le es negado a Fernandina, el que ya no tendrá Dulce. Y reconociéndose afortunada, comienza el descenso de la ladera.

Aunque en la lista que Elena le entregó no aparece el pedido de azúcar, decide entrar al almacén de la señora Carmen y probar su propia paciencia.

La vaca no se ha vendido. Y ante el estupor de Floreana, la escena de días atrás se repite.

—María, tráete la azúcar. ¡Dos kilos no más!

Imagina la pieza oscura detrás del mostrador con un inmenso barril de azúcar donde la torpe María empaqueta cada kilo. Mirando su reloj, Floreana se sienta en un banco al fondo del almacén. Se oye el ruido de un vehículo pesado que se estaciona a la entrada, y distingue un jeep a través del brumoso vidrio de la única ventana. Aparece un hombre cuyo aspecto difiere de la gente del pueblo. Un turista despistado, si acaba de empezar el invierno, piensa ella al mirar su casaca de gamuza. Es alto, macizo, un poco tosco de cara y cromáticamente sugiere una mezcla entre el café tostado y la vainilla. Se sorprende al escucharlo.

—¿Encargó mis cigarrillos, señora Carmen?

—Ay, doctorcito lindo, todavía no me los traen.

—¡Pero usted está muy desatenta conmigo, señora Carmen!

—¡Cómo quisiera yo tenerle sus cosas a tiempo! Pero es que no han venido… —revisa los estantes inútilmente—. ¡María! ¿No ha pasado la camioneta de los cigarrillos?

Nadie responde.

—Fúmese un Hilton, doctor, ¿qué más le da? ¿Qué tanta diferencia va a tener con esos Kent que le gustan a usted?

—Ninguna, señora Carmen, ninguna —responde él—. Déme un Hilton, si ya me tiene fumando esa porquería hace una semana…

Seis minutos se demora en buscar la cajetilla de Hilton. Empieza, con su único brazo, a empaquetarla.

—Démela así no más.

—¡Ay, válgame Dios, la azúcar! —recuerda la vieja llevándose la mano a la cabeza, y vuelve a gritarle a María. Entonces el hombre mira a su alrededor y descubre a Floreana en la penumbra.

—Buenos días —le dice en un murmullo apenas audible, saludando como lo hacen todos en el pueblo.

Floreana le responde del mismo modo. Él la mira extrañado, ella también a él. Saca el dinero de su billetera y olvida a la figura arrinconada en el almacén. Cuando se va, un cierto aire felino queda impregnado sobre las viejas murallas.

Cuando María aparece con los dos kilos de azúcar, Floreana está perdida en conjeturas sobre el hombre que fuma Hilton a falta de Kent. Es el médico, evidente, el amigo de Elena. Vive en el pueblo; tuvo una crisis y abandonó la ciudad. Qué ganas de ver a un hombre de ese tamaño tumbado como cualquiera, dolido en medio de un quiebre. No debiera ser tan distinto a nosotras cuando nos vamos a la mierda… Pero al subir hacia el Albergue, entre árboles, viejas pircas de piedra y caballos que pastan tranquilos, una frase de Elena le viene de golpe: «No tengo posiciones militantes… de vez en cuando un encuentro, suave, relajado…»

—¿Un encuentro real con un hombre? No, hace un buen tiempo que no lo tengo —responde Toña mientras prepara los jugos de manzana.

Han traído hielo de la cocina, en la hielera que encargó Constanza a la ciudad para ir completando un pequeño bar en la cabaña: como el alcohol no está permitido más que en raras ocasiones señaladas por Elena, sólo hay cocacolas, algunos jugos de fruta y un bajativo dulce de damascos que le gusta a Angelita. En rigor, éste no debería haber llegado hasta ahí, pero su baja graduación alcohólica las convence de su inocencia.

—Cualquier capricho o preferencia que tengas, debes aportarlo tú misma —le advierte Toña.

El vodka y la tónica es lo único que a Floreana le habría apetecido; vedados ellos, le da igual la naranjada o una manzanilla.

Poco a poco el espacio se tiñe de vida personal. Floreana mira la escena con cariño: aunque las estadías sean fugaces, ninguna se queda atrás en el intento de armar un remedo de hogar, cálido, ornamentado... Constanza ha trasladado sus libros desde el estante del dormitorio. Dan calor, dijo al instalarlos en la sala común, aunque sabe que nadie los leerá. La fotografía de Andy Warhol fue pinchada a la muralla por Toña, el toca-cassettes de Angelita se comparte, total, nunca estoy sola despierta en la pieza, y ella misma se encarga de recoger flores y helechos para vestir la única mesa. Y mantiene llena de chocolates la caja de madera que ha comprado en Angelmó.

Las esotéricas invitaron a la recién llegada a tomar un agua de hierbas después de la comida, ofreciéndole runas o tarot. Su propia cabaña le parece, en comparación, la de un franciscano. Acompañada por Toña —las otras dos se han quedado en la casa grande viendo una película en video—, Floreana compartió allí tibios instantes entre los pañuelos de colores que cuelgan junto a las cortinas, las muchas velas encendidas, la manta sobre la mesa de centro, el incienso inserto en un pequeño contenedor hindú con espejos incrustados, la luz sensualmente difundida por la lámpara de pie gracias a una seda color violeta que cubre la pantalla. Han cambiado la distribución de los muebles para despejar la alfombra, acondicionando el espacio para el yoga y el tai-chi. Sobre el estante de la cocinilla, como si fuesen potes de aliño, se ordenan los frascos de antioxidantes, centella asiática, pastillas de ajo, jalea real, polvos de guaraná y otros que Floreana desconoce.

En esa cabaña nadie fuma. El cigarrillo está prohibido.

—¡Qué insulsas las aguas de hierbas! Si al menos tuvieran café… —le dice Toña al salir—. ¡Con qué gusto me tomaría un whisky! Y ni hablar de lo bien que me vendría un pito…

—¿Trajiste? —pregunta Floreana, criada en la tradición de que la única adicción tolerable es la del tabaco y, en menor grado, la del alcohol.

—¡No! Totalmente prohibido. La desintoxicación es una de las razones de mi presencia aquí. ¡Imagínate la cara que pondría Elena si me pillara! Fue la promesa que hice para que me aceptara.

—Y si Elena no estuviera…

—No —admite Toña con un tono más humilde—. No debo volver a tocar una droga nunca más. Estuve metida firme en la coca y… ¡reventé! Me fui al infierno. ¡No más!

Mira hacia el cielo, acariciándose el cuello con manos nerviosas.

—¿Conoces la autoagresión del ahogado, Floreana?

—No.

—Es simple: cuando estás a punto de ahogarte, flotando desesperada, tragando agua y sal, llega un punto en que te entregas y decides ahogarte. Eso hice yo.

Floreana piensa en el mundo del espectáculo, tan ajeno a su quehacer silencioso y a sus mujeres yaganas de cuerpos desnudos hermosamente dibujados; le pregunta a Toña si existe alguna relación entre ese ambiente y lo que le ha sucedido.

—En parte. Pero también tiene que ver con lo estúpida que he sido yo. Cuando hacía sólo teatro, me las arreglaba mejor. ¡La tele me mató! Entre las anfetaminas para no engordar… porque ser gorda es el pecado número uno en la televisión, ¿sabías?, y la coca para estar siempre arriba a la hora de las grabaciones… La competencia es feroz, no puedes decaer ni un minuto, no puedes bajar la guardia… hay veinte «estrellas carnívoras» esperando para reemplazarte.

—¿Saliste de éso sola?

—No, imposible, no sirve la pura voluntad. Yo ya era una adicta, de esos seres que han perdido la capacidad de sentir. Tuve ayuda médica, incluso me interné. ¡La clínica era siniestra entre las locas, los alcohólicos y los depresivos!

—¿Y quién pagaba todo eso? —Floreana se agota de sólo recordar los artilugios a que somete sus escuálidas finanzas mes a mes.

—Mi mamá. Cuando empecé a ganar plata, porque en la tele se gana si una es figura estelar, abrí una cuenta de ahorros. Esta profesión es como la montaña rusa: para arriba, para abajo. Recién ahora los estoy gastando, aquí. Hice que mi mamá pagara el tratamiento y la clínica para vengarme un poco; es lo mínimo que podía hacer.

—¿Tienes mala onda con ella?

—Sí. Relación amor-odio, no soy muy original. Es la típica mujer todavía joven que después de separarse se autoasignó el rol de abandonada, desahuciada, mientras su ex marido, mi padre, anda espléndido por la vida. Estas mujeres son terribles, se casan con sus hijos hombres y se llevan pésimo con las hijas mujeres.

—¿Por qué, Toña?

—Porque éstas quieren vivir. Nuestra vitalidad les parece una afrenta. Una anécdota ilustrativa: Cristóbal, mi hermano menor, sofocado por esta madre-esposa, se arrancó una vez de la casa. Ella, histérica, fuera de sí, llega a mi pieza gritando: ¡se va a suicidar, se va a suicidar! Yo, en la más *cool*, le pregunto: ¿se llevó la tabla de surf? Me contesta que sí. Entonces, le digo, no hay suicidio; ubícalo en alguna playa del norte. Obvio, lo encontró esa misma tarde. Le pagó la vuelta a casa con su tarjeta de crédito.

Toña sonríe como para sí misma:

—Pero cuando yo me fui, no me buscó.

Camina un par de pasos pensativa, luego continúa.

—No resisto que nunca haya aprobado nada en mí. ¡Imagínate la seguridad con que he transitado por la vida! Quise ser una actriz famosa más que nada para que ella me admirara.

—¿Y lo lograste?

—Más o menos… En público, se vanagloria de su hija. En privado, lo dudo. De todos modos, me abandonó mucho. Soy la típica víctima de padres separados en la infancia… ¡de manual toda mi historia!

—¿Y tu papá?

—Se casó de nuevo, modelito familia ideal, lleno de hijos. Cerró el capítulo de su vida anterior. Lo veo una vez a las mil y creo que nosotros le sobramos. Lo que es yo, vivo por mi cuenta hace mucho, desde que estudiaba en la escuela de teatro.

Se detienen un momento a mirar la noche: fresca, oscura, limpia. Toña se confunde en ella con sus atuendos siempre negros; sólo brilla su cabeza naranja. Continúa hablando bajo esas estrellas, las más brillantes de cuantas ella o Floreana recuerden.

—He vivido en todos los barrios de Santiago, y con todo tipo de gente. A veces con una pareja, pero no por mucho tiempo. Al final le propuse a Rubi, que también es actriz, la debes ubicar por las teleseries, que nos fuéramos a vivir a Santiago Centro. Arrendamos un departamento el descueve en San Camilo.

—¿San Camilo? —Floreana recuerda tantas leyendas de mala vida sobre esa calle.

—Sí, con travestis, putas y todo. Nos vemos cada día, somos parte del inventario unas y otras, pero, muy respetuosamente, nunca cruzamos palabra. Los travestis son patéticos y maravillosos a la vez: los últimos seductores, ahora que las mujeres no usan más que bluyines. Y las putas... ellas me provocan enormes fantasías, le tengo una historia imaginada a cada una: la anoréxica dopada que pesa cuarenta kilos y no usa calzones; la que parece costurera, tan vieja con el mismo abrigo raído todo el invierno, es la antítesis de lo glamoroso y sin embargo conserva su clientela; la que se pellizca los pezones para tenerlos siempre parados bajo su blusa de macramé. También hay una señora canosa, con pinta de mamá; si la vieras haciendo las compras en el supermercado, jamás te imaginarías dónde trabaja de noche. Hay una muy sexy que anda vestida de plateado, usa mallas y tacones altísimos. Son siempre las mismas. Lo divertido fue el día en que caímos en cuenta con Rubi de que no sólo ellas nos provocaban fantasías a nosotras, sino también nosotras a ellas. No sé cuáles, pero me entretiene especular...

Al llegar, Toña sirve los jugos. Ya envueltas en la cálida intimidad de la cabaña, ambas tendidas sobre la alfombra, las piernas arriba del pequeño sillón, retoma la pregunta de Floreana:

—Bueno, mis encuentros son cada vez más escasos. Es como si los hombres me tuvieran ganas y terror a la vez; mi imagen pública los acojona y los excita, pero al final tanta pantalla y tanta prensa les resultan amenazantes. ¿Quién dijo que la fama era afrodisíaca? ¡Mentira! A mí solamente me ha servido para convertirme en una desconfiada.

—Yo habría jurado que tenías miles de pretendientes…

—Sí, pero algo pasa cuando soy yo la que los elijo. Al principio se sienten orgullosos, pero al final siempre terminan arrancando. Mi última historia duró tres semanas. Él es un actor de televisión que se ve de lo más macho, pero en realidad es un desastre. Le costaba calentarse de verdad. En nuestro segundo encuentro, me dijo que no le gustaba mi ropa interior, parece que la hallaba rasca. Humillada, accedí a ir con él de compras. Me da hasta vergüenza contártelo.

Floreana se pregunta si existe algo que verdaderamente avergüence a Toña.

—Me compré portaligas, negligé… todos los lugares comunes del erotismo visual, porque él los necesitaba. Pero resulta que en la cama los preámbulos eran eternos. Al principio pensé: qué maravilla, éste sí sabe lo que queremos las mujeres.

Cuando por fin me penetraba, era tal mi calentura que yo acababa al tiro, y él conmigo. Tenemos sincronía, más encima, dije, esto es como mandado del cielo. Pero a poco andar capté que todo ese preámbulo no era para hacerme feliz a mí, sino para disimular lo poco que él duraba.

—Eyaculación precoz… ¿Y ni siquiera lo asumía como un problema?

—¡Ni soñarlo! Y yo, la muy tonta, gastando todas mis energías haciéndole comiditas, masajes en la espalda, tinas con espumas… ¡para eso! A mí me gusta el pico y estoy dispuesta a hacer por un rato de geisha a cambio. Pero este hombre me hacía de todo menos lo que yo quería: que me lo metiera bien metido.

—Lo abandonaste, supongo.

—No me lo vas a creer, pero se dio el lujo de dejarme él. Con la cantinela de siempre: que yo era amenazante, que conmigo o se comprometía en serio o nada, que yo era tan total que no servía para una simple aventura, etcétera.

—¿Por lo menos le dijiste en su cara lo que pensabas?

—¡Por cierto! Que era último de malo para la cama, que para ser masturbada prefería a una mujer, que él era un eyaculador precoz y que se fuera a la mierda. Se puso furioso: métete con una mujer, entonces, me dijo, si te crees tan experta en sexo. Esa noche se lo sugerí a Rubi, y la verdad es que lo pasé mucho, pero mucho mejor.

Siete

El comedor parece especialmente alborotado a la hora del almuerzo. La austeridad de la construcción, sumada a una enorme mesa rectangular con largas banquetas a sus lados, podría dar la impresión de un convento, pero el barullo lo desmiente.

Aparte de Elena, en la cabecera, nadie ocupa un puesto fijo. Se van sentando a medida que llegan, después de que a la una y media de la tarde ha sonado la gran campana que cuelga en las afueras de la cocina. Maruja la toca dos veces al día como si en ello le fuera la vida. El tañido es de tal potencia que llega hasta cada una de las cinco cabañas alrededor de la casa. En rigor, no es necesario; al terminar las mujeres sus tareas (la ociosidad matinal está prohibida; es para prevenir la depre, según Toña), se dirigen espontáneamente al gran salón que precede al comedor. Y a la hora de comida, pasan todas juntas a la mesa tras la convivencia de la tarde. Actividades hay para todos los gustos en la casa grande. De partida, «la terapia», como la apodó Toña: consiste en un grupo de conversación donde cada mujer plantea con libertad el tema que le interesa, personal o colectivo, abstracto o concreto, y se charla en torno a él, normalmente bajo la guía de Elena. Esto se lleva a cabo en el comedor, las puertas cerradas hacia el salón, porque el desorden y el ruido se generan básicamente ahí. La televisión abarca un sector al que se arriman las adictas a las telenovelas; al otro extremo esperan los mullidos sillones de tapiz blanco donde se teje, se copuchea, se hojean revistas, y donde toda actividad está permitida, desde confeccionar muñecas hasta pintarse las uñas. Es usual ver a alguna sentada de lo más erguida en la silla de coigüe de la esquina, peinándose al lado de la mesita de vidrio llena de los adminículos que administra Maritza. Ella es peluquera y todas las tardes acarrea al salón un enorme canasto donde se encuentra desde un secador de pelo hasta anticuados bigudíes, pasando por distintos tipos de cepillos, lacas, peinetas y tijeras.

—Nadie es más generosa que Maritza —le había comentado Constanza la primera tarde, espantando el desconcierto de la cara de Floreana ante esta escena—. Ella se gana la vida en una peluquería de Talca, y con mucho esfuerzo logró costearse la estadía aquí. Una habría esperado que en este lugar descansara, pero todas las tardes peina a alguien y lo hace con enorme gusto. No soporta vernos con los pelos mal cortados, o secos y desarreglados. A mí me aconsejó un aceite especial que le encargué a Elena a Puerto Montt, y con él me hizo unos estupendos masajes capilares. Pero, eso sí, en la cabaña; lo máximo que Elena acepta aquí en la sala son cortes y peinados. Maritza lo hace todo gratis.

Y con alegría: Floreana la ha visto reír con la boca muy abierta, mostrando sin pudor un diente de oro.

El único otro lugar de convivencia al atardecer es la biblioteca, lugar favorito de Floreana. Sospecha que lo es también de Elena, por la ornamentación del espacio. Los estantes de libros son enormes, cerrados con puertas de vidrio, y cubren las cuatro paredes. El piso es el único alfombrado de todo el establecimiento. La gran estufa de fierro se ve siempre prendida, y se le sugiere a cada visitante agregar al fuego un palo de leña. Las terminaciones de las murallas son especialmente finas y se destacan las ventanas cuyas torneadas molduras de canelo y vidrios de colores acogen con silenciosa elegancia. Las mesas de trabajo se esparcen amistosas por la pieza. Al fondo, al lado de un equipo de música, dos sillones de cuero tientan hasta al más iletrado. La biblioteca es también sala de música para la que desea escucharla de verdad, porque allí se escribe y se lee, y la ausencia de voces humanas es absoluta. Cuando Floreana vio la cantidad de discos disponibles, Elena le contó que no todo era obra suya: las visitantes regalan sus discos al partir. De las siete de la tarde en adelante, sólo se oye música clásica.

El día de su llegada, Floreana había mirado los estantes en su orden perfecto, y por hábito se dirigió a la sección «Historia», en el mueble que contenía los ensayos. Su sorpresa fue grande cuando aparecieron ante ella sus propias publicaciones.

—¿Cómo llegaron hasta aquí? —le preguntó a Elena, emocionada.

—Este libro lo compré yo, hace años —Elena tomó la obra más conocida de Floreana, *El imaginario mestizo: ritual y fiestas en el siglo XVII chileno*—. El otro me lo envió Fernandina apenas supo que tu visita al Albergue se había concretado.

Qué diligente Fernandina, pensó Floreana, y aunque se habría quedado horas mirando sus propios libros en este nuevo contexto, avanzó al siguiente estante, abochornada de que Elena la pudiera creer egocéntrica.

—Aquí está la sección «Literatura», la más codiciada y voluminosa —comentó Elena—. No sólo por mi gran afición, sino por la cantidad de libros que las mujeres traen. Son muchas las que se ilusionan pensando que por fin tendrán tiempo para leer. Y más de una se ha encontrado con la misma novela en las manos, por eso hay libros repetidos. Es como con los discos, los dejan para que otras los aprovechen.

Mirando títulos al azar, también Floreana ha alentado esperanzas en cuanto al tiempo. Si sigue así de escaso, vamos a volvernos todos estúpidos, era su certeza. (Durante la dictadura se condenaba a algunos «enemigos de la patria» a arresto domiciliario. Floreana había fantaseado con ser importante y perseguida, para estar obligada a permanecer

70

inactiva y encerrarse a leer como única actividad. Una fantasía frívola, imposible de compartir o reconocer.)

Pero Floreana participa en el ruidoso almuerzo de esa mañana a comienzos del invierno, y está lejos de la tentación de la biblioteca. Elena ha avisado que va a Castro al día siguiente y pregunta si hay encargos.

—A mí se me acabó el hilo —anuncia Olguita, como si perdiera el rumbo cuando su crochet está ocioso.

—Pucha, Elena, tienes que traer muchos ovillos… mi cama no tiene colcha bordada todavía y me siento discriminada —se queja una de las bellas durmientes, las únicas que no disfrutan todavía ese lujo.

—Yo necesito urgente una caja de támpax —dice Patricia, una mujer cuarentona que se ha sentado a la derecha de Floreana.

Salta sobre su voz una chiquilla joven de aspecto herméticamente puro:

—Patty, deberías usar las toallas higiénicas que venden en el pueblo. Te lo he dicho veinte veces: a la larga los támpax producen cáncer al útero.

—¡Me cago en el cáncer, Consuelo, y de paso en todas las nuevas tiranas: las ecologistas, las naturistas y las sanas! El támpax es la gran liberación del siglo y no lo cambio por nada.

71

—Yo diría que es la píldora, no el támpax —dice otra con voz indiferente.

—Es que esta Patty le pone tanto color a todo… —mueve la cabeza Maritza.

—Ya, no discutan —interviene Elena—. Esta noche dejen sus listas en mi oficina, porque salgo al alba.

—¿Se puede encargar cigarrillos? —pregunta Floreana tímidamente.

—Pero si hay en el pueblo…

—Es que no hay Kent.

Elena la mira y Floreana se pregunta qué diablos acaba de decir.

Cuando Maruja ya ha depositado con orgullo el cordero asado en una enorme fuente de greda, Patricia se da vuelta hacia Floreana:

—¿Por qué tienes un nombre tan raro? —le pregunta a boca de jarro.

—Por culpa de mi padre. Es un ornitólogo un poco fanático, pasó su luna de miel en las islas Galápagos y les puso a sus hijas los nombres de esas islas.

—¿Es cierto eso? —Patricia se ajusta al cuerpo una ruana de colores estridentes.

—Sí. Mi hermana mayor se llama Isabella, la segunda soy yo, y la tercera, Fernandina. Luego vinieron hombres, pero de haber sido mujeres se habrían llamado Genovesa y Española. ¿Te imaginas? Cuando nació una última mujer, mi mamá se opuso a seguir con el juego. Gracias a eso, la cuarta se salvó.

La cuarta se salvó, repite en su interior. La cuarta se salvó.

—¿Y cómo se llama ella?

—Dulce.

—La regalona, ¿verdad?

—Tanto así que cuando se paró por primera vez para caminar, mis padres la volvieron al suelo para que siguiera gateando.

—¿Y tus hermanos?

—Luis, Juan y Manuel.

—¡Qué discriminación! ¿Y te gusta llamarte así? —insiste Patricia.

—Si el nombre nos determinara —suspira Floreana—, preferiría no tener nombre de isla.

Su interlocutora la mira con ironía. Pertenece a la cabaña de las intelectuales.

—¿A qué te dedicas? —pregunta Floreana.

—Soy socióloga.

—¡Ah!

—¿Eres casada? —le pregunta Patricia a su vez.

—Ya no. ¿Y tú?

—Tampoco —dice Patricia—. Lo fui.

Y como Floreana advierte que en este lugar todo se puede preguntar, lanza su curiosidad como si tal cosa:

—¿Y qué pasó?

—Nada —contesta Patricia con toda naturalidad—. Mi primer marido fue como todo primer marido: una lata. Cumplió su papel y yo el mío.

Después, empezó la vida —y ensarta el tenedor en su pedazo de cordero, despachando a Floreana.

Para Dulce, recuerda Floreana, el encanto constituía una profesión en sí misma, como tal vez la irreverencia para Patricia. Mira su plato. No quiere comer cordero. Su estómago le avisa cierta inquietud. La sangre de las veredas no se borra. Queda impregnada en las calles. No se limpia sino hasta pasadas muchas lluvias.

Ocho

El humo y la bruma se confunden cuando comienza el invierno en la isla. De día, las siluetas se diluyen en el fondo verde oscuro y en el gris del atardecer; por la noche no se ven, porque no se ve nada de nada... a menos que las estrellas se apiaden de los mortales venciendo a las nubes. Llueve mucho en el invierno de la isla, las nubes parecen ariscas ante cualquier voluntad que no sea la propia.

De colores difusos, las personas del pueblo se escurren hacia el interior de sus corazones y de sus casas siempre bajas cuando comienza el invierno, pero aun así nadie acostumbra excluir a nadie de la intimidad. Los braseros y las estufas arden a la espera de quien los comparta, y enormes ollas con agua nunca terminan de hervir sobre sus lomos. La lana lo cubre todo: cuerpos, camas, manos, sillas; las palmas y las cabezas de hombres y mujeres comprueban la sensatez de las ovejas. Viven en el interior por la irrupción de la lluvia, pero ellos han coexistido durante siglos con el agua. Ya saben llamar al calor; lo invitan y, una vez llegado, lo amansan. El deseo vehemente de cada habitante de esta isla es ocupar junto a otro la cama de la noche; es demasiado triste dormir solo y despertar al hielo. No, las camas de a uno no son carnavales cuando se descuelga el interminable invierno. Las papas siempre en el fogón, los chicharrones, los mariscos, la harina y la chicha de manzana que se ha guardado del verano, nutren esa energía que el frío no consigue arrancar porque el calor, efectivamente, se apaciguó en el adentro gracias al alerce y sus tejuelas que velan por expulsar la humedad, grises de lluvia hoy aunque un día fueron rojas. El barro ablanda caminos y huellas y el viento hace de las suyas, con el solo obstáculo de las ramas de los mañíos, los cipreses y los canelos; los hombres no lo molestan al viento, caminan inclinando hombros y cabezas para que no los haga bailar. Si alguien cree que en el invierno del pueblo la naturaleza no cesa de llorar, se equivoca. Es sólo el agua que, como si el mar no hubiese bastado, se enamoró del lugar.

Estos comienzos de invierno son los que han recibido a Floreana. El Albergue es sobrio pero no es precario. Firme como un castillo de piedra, el viento no lo mece ni lo atraviesa la lluvia. Floreana está segura.

Ha desafiado su propia descripción de sí misma con esa impetuosa visita al policlínico. Segura en ese momento de que sus sentimientos eran pulcros, le entregó a la enfermera los paquetes de cigarrillos Kent. Son para el doctor, le dijo. Cuando la enfermera le preguntó si deseaba hablar con él, ella salió casi corriendo. No se detuvo hasta llegar al comienzo de la ladera. Allí respiró y fue como encontrarse con su propia persona de visita, mirándose sin reconocerse. ¡Dios de los cielos, mi dermacural! Pero reunir las energías para subir la colina era ya trabajoso en sí mismo, y en aquel esfuerzo postergó, como otras veces, la reprimenda que creía merecer.

El cementerio del pueblo, con sus tumbas mirando al mar desde lo alto, indiferente al estampido de las olas, se halla a medio camino de la subida. Majestuoso el paraje, humildes las moradas finales. A Floreana siempre le ha gustado visitar los cementerios en los lugares a los que llega, piensa que siempre entregan claves sobre sus habitantes. Se interna por la pequeña senda para acudir a esta primera cita. Entre las cuatro y media y las cinco se marca el inicio de la tarde para Floreana en estos días. Son las cuatro, aún es temprano.

Algunas lápidas se acuestan sobre la tierra, otras se yerguen sin altivez. Ausente el mármol, las hay construidas de piedra y otras de simple madera. Apegando su manta al cuerpo, Floreana pasea entre los nombres desconocidos con sus fechas lejanas o recientes, y las flores marchitas, inevitables. Piensa en cuán hermosos son los pequeños cementerios de los pueblos y elige un montículo de arena rodeado de maleza larga, el lugar idóneo para sentarse a mirar el mar. Fija los ojos en la línea del sol.

La reprimenda, ya, que venga. Total, no ha pasado más de un mes desde la tarde aquélla, en ese café.

Una ranura en la conciencia: Santiago.

Floreana detesta esperar. La irrita que su ritmo interno no coincida con el del mundo. No sabe qué hacer en el café. No desea ser percibida como la que espera, que la olfateen como a una hembra y detecten ese desajuste. Prende un cigarrillo y fingiendo encontrarse allí por casualidad, decide ocuparse de otra cosa. Pide el primer café, luego saca su agenda de la cartera y mira muy concentrada alguna anotación.

Aprovecha de prepararte, le dice la voz interna, has salido muy arreglada, gastaste un buen tiempo moldeando tu apariencia, hasta la distribución de las gotas de perfume fue exacta, pero se te olvidó prepararte: ¿qué táctica vas a usar? Mierda, responde la otra voz —las mujeres suelen tener dos voces—, ¿por qué debo tener una táctica?, ¿es que no puedo asistir a una simple cita sin cálculo? Se responde: ¿has olvidado en qué mundo vives?; ya nadie se enfrenta a nadie sin un mínimo diseño. ¿Y qué diseño necesito?, su segunda voz suena más bien humilde. La otra, segura: una estrategia de

78

poder, aunque sea simple; de eso se tratan hoy las relaciones. Además, él está atrasado; tú nunca habrías llegado tarde…

Pobre, ¡cómo vendrá de angustiado con la tardanza, se quedó atascado en un taco, no ha tenido dónde estacionar, debe venir agitadísimo! Y yo, relajada, no he necesitado caminar más de un par de cuadras. No tengo oficina ni jefe que me requieran a último minuto, a nadie le importa a qué hora me levanto de mi escritorio.

Ya, Florcana, no seas tonta justificándolo así: si para él fuera importante la cita, habría tomado las precauciones.

La palabra táctica queda rondando en sus contradictorias percepciones. Ella no traía ninguna y de pronto se sintió mal equipada. Bebe un sorbo de su capuchino y trata de concentrarse. Mierda, estoy desarmada.

Media hora de atraso. ¿Será humillante esperarlo un poco más? ¿Cuánto es el tiempo razonable, lo decente, que una mujer espera a un hombre en un café? Nadie le enseña a una esas cosas. Lo peor es intuir que él de verdad ha tenido algún problema inmanejable y por dignidad, por mera dignidad, verme obligada a partir… En realidad, debe ser feo esperar más de media hora.

Anota algo en su agenda, que la crean ocupada, que nadie sepa que está esperando mientras suplica, por favor, que no me postergue esta cita, que no me llame esta noche para aplazarla, ya no es un problema de sentimientos sino de producción, no resisto la idea de arreglarme de nuevo, de elegir hasta los calzones, de volver a fijar un sitio, de volver a llegar antes que él, de enredarme una vez más en estos nervios anticipatorios.

Debo parecer patética. La primera voz, más ronca y asertiva, le murmura: eres patética. Te han dejado plantada.

Fue efectivo: la dejaron plantada.

Floreana esperó una hora, una larga hora, y él no llegó.

Al retirarse, sólo atina a identificarse con *aquélla que su almita arrastró por el fango.*

Floreana rumia y rumia el abandono de que ha sido objeto.

Todo era cuestión del lugar a ocupar arriba del caballo.

El anca ya no servía.

Cabalgar a solas era la aspiración, y no hubo corcel alguno. Pero ellas ya podían conseguirlo y montar sobre su grupa. Cuando se hicieron de él y lograron galopar por los potreros par a par, los otros se atemorizaron; o era el mismo caballo compartido frugalmente o era el anca. Un caballo propio, no: podrían robarles la carrera. Pero no era ése el ánimo. Deseaban el animal con todas las de la ley y subir —mano a mano, pierna a pierna, herradura a herradura— por los mismos caminos, cada uno con las riendas de su bestia bien sujetas.

A ellos no les gustó. Las dejaron solas, doblaron en la curva de la colina y el paseo abortó. Ellas ansiaban un día entero de caballo y de sol, no esperaron la curva en la colina que los separaría.

Nueve

Inobjetable la hermosura de su rostro: tendida esa noche en la alfombra de la salita común, con el licor de damasco en la mano y su largo pelo alborotado, Angelita hace su relato.

—Lo peor de todo es que vivo entre dos aguas y no distingo bien cuál es la mía. No soy, en el fondo, una de ustedes. No sé a qué categoría pertenezco —lo dice con delicadeza, mirando una por una a sus tres compañeras de cabaña.

La pieza se ha convertido en una sola y densa humareda azul. Cada vez que la conversación se pone «intensa», las cuatro encienden un cigarrillo tras otro…

—Es el impulso de la antigua mujer, la que cabalga entre dos caballos y se ha quedado al medio, sin identidad muy definida. No se atreve a acelerar, por razones casi ancestrales, pero intuye que el freno no la lleva a ninguna parte —murmura Constanza, vestida entera de gris perla. Está sentada en una de las sillas y reclina su cabeza sobre el brazo que apoya en la mesa del desayuno.

—Me da la impresión —dice Toña— de que las mujeres del mundo popular lo han resuelto mejor que las pitucas, han avanzado más. No se dejan embaucar así no más. Con o sin conciencia, ellas tienen bastante propiedad sobre sí mismas, la vida las ha obligado a echarle para adelante con todo. Miren a Aurora, por ejemplo —Toña está sentada con las piernas cruzadas en el suelo y Floreana la imagina, por su posición y su cara tan pintada, como un jefe indio . Para mí, Aurora está a la vanguardia con respecto a Angelita.

—Eso yo creo que habría que discutirlo más —opina Constanza.

—¿Y cómo llegaste tú aquí? —le pregunta Floreana a Angelita, temiendo perder el hilo anterior.

—Por sugerencia de mi sicóloga. Al principio me miraron raro, debo reconocerlo.

—¡Obvio! Todas pensamos: ¿qué hace aquí esta mujer tan linda y tan elegante? ¿Qué problema puede tener? Toña imita a una mujer censuradora.

—Mi problema es que siempre me encantaron los hombres de mala reputación, hasta que me casé con uno —Angelita sonríe—. Era un sol, un verdadero Adonis. Su olor siempre fresco me fascinaba. Le entregué mi devoción absoluta. Él pensaba que mi belleza (por favor, no me crean pretenciosa, lo decía él) era la única justificación para que yo estuviera en esta tierra, la única.

—¿Y qué pensabas tú? —pregunta Constanza, un poco agresiva—. ¿No calculaste que la belleza es pasajera?

—No, yo no pensaba nada, sólo que él era mi razón de ser. No se me habría pasado por la mente estudiar ni trabajar. ¿Para qué? La plata nos sobraba, vivíamos en una casa muy bonita, teníamos un fundo precioso en Paine. Viajábamos continuamente, vivíamos de fiesta en fiesta. Él tomaba como loco, coqueteaba mucho, pero a mí me daba risa, nunca se me ocurrió que fuera a hacer nada contra mí, aunque todo el mundo sabía, incluida yo misma, que era un putamadre.

—Un poquito frívolo… —acota Toña, pero tras su comentario se adivina una benevolencia desacostumbrada en ella.

—Sigue, Angelita —pide Floreana.

—Tuvimos hijos apenas nos casamos, tres hijos en tres años. No pienso aburrirte con el cuento —mira a Floreana como disculpándose—, pero entre el trago, el juego y su pega como agricultor, empecé a verlo cada vez menos y él a aburrirse cada vez más conmigo. Bueno, pobrecito, la verdad es que yo era enferma de aburrida.

—¿Cuándo resuelve una que es aburrida? ¡No es tan fácil darse cuenta!

—Ay, Constanza, ¡era evidente! Fui criada en las monjas, alemanas más encima, y en mi mente no existía el mal, eran diablos o demonios que aparecían en los libros, tan ajenos a mí. Le buscaba un lado positivo a todo y, en mi inocencia, lo encontraba. Pero este hombre empezó a hacerme una carajada tras otra, ¡cómo serían para que una tonta como yo tuviera que reaccionar! Le perdoné varias, te diré. Pero ya al final era demasiado.

—¡Flor de autoestima! —comenta Toña.

—Lamentablemente, no soy como las mujeres que he conocido aquí. No sabía ni que existía la autoestima. Lo que sí sabía era el terror de quedarme sin él. Terror, terror. Prefería cualquier humillación a que me abandonara. Es que sencillamente yo no podía existir al margen de él…

—¡Para variar! —exclama Constanza.

—Exactamente —le responde Angelita—. Y tampoco me atrevía a contarle a nadie mis penas, ni menos a buscar consejo. Todo esto de las redes de mujeres, de la solidaridad de la que habla Elena, era chino para mí. Nunca tuve muchas amigas, no sé por qué las mujeres nunca me han querido demasiado…

—¡Por envidia, pues, tonta!

—Bueno, los hombres no me tomaban en serio… y como yo seguía con mi adicción a los hombres malos, tuve un par de aventuras buscando consuelo, pero terminaron siendo el peor remedio. Horribles experiencias, horribles.

—¿Sigues casada con ese hombre?

—Fernando, se llama. No, me separé de él hace cinco años y empecé, literalmente, a dar bote. Los hombres huían de mí o se me tiraban al cuello en forma escandalosa, hasta los mismos amigos de Fernando. En mi medio pasé a ser «la Separada», con mayúscula.

—Exactamente lo que me pasó a mí. ¡Hay ambientes donde es tan complicado ser separada! —se exalta Constanza.

—Y yo era tan loca que hacía el amor con los hombres sólo mientras los estaba conquistando; después los seguía queriendo, pero ya no me excitaban.

—Eras una narcisista.

—No sé, Toña, no sé de psicología, llámalo como quieras... yo lo concibo como locura. Y, obvio, ellos me abandonaban cuando me sospechaban medio frígida. Caminaba por la vida sin rumbo. Hasta que un alma caritativa, una compañera de colegio con la que me encontré en un avión, me recomendó a una psicóloga. Si entonces me hubieran hablado de terapia, habría salido arrancando, arrancando. Pensé en una sola visita, una conversación con alguien que no quisiera lastimarme, y nada más...

—Pero volviste a ir, evidente —agrega Floreana.

—Tal cual. Así empezó todo esto. Cuando mi psicóloga quiso trabajar en serio el tema de mi identidad (dice que casi no tengo, se lo podrán imaginar), decidí que la única forma de soportar el día era durmiéndolo, y empecé a no levantarme en las mañanas.

—O sea, estabas totalmente deprimida...

—Eso me dijo mi psicóloga —se pasa una mano por los cabellos—. Yo no me había dado cuenta y el término me pareció medio indecoroso. Fue entonces que ella le escribió a Elena… y Elena me aceptó.

—Como huésped —especifica Toña—, porque has de saber, Floreana, que en el Albergue no se es cliente ni paciente; somos todas huéspedes.

—Es una bonita palabra —dice Floreana—. Pero volviendo a ti, Angelita, ¿cómo tuviste el valor para dejarlo, a tu marido?

—Fue la época en que me vino la feroz crisis. A mí como ser humano, al margen de mi matrimonio. ¿Quieres saber esa parte?

—Sí, y en detalle.

—Fernando tenía una oficina, de ésas muy elegantes, que a su vez era un departamento. Supongo que le servía para ahorrarse los hoteles. Era domingo, los niños estaban fuera con mi madre y Fernando, que como ya te dije se aburría como loco conmigo, decidió ponerse al día con trabajo atrasado. Se fue a la oficina y yo me quedé sola todo el día, sola, sola, sin nada que hacer sino darle vueltas al absoluto sinsentido de mi vida.

—Es cuando una toca físicamente el vacío —Constanza lo describe llevándose una mano al corazón.

—Sí, cuando una toca físicamente el vacío —repite Angelita dulce, dulcemente—. Mi tristeza era tanta que partí a verlo, quería que me hiciera cariño en el pelo… algo así. Serían como las siete de la tarde cuando toqué el timbre del edificio. El portero no estaba, por ser domingo, y nadie me respondió. Vi luz en la ventana del departamento, así es que insistí. Esperé un rato frente al portón, igual no quería ir a ningún otro lado. Entonces salió por la puerta del edificio una mujer. Me llamó la atención su apuro. Pasó frente a mis narices totalmente ensimismada, y caminó hacia su auto estacionado en la vereda del frente. La observé: iba tan desarreglada, la blusa colgaba fuera de la pollera, las medias no estaban estiradas... ¡se acababa de vestir! Ni siquiera alcanzó a peinarse. Se me apretó el pecho: viene del tercer piso, fue mi corazonada. Nunca había tenido ante mis ojos una evidencia tan material. Subí al departamento por la puerta del edificio que la mujer había dejado abierta.

—¿Era buenamoza? —pregunta Toña.

—No le vi la cara, pero tenía buena facha.

—¿Crees que ella sabía que tú eras tú? —pregunta Constanza.

—No, ni me miró. Además, intuyo que Fernando me pintaba ante ellas como inofensiva, casi inexistente, y que aunque hubiera sabido que era yo, le habría dado lo mismo.

—¿Entonces?

—Toqué el timbre, ya del departamento mismo, y no me abrieron. Seguí tocando con desesperación. Sentí el ruido de la cadena del baño. No me cupo duda, él estaba dentro. Por fin me abrió. Y tú, me dice con cara de espanto, ¿qué haces aquí? Estoy muy triste, le dije, quiero que me consueles, déjame entrar.

Angelita prende un cigarrillo y continúa, inmóvil frente a la salamandra.

—En el living las evidencias estaban por todas partes. Un plato de helados a medio consumir en el suelo; Fernando nunca come helados. Tomé un vaso con cocacola y automáticamente me lo llevé a la boca. ¡No!, me gritó, y me lo quitó, fue a la cocina a buscar uno limpio. No quiere contaminarme, pensé, en el fondo me está cuidando. Sacaba ceniceros, los vaciaba desesperado. Huellas y más huellas. Fui al baño, pasé frente a la pieza donde él puso una cama y que nunca quiso llamar dormitorio, y vi las sábanas todas revueltas. En el basurero del baño vi el sobre de un condón. Me sujeté del lavatorio, creí que iba a desmayarme. Son pruebas irresistibles para una mujer, créeme, Floreana, una cosa es sospechar la infidelidad y otra es verla así, descarnada. Como una loca metí las manos al basurero y encontré una caja de condones ahí botada… Traía ocho.

—¡Pero qué pasión, a esa edad!

—A lo mejor inflaron la mitad para entretenerse…

Angelita se ríe, luego continúa:

—Correspondían a dos días, supongo. No pude moverme, no podía salir del baño. Cuando por fin lo hice, dejé salir el llanto que venía reteniendo por meses, desde que caí en la cuenta de que mi vida era una mierda y yo no valía ni un centavo. No me importaba todo lo que estaba viendo…

—Sí —la interrumpe Constanza—, entiendo. Una se siente básica, con dolores tan primarios que no le caben los sofisticados dolores de la infidelidad. No en ese momento.

—Déjame dormir aquí, le pedí. A él no le pareció adecuado. En el sillón, Fernando, le dije, ni siquiera me voy a meter a tu cama. Él me miró dudoso, seguramente pensando también que mi crisis estaba llegando al límite y preguntándose, yo creo, si importaba o no que otra mujer hubiese abandonado recién el departamento... Porque en el fondo no era de verdad importante para ninguno de los dos.

—A veces ese tipo de cosas son culturalmente importantes, pero no genuinamente —dice Toña, comprensiva.

—Terminé en su cama deshecha, ni asco me dio. Fernando se quedó dormido en el sofá. A medianoche lo fui a ver.

Azorada, escruta a sus interlocutoras con sus ojos verdes —los ojos de un gato, confirma Floreana: el color limón del suéter los realza—, vergüenza y sumisión parecen combatir en ella.

—Terminamos haciendo el amor.

—¿Cómo te sentiste sabiendo que eras su segunda opción de la noche? —le pregunta Constanza—. Porque una casi nunca tiene las pruebas, que siempre son virtuales...

—Ni vejada ni humillada. Es que yo misma se lo pedí, y de la forma más obscena: yo, que era tan recatada, me encontré fuera de mí, desnuda frente al sillón donde él estaba durmiendo, con las piernas abiertas, rogándole, desesperada... ¿Saben por qué no me importó? Era como si me hubieran tirado un misil de frente para destruirme, y yo lo desarmé con mis propias manos.

Angelita vuelve a prender un cigarrillo, su licor está casi intacto. Mira a Toña, que no ha cambiado un ápice su postura en el suelo, a Floreana y a Constanza, sentadas ambas, reclinadas sobre la mesa del desayuno, y con la mano trata de limpiar el aire:

—Así logré topar fondo. Eso es todo.

Diez

—De partida, Aurora, tienes que arreglarte esos dientes —Angelita lo dice alzando su cuerpo con dificultad desde la mata de papas en que está trabajando, y se despereza—. Ninguna reparación interior puede resultar sin ese detalle.

Su interlocutora es la más pobre de todo el Albergue, según le han dicho a Floreana.

—No puedo, no tengo plata para eso —contesta Aurora.

Angelita se le acerca, se limpia bien las manos contra sus pantalones y le abre cuidadosamente los labios, dibujando con el gesto un nuevo orden de los dientes en ese rostro. Luego la mira, evaluándola.

—Entonces, yo te la regalo. Pero el tratamiento te lo vas a hacer de todos modos, Aurora, de todos modos.

Trabajan en la huerta, detrás de la arboleda que esconde las cabañas. Floreana siente la huerta como un lugar que calma. Un lugar del hacer, de las manos, del alimento. Se ha inscrito para trabajar allí toda la semana. Los pepinos crecen enormes en un pequeño invernadero al final del terreno sembrado, tan grandes como los que vio en Ciudad del Cabo. Ella, que aborrece descomunalmente lo doméstico, escucha a Dulce diciéndole: «Acuérdate de que la Yourcenar amasaba su pan cada mañana». Entonces piensa en arrancar cibulettes del almácigo y en comprar unos yogures sin sabor para hacer la ensalada de pepinos cortando la verdura en trocitos y no en rodajas, como la comió una vez en Sudáfrica.

Olguita está sentada sobre una manta en el suelo, limpiándoles el verde a las zanahorias, y escucha las débiles protestas de Aurora.

—¡Qué rara debe sentirse una con tanto dinero en la mano! —le dice a Angelita—. ¿A usted no le bajan sentimientos de culpa, mijita, al ver tanta pobreza a su alrededor?

—No, ninguno —responde Angelita con genuina liviandad—. Trato de compartir y suelo dar gracias por lo que me tocó. Créeme, Olguita —agrega con su preciosa sonrisa—, que yo puedo ver a Dios en un pañuelo de Hermès.

—¿Qué es eso? —pregunta Olguita, mirándola con el ceño fruncido.

—No importa, olvídalo.

Mientras Floreana se ríe, Angelita se acerca más a ella y, maliciosa como una niña, le confiesa:

—La verdad es que en el fondo lo paso fantástico; pero la tentación de pasarlo mal es irresistible, irresistible —y se vuelve hacia Aurora—: Hemos hecho un trato y ya está cerrado. ¿De acuerdo?

—De acuerdo —responde Aurora, parca y digna como es.

—¿Adónde partió Fernandina cuando te fuiste a Sudáfrica? —le pregunta Angelita a Floreana, cambiando de tema para no hablar más del asunto—. ¿A Cartagena?

—¿Cartagena? Ah, la conozco. Mi yerno tiene allá una casita de veraneo.

—No, Olguita —interrumpe Angelita—, no estamos hablando exactamente de ese lugar. Cartagena de Indias, querida, de Indias. ¡Créeme que es otra cosa!

Floreana renuncia a responder, y Olguita a entender el léxico de estas chiquillas —como las llama—, concentrando sus manos en las zanahorias. Luego se las mira y comienza a hablar sobre su reumatismo.

—Cuando una se enferma aquí, ¿qué hace? —pregunta Floreana.

—Depende —le responde Olguita—. Para mi reuma no hay nada que hacer. Pero si alguna se indispone, acuérdese de Elenita que no por ser psiquiatra deja de ser doctora.

—Y si es algo más grave, nos vamos al policlínico —agrega Aurora—. Yo, por ejemplo, tuve una otitis y me la curaron ahí.

—Yo quisiera enfermarme —dice Angelita, que ha vuelto a su posición en la tierra junto a las papas— sólo para ver al doctor y estar con él. Pero tengo una salud de fierro, de fierro.

—Ay, el doctorcito —Olguita asiente con la cabeza, moviéndola de arriba hacia abajo—. ¡Qué hombre tan bueno ése!

—Lo he visto cabalgando sobre un precioso caballo negro, ¡irresistible! Pero es como si no existiéramos para él, ¿se han fijado? Tiene veinte mujeres arriba de su cabeza y ni nos ve.

—A Elenita sí la ve, porque son amigos. A veces viene a tomarse un trago con ella.

—¿Y por qué nosotras no lo vemos nunca? —pregunta Angelita con curiosidad.

—Porque viene de noche y se va directo a las dependencias de Elenita. No tiene ningún interés en toparse con tanta mujer dando vueltas...

—¿Qué tenemos de malo? —insiste Angelita.

—Ustedes no tienen nada de malo, mijita. Lo que pasa es que él no quiere ni saber... Pobrecito, ha sufrido mucho.

—Y tú, Olguita, ¿cómo lo sabes?

—Porque somos amigotes. Yo ya estaba aquí cuando él llegó, cuando Elenita lo convenció de que se viniera. No crean que fue una decisión fácil para un médico de la capital.

Las otras tres mujeres han detenido el trabajo y miran interesadas a la vieja.

—Yo soy una tumba —les dice Olguita—. Si quieren información, pídansela a Elenita, no a mí. Yo nunca cuento las cosas de otros.

—De acuerdo —transa Angelita—, pero dinos al menos qué le pasa con las mujeres, no creo que sea tan privado, tan privado. ¿O acaso es gay?

—¿Qué es eso? —pregunta Olguita, sospechosa ante semejante palabra.

—Maricón.

—Ay, por Diosito, ¡cómo se le ocurre!

—Pero si no es un pecado —interviene Floreana por primera vez—. De hecho, cada vez abundan más sobre el planeta…

—Pero es feo —sentencia Aurora, en general de pocas palabras.

—Así es que ése era el problema —la provoca Angelita—, ¡quién lo hubiese dicho!

—No, no —salta Olguita, resuelta a dejar a su doctor bien plantado—. Es que tuvo un matrimonio desgraciado; le tocó una mala mujer.

—¿Tú crees que existen las malas mujeres? —pregunta Angelita, dudosa.

—Sí, mijita, hay que reconocerlo. Una cosa es que haya tantas que sufren, en eso estoy de acuerdo. Pero que existen las malas… existen. Y yo me las he topado. También se las topó el doctor.

—Las brujas —sentencia Floreana—. Las famosas brujas. Debiéramos reivindicar esa palabra. Apuesto a que a todas nos han llamado así alguna vez.

—Apuesto a que todas alguna vez hemos sido malas —agrega Aurora, medio riéndose— y se nos olvida.

—Más vale que lo recuerden, chiquillas. Porque si ustedes, que son jóvenes, no son capaces de ver el otro lado, no van a encontrar ni un solo hombre que las quiera. ¡Acuérdense de mí! Yo tuve un matrimonio feliz y sé lo que digo.

—Pero ha pasado el tiempo, Olguita —responde Angelita con su dulzura acostumbrada—, y ahora las relaciones son más complicadas, créeme que son mucho más complicadas.

—¿Y cómo se llama el doctor? —Floreana aparenta un interés casual.

—Se llama Flavián —contesta Olguita con respeto—, el doctor Flavián Barros.

—Nadita de malo el doctor ése —opina Aurora—, que me toque no más si tiene que hacerlo, aunque con la otitis me tocó la pura oreja…

No gasta muchas palabras Aurora, pero es mujer de armas tomar y cuando habla, lo hace de veras. Esa mañana ha conversado con Floreana cuando iban a la huerta.

—Todo lo que soy se lo debo al Juancho —había comenzado—. Si no es porque me abandonó, no me pongo nunca las pilas.

—¿Cómo pasó?

—Llegué un día por ahí a pedir cinco mil pesos prestados, para comprar una maleta. ¿Pa qué querís comprar una maleta, Aurora? Pa ir a Copiapó, contesté yo. ¿Y a qué? A buscar a mi marido. ¿Cuánto hace que se fue?, me preguntaron. Hace doce años, contesté. ¡Doce años! ¿Y quién te dijo que lo ibai a encontrar? Llegué a Copiapó y lo encontré. Le dije: te vengo a buscar, eres mi marido, tengo tres hijos tuyos, nos vamos. Ya, puh, me dijo él, ¿cuándo nos vamos? Mañana.

—Y él, ¿estaba solo?

—No. Igual hizo su maleta y me dijo: te voy a pedir un favor no más. Déjame dormir esta noche con la otra, dame permiso… Bueno, ya, le dije, entre doce años o doce años y un día, ¡qué más da! Y me llevé las maletas hechas, la suya y la mía, y lo esperé, como habíamos quedado, a la mañana siguiente en la parada del bus. Yo tenía mi pasaje y ni un peso más. Llegó el bus, él no apareció. Me subí no más.

—¿Fuiste tan lejos para nada?

No deja de jugar con los botones de su casaca de lana, café como la tierra, como las papas más viejas… O como el barro. Café como sus ojos y su pelo.

—Tú dirás si fue para nada —habla lentamente—. De acuerdo, Juancho se hizo humo, pero llegué a mi pueblo, allá cerca de Chillán. No tengo marido, avisé. Y resulta que al año, mujer, me había convertido en lo que llaman microempresaria, en el rubro de la agricultura, y en dirigente gremial. Empecé a juntarme con gente distinta, como que adquirí mundo. Mis amigos del sindicato me presentaron al gobernador, y él, cuando me vio mal, tuvo la idea de que me viniera para acá. Es amigo del gobernador de Chiloé y me recomendó.

—¿Por qué te bajoneaste, si te fue tan bien después de lo de Juancho?

—Por culpa de otro, del Rambo. Parece que no se me atreven los hombres, como que me ven muy fuerte. Y eso me decae…

—¿Y fue larga tu historia con el Rambo?

—Sí —rápida pasa una sombra por sus ojos—. No me iba a quedar sola pa siempre, si una necesita un macho. Pero yo era más capaz que él y él lo sabía. No me trataba bien; ¿sabís qué nombre me puso?

—¿Cuál?

—La Cara de Poto. Así hablaba de mí el huevón del Rambo. Antes de venirme se las pagué. Alentada por las compañeras del sindicato, nos fuimos al bar donde él se la pasa tomando y en venganza escribí en todos los baños: «Al Rambo no se le para».

Se ríe contenta mostrando sus dientes chuecos.

—¿Y llegaste alguna vez a Santiago?

—Una vez, no más. Fui porque mis hijas querían conocer los ascensores. Pero de eso hace ya mucho tiempo. Hoy no me hace ni una ilusión.

Aurora representa cerca de sesenta años. Floreana se impresionó cuando, al cerrar la conversación, ella le confesó que tiene cuarenta y ocho. Enrabiada frente a la crueldad de la naturaleza había comenzado Floreana su jornada en la huerta.

Ahora la terminaba porque el sol, debilitado, avisa que el mediodía ya cruzó la isla hace un buen rato. Atraviesa la huerta para recoger los pepinos del invernadero; piensa en su propio nombre y en el del doctor. Flavián y Floreana son nombres que tienen sonido de agua, la *f* con la *l* suenan acuáticas a sus oídos.

Once

—¡Se me fue mi niño! —llora doña Fresia al borde de la histeria, sujetándose en el hombro de Elena—. ¡Se me fue mi niño, y usted, señora Elena, usted tiene que ayudarme a recuperarlo!

Como los llantos se transformaban en alaridos y no bastaron las manos suavizadoras ni el consuelo susurrado de Elena, ésta mira a Floreana y le ordena despacio pero con firmeza:

—Corre al policlínico, dile al doctor que venga rápido, que traiga un calmante inyectable.

Atravesada por la angustia de la vieja doña Fresia, Floreana obedece. Hace un rato ella iba cruzando por casualidad la puerta del Albergue cuando el Curco, corriendo como conejo asustado, llegó donde Elena avisando que la necesitaban en el pueblo. Floreana había interrumpido su trabajo en la huerta un momento y se disponía a volver cuando Elena le pidió que la acompañara.

Es que esa mañana ha aparecido, luego de ocho años, la nuera de doña Fresia, sin aviso, desde la nada, y arrebató a su hijo, partiendo con él luego de haber insultado y acusado de robo a su suegra mientras ambas tironeaban del niño, venciendo la más joven. Dicen que el niño gritaba aterrado tratando de zafarse de su madre, esa mujer a quien no conocía, y que lloraba por volver a las manos de su abuela. La casa de doña Fresia se encuentra en las afueras del pueblo, sin vecinos cercanos que la hubiesen podido ayudar ni dar testimonio del hecho.

La nuera no quería al niño, nunca lo quiso, les había explicado doña Fresia. Cuando llegó el momento del nacimiento, fue a parirlo a la letrina; lo botó ahí mismo y se arrancó. Por cosa de Dios, dijo doña Fresia, la habíamos recién limpiado y la guagua se mantuvo ahí hasta que los niños sintieron su llanto. Doña Fresia recogió a su nieto del pozo, lo aseó, lo salvó de morir. Pasaron ocho años hasta hoy, cuando la verdadera madre volvió a buscarlo.

Se me fue mi niño. Esas palabras palpitaban en el corazón de Floreana. La imagen de José, su propio niño ya crecido, le golpea la cara como un aguacero. También la de Emilia, su sobrina del alma, la hija de Isabella que siente tan suya. Y envuelta en los resplandores de esos dos rostros, probablemente los que más ama, llegó sin darse cuenta a la puerta del policlínico.

El policlínico está situado al final del pueblo, a la orilla del mar, en una especie de prolongación de la tierra firme que parece falsa por alzarse allí la única construcción que se sale de la ordenada línea de la ribera. Es una casa antigua, de construcción chilena. En estas tierras los adobes del Valle Central se transforman en tejuelas. Cuatro vigas anchas sujetan un largo corredor, y la casa está entera pintada de color café, sólo las ventanas son amarillas. Dos cipreses bien torneados esconden alguna construcción hacia el costado izquierdo mientras un gran manzano antecede a la casa. Y tras él, una gruta con la Virgen, diseño de algún Gaudí local, de piedras pintadas entre blanco y celeste, formando una rara estructura, un triángulo triste que casi llegó a ser rectángulo. La Virgen moldeada en cerámica tiene unos alucinados ojos de loza. Siempre hay muchas velas prendidas a sus pies.

La enfermera pidió excusas, un paciente muy enfermo había recién entrado a la consulta, ¿no le importaría esperar un poco? Alcanza a ver, a través de la puerta de la oficina del doctor, un ventanal hacia el mar que le regala la más privilegiada vista de la isla. A la derecha, el pequeño faro que ella ha divisado muchas veces desde la colina, y a la izquierda, escondida, una caleta, una pequeña hendidura de agua con botes, gaviotas, pescadores y redes. La enfermera le ofrece asiento. Inquieta, Floreana opta por pararse frente a la ventana de la sala de espera, dándole la espalda al quehacer de este pequeño hospital y a los olores que de él emanan, entre químicos y humanos, olores que la trasladan a recuerdos que quiere evitar a toda costa. Trata de concentrarse en doña Fresia, pero se entromete su propio hijo sin que su voluntad lo llame. Él está bien, se repite Floreana, está con su padre que es toda su dicha, no debo alterarme. Le va a escribir a Emilia; la única carta que ha recibido hasta ahora venía de ella.

Si el tiempo de espera fue corto o largo, no lo supo. Abandonó su postura sólo cuando una voz masculina se convirtió en silueta. Le costó distinguir sus rasgos, obnubilada por la luz de la ventana. Sólo resaltaba el blanco de su delantal de trabajo.

Apenas un instante transcurrió entre explicarle que Elena lo necesitaba, lo de doña Fresia y la inyección, y que él estuviese listo:

—Vamos en el jeep, es más rápido.

Mientras él manejaba, sin mirarla preguntó:

—¿Eres la misma del almacén?

—Sí.

Un silencio corto.

¿Tú me mandaste los cigarrillos?

—Sí.

Entonces él apartó la vista del camino y la dirigió hacia ella. Floreana se ruborizó. ¡Cómo le gustaría sentirse misteriosa! Es más, siempre temía que en la aproximación un hombre le descorriera el primer velo, el segundo, y todo quedase ya a la vista. Y tampoco tenía la fuerza, aunque su anhelo fuese tenerla, para sujetar sus velos al cuerpo, y que ninguna desnudez probara lo fácil que era conocerla. A Floreana le gustan las mujeres reservadas,

103

como Elena o Constanza, y en su propio desorden ella dice siempre lo primero que se le viene a la cabeza, entrega información sin esperar a que se la pregunten.

—Muchas gracias —es todo lo que él dice.

—De nada —es todo lo que dice ella.

Las manos de él sobre el volante son el objeto de la atención de Floreana. Quizás escribirle a Emilia, cómo esas manos podrían ser las del personaje de un gran lienzo: inventar al personaje a través de unas manos.

Es un improbable día de sol a comienzos del invierno en la isla.

Habiendo caminado desde la casa de doña Fresia al policlínico por la huella peatonal, el recorrido del jeep le resulta desconocido. En una curva, ya a la salida del pueblo, la mirada de Floreana encuentra sorpresivamente una caleta de la cual ignoraba toda existencia, un lugar donde se juntan desde lejos el mar y la tierra, en una imagen casi bendita. Los botes de colores chocan con el azul rotundo y los pescadores no parecen parte de los cerros sino del generoso verde que se instala con respeto a unos metros del agua.

—El Creador hizo esto cuando estaba descansado, seguro que fue en un día domingo —comenta en voz alta.

—Probablemente —responde Flavián—. Porque no cabe duda de que este paisaje está pintado por la mano de Dios.

Es todo lo que se han dicho cuando llegan a la casa de doña Fresia.

Más tarde Floreana analizará lo sucedido: el personaje que manejaba el jeep en hosco silencio, el que ignoraba el gesto de una mujer que sin conocerlo le lleva una ofrenda, el que no le preguntó ni su nombre, ése no era el mismo que atendió a doña Fresia. La visión del doctor acogiéndola, mientras la tomaba por los hombros, mientras la inyectaba, mientras le daba consuelo, hablaba de dos personas diferentes. Quizás escindidas. A él los fuertes no le interesan, concluirá, él ostenta un tipo de gentileza, de amabilidad, como sólo se detecta en el que está acostumbrado a tratar con los débiles y sufrientes.

«... desde las terrazas, a los dos costados de la casa grande, todas nos inundamos de mar: el Pacífico, anegados los ojos de Pacífico. La casa es azotada por los cuatro vientos, y me pregunto si no será éste el único lugar adonde llegan todos los vientos. Desde esas mismas terrazas la vista alcanza una gran extensión. De frente veo la tierra con sus cerros y praderas, y de lado veo el mar. Todo bulle de verde y de azul. Diviso el pueblo, se alza graciosa la torre de alerce gris de la iglesia, y su pequeño faro al lado del policlínico parece de juguete.

»Estoy rodeada por mujeres, todo tipo de mujeres. Viejas y jóvenes, ricas y humildes, hermosas y feas. Cuando llegaron estaban tristes. No todas tienen el espíritu de abandono que yo les supuse. La honda desolación no pasea por los corredores excluyendo a sus protagonistas del mundo viviente.

»Todas hacen conjeturas sobre la fortuna del padre de Elena y esta construcción. ¿Cuánto significó para el padre? ¿Por qué lo hizo todo tan perfecto, si después lo iba a abandonar? Elena me cuenta que ella pensó en distintas alternativas. Un convento fue la primera iluminación. Pero no, me dijo, creo en todos los dioses, no en uno solo; tampoco creo en el sacrificio inútil del cuerpo. Tampoco un refugio, nadie debiera tener que esconderse por acciones cometidas, salvo los criminales. Ni convento ni refugio, por eso lo llamó Albergue: un lugar de acogida.

»A ella le gusta definir su actitud frente a sus posibles huéspedes con una palabra religiosa: una actitud ecuménica.

»Acoge a sus invitadas de acuerdo a una estricta escala de sus padecimientos —que sólo ella conoce en su total dimensión— y con rigurosa prescindencia de sus orígenes sociales, *status* económico o procedencia geográfica. (A veces me pregunto si me habría aceptado de no ser por Fernandina.) Para algunas hace funcionar la fortuna de su padre como una generosa fundación; a las que pueden pagar les aplica los estrictos precios del mercado. Cultiva la tolerancia y el pluralismo que los avatares de su propia vida la han llevado a abrazar. Con nada se escandaliza, los lenguajes y modos de cada una son respetados por ella: convive con todo y con todas.

»Ella se hace cargo de nosotras. Su meta es sanar a las mujeres, no cambiarlas, pero es el consuelo que aquí lava heridas lo que lleva al cambio, y ese consuelo lo sientes sólo por ser acogida, sin juicio, sin un reproche. *Dulce huésped del alma,* como dice el rezo. La falta de exigencia en cuanto a papeles que representar lleva lentamente a la reparación. El recogimiento en esta casa me parece medieval y me recuerda la misericordia. Existen algunas cláusulas rigurosas de conducta: la falta de alcohol, la hora obligatoria de silencio a las seis de la tarde, el trabajo manual, la hora de ejercicios corporales a las nueve y media de la mañana (los hacemos todas juntas en el salón grande), la atención diaria a la naturaleza: cuando no llueve vamos a los bosques, he aprendido a reconocer las maderas, las hojas de los árboles. A veces esos bosques no son bosques sino árboles abrazándose. Existe también, antes de la comida, una hora y media de conversación (todas debemos participar al menos una vez por semana). Allí aparecen imágenes tan desgarradoras como divertidas. También tenemos acceso a terapia individual con Elena, y para ello hay que pedir una hora.

»Creo, Emilia, que lo que cura es el goce de la soledad y, a la vez, de sentirnos tan acompañadas. De vernos a nosotras mismas en lo más primario. Definitivamente, se respira un aire de otros siglos, siglos del pasado que deben haber sido más humanos.

»Es difícil creer que Elena no haya vivido siempre en esta casa, parece tan integrada a este espacio. Desprende un alto sentido de su propia presencia. Intuyo que nunca debió andar en los asientos de atrás de los autos. ¿Has pensado, Emilia, que las mujeres se dividen entre las que espontáneamente se suben a los asientos delanteros y todos se lo respetan, y las otras, como tú y yo, que andan en el asiento de atrás?

»Y esto de Elena se percibe tanto aquí como allá abajo, donde se ha ganado todo un lugar. Una vez al año invita a las diversas autoridades del pueblo a un almuerzo, al que también llegan los diputados de la zona —deben ser amigos de Fernandina, aún no los conozco—, y cuentan que desde el alcalde hasta el cura se preparan con entusiasmo para este acontecimiento. Las mujeres prestan distintos servicios al pueblo; como Rosario, que es abogada y da consejos legales, o Ana María, que es asistente social y explica las formas de acceder a beneficios estatales que aquí ignoran. Te ilustro con el ejemplo de la señora Rosa: está emputecida porque el proyecto para regularizar los títulos de dominio es para «jefas de hogar». Ella tiene marido, lo que le impide entrar en esa categoría. Anda furiosa por tener marido, dice que no le sirve para nada y no puede resignarse a demorar el título por su culpa. Rosario ha tenido que explicárselo veinte veces. Lo claro es que le importa mucho más el título de dominio que el marido.

»Me cuentan que al principio el pueblo miraba esto con sospecha, desconfiado. Después empezó a necesitar el Albergue. Hoy ha llegado a quererlo.

»Una cosa que he ido comprobando desde hace un par de años y que aquí se me hace evidente, Emilia, es la honestidad entre las mujeres. Cuando se juntan, ninguna acalla verdades, ninguna disimula ni fanfarronea. Me sorprenden las versiones —un poco lapidarias— que cada una da sobre sí misma. Cuando cuentan sus historias, no están solamente contándolas, están sintiéndolas otra vez. Como si fuera una nueva forma de enfrentarse, la única que augurara la paz y los brazos abiertos de la otra.

»¿Sabes? Pienso en el amor. Todo esto se trata, en el fondo, de aquel sentimiento tan común, fantástico, paralizador, sobrevalorado, escaso. Tengo la impresión de que estamos todas, sin saberlo, paradas sobre la médula misma del drama de estos tiempos, uno de los dilemas cruciales de fines de siglo: el desencuentro entre los dos sexos.

»PD: Olvidaba hablarte de las manos de un hombre. ¿Cuántas hojas podrías bocetear sobre un par

de manos? Éstas que conocí son grandes, muy cuadradas, como si las hubiesen dibujado con regla.
Son manos solventes, cabría dentro de ellas una
casa, un árbol, algo enorme y básico. Y también la
compasión».

Doce

Sentada en los escalones del porche de la cabaña, Constanza aguanta la vida, sintiéndose la dueña de toda la escasez, la más pobre entre las pobres.

Son las tres de la tarde.

—¿Hoy no haces tu caminata habitual?

—No tengo energías.

—¿Y si te tiento? —le sonríe Floreana—. Vamos juntas, necesito un poco de ejercicio.

Constanza se levanta de mala gana y emprende el movimiento. Floreana está descosa de compartir aquella danza de luces que entrevió en la caleta.

—La conozco —dice Constanza—, pero vamos, es un lugar precioso.

Ya lejos del Albergue, tras un largo silencio, Floreana la mira de reojo. Su rostro es un óvalo perfecto. ¡Qué golpe de vista dan esos huesos tan afilados de los pómulos y el mentón!

—¿Cómo te las arreglaste para venir al Albergue, teniendo un puesto de tanta responsabilidad?

—Pedí tres meses de permiso sin sueldo. Nadie se atrevió a negármelo, si he trabajado como una bruta todos estos años.

—Dime, Constanza… ¿te ha costado mucho llegar a cargos tan altos en ese mundo tan masculino?

—Siempre pensé que no, que incluso me ayudaba el ser mujer. En una audiencia con el Presidente de la República o en una conferencia de prensa, creía que este dato me favorecía. Pero ahora que he reflexionado, comprendo que he pagado enormes costos. Creo que el peor ha sido trabajar el doble que los hombres para demostrar que me la podía…

—Con el consiguiente costo para tu vida personal…

—Evidente. Pero yo no me daba cuenta.

Siguen caminando. Las finas botas de cuero de Constanza aplastan los helechos y las malezas.

—¿Con quién dejaste a tus hijos? —Floreana vuelve a la carga.

—Con mi madre. ¿Sabes? Apenas los echo de menos. Y no porque sea una mamá desnaturalizada, no lo soy en absoluto. Es porque por primera vez en mi vida adulta me he dado un tiempo para mí misma.

Se acercan al mar, la marea está baja aún, un par de pescadores trabajan en sus redes y las observan curiosos. Al hincarse en la arena amarilla, los ojos de Constanza son arrancados por el reflejo del agua, tumultuosa y airada.

—¿Te pasa algo malo? —Floreana pondera si debe o no interrogarla; Constanza es tan reservada.

—Sí.

—¿Quieres conversarlo?

—Estoy enferma de amor, es sólo eso.

—Sólo eso… —repite Floreana, dimensionando la respuesta.

—Hace tanto que necesito una amiga, Floreana —hasta en sus suspiros mantiene cierto control—, que estoy dispuesta a confiarte todo.

Recoge de la playa una varilla y comienza a hacer círculos con ella, como si quisiera perforar el aire, darle mil vueltas. Transformarlo en otro aire, distinto.

—Estoy enamorada de un hombre casado. Me juró que se iba a separar de su esposa por mí, pero no ha sido capaz de hacerlo. Y sabiendo a ciencia cierta que su única posibilidad de ser feliz es conmigo.

—¿Por qué no lo ha hecho?

—Él es católico, más bien tradicional en sus concepciones. Luego de dos años de apasionada relación, en que me prometía rehacer su vida y no llegaba a hacerlo, le di un ultimátum. El resultado fue negativo. No exagero si te digo que casi enloquecí.

—Comprendo… debe ser un conservador.

—¿Cómo definirías a un conservador?

—Como el policía de las costumbres. Tiene más relación con cómo se comportan los demás que con el comportamiento propio. No cejará nunca de controlar la vida sexual y personal de los otros, para que se adapten a sus propias restricciones… las de su mente, no de sus actos.

—Es un poco duro, pero en el fondo tienes razón… Bueno, se supone que a partir de entonces el romance terminó. Pero igual espero noticias suyas cada día desde que llegué aquí… y nada. Como nuestro amor fue clandestino, tampoco puedo llamar, preguntar abiertamente por él. No resisto su distancia. Aunque sé que necesito este aislamiento, a veces me mata.

Su rostro tan hermoso se contrae, pero su voluntad le devuelve de inmediato la expresión anterior.

—Es un hombre de cincuenta años. También es ingeniero comercial y está a la cabeza de una de las empresas más importantes del país.

—Igual que tú…

—No es casualidad, son empresas asociadas. Al fin y al cabo mi mundo laboral y social es también el suyo, y es el único que tengo; no me da el tiempo para mirar más allá. Él está casado con una mujer de su edad… sé que es una injusticia para ella, siendo yo diez años menor —Constanza sonríe con un dejo de amargura—. Tiene cinco hijos, cree en Dios y en el valor de la familia por sobre cualquier otra cosa.

—¡Pobre! ¡Me imagino sus contradicciones!

—¡Tremendas! Se enamoró de mí muy a pesar de sí mismo. Cuando lo conocí, creí que la infidelidad era imposible para él. Yo estaba recién separada, con ganas de empezar a vivir luego de un matrimonio aburrido y de un marido que no soportaba que yo ocupase cargos de más importancia que él ni que ganara más dinero. Me había casado virgen, y nunca le fui infiel.

—Suena aburrido, en realidad.

—Al quedarme sola, me compré mi *penthouse*, es una lindura, ya lo conocerás cuando estemos en Santiago. Lo decoré con una sensualidad que ni yo misma sospechaba que tenía. Ése fue nuestro nido, porque mis hijos van mucho a alojar donde su padre y la casa queda sola para mí.

—¿Qué tipo de relación tenían?

—Mira, lo que más me atrajo al comienzo fue la paridad con que nos enfrentábamos. A él le merecían mucho respeto mi trabajo y mis conocimientos. Me tomaba en serio. Hablábamos el mismo lenguaje, éramos compañeros, algo que ninguno había vivido nunca, ni él con su mujer, ni yo con mi marido.

—Perdón, Constanza, pero dime: ¿qué hombre resiste estar con una mujer inteligente, importante, y que además es buenamoza y rica?

—Parece que ninguno —su risa corta fue la primera del día—, acuérdate de que él sigue con su esposa. Una vez me dijo: nosotros los católicos también somos infieles, y tal vez con menos dolor que los agnósticos, porque reconocemos nuestra calidad de pecadores y tenemos a quien pedirle perdón.

Constanza sonríe otra vez con tristeza ante este recuerdo.

—Es un hombre muy desconfiado —retoma el hilo luego de un momento en que Floreana temió que lo abandonara—. Ven, tendámonos sobre mi poncho —se despoja de esos metros de suave alpaca blanca, tan fina, y lo extiende sobre la arena—. Tanta lana invernal tranquiliza, ¿verdad?

Se instalan, sacan cigarrillos —ambas conservan ese vicio tan femenino—, y Constanza, absorta la vista en una bandada de pájaros que vuelan por el cielo, no logra ocultar un brillo extraño, parecido al delirio, que desprenden sus ojos. Algo cambia en su voz, comienza a hablar en un tono monocorde.

—Su madre se metió con el jardinero de la casa. Él tenía catorce años ese día que volvió del colegio con fiebre. Vivían en una casa enorme, una especie de parcela, en Las Condes. Estaban las empleadas, el mozo, todo el mundo haciendo el aseo en el primer piso. Al pasar a su pieza, sintió ruidos en la de su mamá. Eran ruidos que él nunca había oído y que nunca pudo olvidar después. Como de gatos, no de seres humanos. En vez de irrumpir en el dormitorio, lo turbó algo que aún hoy no puede identificar claramente, algo que lo obligó a espiar. Se quedó oyendo. En la ventana abierta a la terraza se reflejaban las imágenes de un hombre y una mujer revolcándose en la cama. Le dieron ganas de matarla cuando reconoció al jardinero... pero se quedó paralizado. De ahí en adelante, vivió como en una pesadilla.

—¡Pobrecito! Debe haber sentido una impotencia feroz…

—Sí, feroz. Ella con sus blusitas de seda cerradas hasta el cuello en la mesa, escandalizándose si alguien decía «poto», y su padre tratándola como si fuera una mujer decente. Lo odió más a él que a ella, por débil, por crédulo, por imbécil. El jardinero iba todos los jueves. Su padre se despedía de él en la mañana, afable, cariñoso, dándole instrucciones sobre el pasto, las rosas, el riego, y el otro siempre obsecuente. Y mi pobre amor lloraba de rabia. Empezó a enfermarse los jueves para no ir al colegio y así asegurarse la atención de su madre, coartándola con su presencia para que aquella escena no se volviera a repetir. Nunca lo habló con nadie.

—Eso sí que mata… el no hablarlo.

Era incapaz de hacerlo. A los dieciséis años se masturbó por primera vez con la imagen de su madre y el jardinero, vomitando y eyaculando al mismo tiempo. No confió más en las mujeres. Se casó con una especie de monja, fea, santa, asexuada.

—Previsible, ¿no?

—Absolutamente. Nunca volvió a querer a sus padres. De ahí hasta que me conoció, tenía sospechas de todo y de todos. ¡Y de todas! No te imaginas cómo era su casa, su mundo: la formalidad extrema. La aparente bondad, los buenos modales, los principios inamovibles. Su sentimiento íntimo era así: todos son crápulas, yo también. Cuando me conoció en el directorio de su propia empresa, donde nos tocó trabajar un buen tiempo juntos, se fue enamorando sin darse cuenta, básicamente por mi apoyo diario a sus asuntos. Viajamos muchas veces los dos, sin ser amantes todavía. Ni siquiera éramos amigos.

—¿Pero se coqueteaban, o algo?

—Inconscientemente, sí. Claro que ninguno de los dos lo habría reconocido. No sé cómo empezó a excitarse conmigo. La primera vez que nos acostamos, él estaba aterrorizado. Me dijo que no sabía nada en materia de amor. Prometí enseñarle, disimulando lo poco que sabía yo, aunque muy pronto me di cuenta de que a pesar de la pobreza de mi vida sexual anterior, él era efectivamente mucho más ignorante que yo. Vomita cada vez que se acuesta conmigo, al eyacular. Se descompone de amor y de rabia.

—¿Vomita? Pero, Constanza, ese hombre te tiene pavor… Jamás había oído algo semejante.

—Él mismo no podía explicarme por qué, y yo me angustiaba. Imagínate cómo me insegurizaba: ¿quería decir que verme, tocarme desnuda, le daba asco? Me volvía loca de desconcierto. Creí que nunca se iba a atrever a contarme qué le pasaba. Hasta que hubo una noche rara, especial. Estábamos en Singapur, en un antiguo hotel inglés, el Raffles, que es como de sueño, un lugar que te transporta, no sé, a la India del siglo pasado. Creo que influyó que estuviera tan lejos de nuestra realidad cotidiana.

—Sí, yo también he comprobado en carne propia que en el extranjero los hombres se sueltan.

—Y nosotras también... Esa noche, otro miembro del directorio, joven y bastante buenmozo, le confesó en medio de una especie de borrachera que estaba enamorado de mí y le pidió consejos sobre cómo abordarme. Esto lo volvió loco. La sola idea de imaginarme en manos de ese hombre le desató tal angustia (el otro no sólo era más joven sino que además estaba disponible) que tuvimos un encuentro sexual desenfrenado. Y a la hora de vomitar, ante el miedo de perderme, tomó la decisión de hablar conmigo. Allí me contó esta historia. Fue un puro acto de pasión.

—Y de confianza.

—Sí, o mejor dicho: a mí me quiere, a pesar de sí mismo. Me ama siempre que me vomite. No puede quedarse con el amor adentro.

Constanza se cubre el rostro con sus manos cuidadas.

—¡Qué horror lo que te he contado! Debe ser el Albergue...

—Sabes muy bien que te entiendo...

—Sí, sí, lo sé... —el delirio ha emergido abruptamente a la superficie, sofocado de tanto esconderse.

Se pone de pie. Parece fatigada, como oscilante, sacudida. Una hoja de otoño a punto de ser aplastada por una inminente pisada.

—Perdóname, Floreana... Déjame caminar un rato sola.

Olvida la alpaca blanca y se va en dirección a los cerros que resguardan la caleta. Floreana recoge el poncho, se lo cuelga sobre los hombros y se queda mirando a los pescadores. Debe dejarla tranquila. Constanza ha descubierto en sí misma el salvajismo de una forma de franqueza vivida por primera vez.

Yo también pillé a mi madre, aunque no fue tan brutal, piensa, mientras por una estrecha fisura de su mente se cuelan imágenes olvidadas. Cursaba uno de los últimos años de colegio y había una reunión con alumnos y apoderados en su curso. Cuando ésta terminó, Floreana caminó al paradero de buses, frustrada por la ausencia de su madre. Entre el colegio y el bus, en una esquina, se situaba un pequeño *pub*, tranquilo y oscuro, que ella ya no veía por el hábito de pasar cada día frente a él. Floreana nunca se ha explicado qué la impulsó a mirar para adentro. Allí estaba su madre, en una pequeña mesa, tomada de la mano con un hombre. Salió disparada, por el terror de que la hubiesen advertido. Su madre llegó al hogar casi a la misma hora que ella, como si viniera de la reunión. ¿Supuso que le guardarían las espaldas?

Esa noche la alcanzó en su dormitorio y la vio frente al espejo del tocador, observándose minuciosamente. Ignoraba —era evidente— que su hija la había visto. Floreana la abrazó por la espalda y le preguntó qué ocurría.

—Me siento indigna.

Y no hubo más palabras.

Al día siguiente, a la hora de la siesta, Floreana presenció cómo se acurrucaba contra el cuerpo de su marido, que leía en el gran sofá del escritorio. Ella copiaba unas definiciones de la enciclopedia; pensó que su mamá dormía, pero al volverse vio que sus ojos estaban abiertos, fijos y grandes. Floreana recordaría siempre lo que detectó en esos ojos: miedo.

Caminando sola de vuelta de la caleta, siente cómo cada día el manto de la noche cubre tantas cicatrices en el Albergue. ¿No estará ella a tiempo de destapar sus propias espaldas?

Trece

—¡Qué grupo de escépticas! —les dice Elena, ella que ha confiado en el amor justo y equilibrado—. Bueno, mujeres, yo me voy a la cama —sonríe, despidiéndolas luego de la sesión de *Clásicos del Cine* que han visto en televisión—. Pero, antes de retirarnos: ¿quién me va a acompañar mañana a la ceremonia con el ministro?

—¡No cuentes conmigo! —se apresura Patricia—. Ya he cumplido con mi cuota después de la convivencia con el cura. ¿Sabías, Floreana, que cada tanto el cura llama a Elena para recordarle que somos sus feligresas? Alguna de sus mujeres será creyente, pues, señora, le dice. Y ella, para quedar bien con las estructuras, nos obliga a aparecer en la iglesia. ¡Y la última vez me tocó a mí, que soy completamente atea!

—Una plegaria no te hará mal —se ríe Elena.

—¿Plegaria? Bonita palabra —ajusta, como siempre, la colorida ruana a su cuerpo—. No necesariamente debe ser para Dios, ¿verdad?

—No. Puedes someterte a un momento de humildad y pedir por algo. Por todas nosotras, por ejemplo.

Floreana se ofrece para acompañar a Elena al día siguiente. Constanza, aunque no simpatiza mucho con el actual gobierno, dice que también irá.

—Con dos me basta —dice Elena—. Y como Floreana y Constanza tuvieron la gentileza de ofrecerse, las demás se quedarán con las ganas. Les aviso que tienen preparado un curanto. ¡Ustedes se lo pierden!

Al llegar a la cabaña, encuentran el estar vacío; Toña y Angelita no están a la vista.

—¡Qué raro! —comenta Constanza—. ¿Dónde se habrán metido?

—Deben estar de visita en otra cabaña, o habrán salido a caminar.

—¿A esta hora, con tanto frío?

Floreana se dirige al baño, abriendo la puerta. Ve a Angelita desnuda dentro de la tina. Sus hermosos pechos sobresalen entre la espuma y el vapor mientras Toña, hincada en el suelo, le frota la espalda con delicadeza.

—Perdón —se excusa Floreana.

Toña se sobresalta y se apresura a dar explicaciones.

—Perdonen ustedes. Ocupamos la tina sin pedirla. Es que se demoraban mucho y Angelita tenía frío.

—Úsenla todo lo que quieran, siempre que me permitan lavarme los dientes —grita Constanza desde su dormitorio, empezando a desvestirse—. Lo que es yo, estaré durmiendo dentro de diez minutos.

Ya en su cama, Floreana arremete consigo misma. Le ronda la discusión en que se trabaron después de la película. Se pregunta si estará tan enajenada como para que Hollywood, con *Cleopatra* —la superproducción por antonomasia—, la deslice hacia disquisiciones anémicas.

Analizando a Marco Antonio y Cleopatra, no puede dejar de pensar en el amor actual, en el *diminuto instante inmerso en el vivir*, como diría Silvio. Tras la primera noche de amor, Cleopatra le dice a Marco Antonio que a partir de ese momento no debe temer ni tenerle celos a César. ¡Por una sola noche...!, se dice Floreana, incrédula. Igual él se casa después con Octavia: razones de Estado. ¡No se puede creer ni en las más altas pasiones! O si se cree en ellas, ¡miren el fin de Marco Antonio! Toda su vida rota por el amor de Cleopatra: poder, honor, voluntad... ¿Valdrá la pena un amor de ese tipo?

—Y ella le perdona todo —había comentado Patricia.

—Tiene que ver con el deseo satisfecho. Siempre hay que relacionar esa idea con las conductas aparentemente inexplicables —descifra Constanza con su cara de mujer inteligente—. Cuando un deseo profundo ha sido satisfecho, una mujer perdona. Si no ha sucedido así, ¡no perdona nunca!

Se quedaron todas calladas. Es probable que cada una evaluase de cuánta satisfacción se ha beneficiado. Y cuánto ha perdonado.

Una vez que se entra en el sexo, no hay vuelta atrás. La piel, al exponerse entera, exige deberes y derechos que en horas anteriores no existían, medita Floreana, deseosa de gritarlo de una vez: ¡yo soy mala para la cama!, ¿me oyen? ¡No soy Cleopatra y habría dado mi vida por serlo! No hay magia alguna que resista la embestida de un ser ansioso. Del sexo a la ansiedad hay un paso. El sexo es el puente que no debe cruzarse; si una lo hace, automáticamente pierde el poder.

—¡Es lo más anticuado que he oído en mi vida! —le había gritado Patricia de vuelta—. Yo no pierdo ningún poder: hago el amor y punto.

—¿Y esperas su llamada al día siguiente?

—No, no espero nada. Ya tuve el goce que buscaba, cero rollo después.

—No te creo —aventura Floreana—. Nuestra tragedia es que siempre esperamos la llamada al día siguiente. Y si no llega, nos sentimos indignas. Casi vejadas.

—¡Por favor! —Patricia la mira con agresividad—. Y él, ¿no debiera esperar también una llamada?

—Al revés, él está aterrado de que esa llamada llegue. Si suena el teléfono y oye la voz femenina preguntando «¿cuándo volveré a verte?», le dan tres tiritones y sale arrancando. Hay hombres que evitan meterse a la cama sólo por el horror de esa llamada al día siguiente.

¿Por qué ellos no y nosotras sí?

Porque estamos cagadas, por eso. ¿O alguna cree que el mito de la virginidad como la joya a entregar es invento? Aunque todo ha cambiado, nuestra vagina sigue siendo nuestro instrumento de poder. Pensemos en Ana Bolena. El día que se entregó, perdió a Enrique VIII… y terminó decapitada.

¡No vale!, dice una de sus voces internas, eso pasó hace siglos.

Mi problema es más serio, se lamenta Floreana. Llegado el momento, vuelvo atrás: dejo de ser la mujer de fin de siglo que se supone que soy, y paso a reencarnar a mi madre y a mi abuela. Entonces, después de una noche de amor, no sólo espero la llamada telefónica… Espero flores, cartas… ¡Y ojalá él me diga, con palabras reales, que el encuentro ha sido trascendente, que el mundo se detuvo porque se metió a la cama conmigo!

Maritza se había largado a reír cuando Floreana osó formularlo públicamente. ¡Ahí sí que te fregaste!, le dijo burlona, mejor no te acostís con nadie; ¿a qué hombre se le detiene el mundo hoy en día? ¿Ah? ¡A ninguno!

Ensaya levantar su dignidad... pero en el fondo se siente derrotada. La única que parece no vivir en permanente conflicto es Elena. Todos los comentarios de la psiquiatra fueron divertidos pero sensatos, como de alguien que ha sido evidentemente bien amada. Tuvo un marido al que voluntariamente dejó, dos hijos grandes que la adoran —y a los que pudo criar y mantener sin el agobio que sufren casi todas las mujeres del Albergue, que se matan por conseguir el dinero que los respectivos padres muchas veces niegan—, y miles de hombres que probablemente le llevaron flores y a quienes se les detuvo la vida por ella. Seguro que ninguno la abandonó. Es la satisfacción de la que hablaba Constanza: Elena la conoce.

Cagaste, Floreana, se dice. ¿Cuándo empezó el amor a devenir en terror en vez de incentivo? Dirás lo que te hemos escuchado en otras oportunidades, dirás que la vida te ha enseñado, que estás dolida por acumulación... De acuerdo, pero... ¿hasta ese grado delirante y obsesivo? El que no te conste la semejanza de la realidad del otro con la tuya no debiera paralizarte así, mujer descreída y asustada. ¿No eras tú acaso la que se reía con Fernandina del maldito miedo de los hombres? Bueno, el miedo es esto. Ni más abstracto ni más indiscernible que esta terrenal sensación de verse cercada, de que las cercas crecen a veces hasta dimensiones gigantes, como esas verduras de invernadero que parecen distorsionar la naturaleza. Sus puntas hacen daño, por cierto, lastiman. Siempre existe la posibilidad de seguir de largo y resultar indemne, pero sólo si estás en condiciones de darle la espalda a la vida misma. El problema del amor, Floreana —con todos los lugares comunes que trae consigo—, es que es casi inseparable de la *vida misma*. Entonces, cómo resistirse al juego de conocerse, de tocarse el alma, de añadir el cuerpo como peligroso contrabando, de adivinar al otro, de adecuarse, de creerle... o mejor seamos sinceras: *de creerse uno en el otro*. Ése es el pavor. Nadie quiere una gota de riesgo ni dolor. Es el signo de los tiempos. ¡Que nada nos toque! Ése es el nuevo concepto de salvación en esta modernidad arrolladora.

—¿Tú crees, Elena, que esto del miedo es nuevo? ¿Este miedo que nos tienen los hombres hoy? —había preguntado Constanza con inquietud.

—No, yo creo que nos han temido desde la eternidad —respondió Elena, reflexiva—. Tal vez lo nuevo sea que nosotras nos dimos cuenta y lo estamos diciendo; y al hacerlo explícito, al exhibirlo, nosotras mismas hemos definido una nueva etapa.

—¿Y qué vamos a hacer ahora? —el desaliento impregna la voz de Constanza.

—Tender puentes, querida, tender puentes. No veo otra salida.

—Ay, Elena, sé más explícita, por favor...

—Por ejemplo, hacerles sentir que no son menos hombres por sentir ese miedo... una vez que lo reconozcan, por supuesto. Habría que convencerlos de que dejen aflorar su parte femenina... y así podríamos encontrarnos en un punto medio, ¿no te parece? No se me ocurre otra manera.

—Y hombres así, ¿existen?

—Son escasos, no lo niego —Elena se ríe con malicia—, pero existen, Constanza, existen.

Se te seca la garganta, Floreana. El amor es un paso en falso. No caminar mal. No caminar, mejor. Inmovilicémonos. Cada uno en su propio hielo: así no nos haremos daño.

Tu desesperado anhelo es protegerte, pero no tienes la entereza para desahuciarte totalmente del amor: algo en ti aún se siente llamado al peligro. Total, Floreana, ¿qué es lo peor que podría pasarte? Que no te quieran.

¿Será eso tan grave?

Catorce

Floreana se siente tan ajena de sí misma como le sucedía en la adolescencia, cuando salía de un cine y enfrentaba la realidad de la calle. Por largo rato deambulaba, sintiéndose la heroína de la película, convencida de ser tal o cual actriz, encarnando con pasión al personaje, mirando a su alrededor como si todo fuera una porquería que se confabulaba para sacarla de su verdadero medio: el cine, la atmósfera, la fantasía recién vivida. Volvía a ser ella sólo cuando la inmediatez y la trivialidad se hacían ineludibles.

Regresar al Albergue significará arrancarla de la ensoñación en que la sumerge la piadosa mentira del filme que ahora protagoniza en Puqueldón.

Puqueldón es un pueblo tendido en la isla Lemuy, una de las cuarenta y dos que conforman el Archipiélago de Chiloé. No son más de mil sus habitantes y el aire es siempre fresco, aun en los días veraniegos de calor. Cualquiera sea la temperatura, el aire despierta a hombres y mujeres, los alerta, los mueve.

Floreana pensará a este pueblo como el lugar del aire.

¿Qué hace ella tan lejos del Albergue? Fue por culpa de la visita del ministro, del pueblo embanderado y de Elena que le sugirió reemplazarla.

Al llegar a la ceremonia, Floreana observó detenidamente, y por primera vez, a Elena —«la Abadesa», como dice Toña a sus espaldas— junto a su amigo el médico. Se apretaron las manos al darse el beso de saludo, arrimaron sus sillas para sentarse lo más cerca posible el uno del otro, y luego de hacerse comentarios al oído sus risas mostraban una evidente complicidad. Terminado el discurso del alcalde, y cuando estaba por comenzar el del ministro, uno de los carabineros se acercó al doctor con su radio encendida. Un feo accidente había ocurrido en Puqueldón: el hijo de la directora de la escuela estaba herido. Flavián no demoró en partir, pero antes le pidió a Elena que lo acompañara.

—No puedo, tengo que almorzar con el ministro. ¿Necesitas ayuda? —como chiquillos secreteándose, así de bajo es el tono de sus voces.

—Es que pasé casi toda la noche en vela…

—¿Por qué? —le pregunta Elena, preocupada.

—Estuve cuidando al Payaso, deliraba de fiebre y no quería que lo dejara solo.

El Payaso es un hombre viejo que trabaja cuidándole los caballos a un alemán de la zona. De paso le cuida también a Flavián el suyo; en su juventud fue payaso, y aún ejerce como tal en las fiestas del pueblo.

—Me da miedo dormirme mientras manejo —agrega Flavián.

—Que tu enfermera vaya contigo…

—Por ningún motivo, ¡tendríamos que cerrar el policlínico!

Elena mira hacia atrás, donde están sentadas, muy compuestas, Constanza y Floreana. Toma el brazo de esta última para que se acerque. Cuando el doctor comprende lo que Elena está haciendo, protesta, todo en voz baja porque el carabinero espera y el ministro ya se dirige al micrófono.

—Por favor, no quiero molestar a nadie —alcanza a decir mirando a la elegida—. Mejor voy a buscar al auxiliar del policlínico.

—A mí me encantaría acompañarte —le susurra Floreana—. Cuanto más pueda conocer de estas islas, mejor.

Entre el apuro, la mirada impaciente de las autoridades y la distracción que causan al público, Flavián no tiene más remedio que acceder desganado… o así lo percibe Floreana mientras camina hacia el jeep, y se pregunta por qué Elena se lo ha pedido a ella y no a Constanza.

Se instala en el asiento delantero, cruza sobre su cuerpo el cinturón de seguridad y, una vez emprendido el viaje, abre la boca:

—¿Quieres que te cante para que no te quedes dormido? Lo hacíamos en los viajes cuando chicas, para mantener despierto a mi papá.

—Prefiero que me converses. Si cantas bien, me duermo de una vez —al menos sus ojos muestran una pizca de buen humor.

—¿Te puedo hacer preguntas? ¿O prefieres que maneje yo un rato? —Floreana es de los raros seres en este mundo que se relacionan con otro preguntando, como si todavía el género humano le interesara.

—Adelante, pregunta no más. Pero me reservo el derecho de decidir si respondo. Y después manejas tú, si yo me rindo.

—Partamos por lo más básico: ¿qué especialidad tienes en medicina?

—Soy internista. Vale decir, le hago a casi todo... como el antiguo médico de familia.

—¿Y por qué estás aquí?

—Me vine al sur por culpa de una mujer —el tono es casual—. Necesitaba aire fresco.

—¿Y piensas volver cuando estés curado?

—Aún no se airean mis pulmones. Además, como soy médico, tengo una tarea que cumplir aquí.

—¿Alma de misionero?

—Ojalá fuera tan bueno... No, no soy un hombre bueno. Y para que veas que no miento, te lo puedo contar: tuve un problema en la clínica privada donde trabajaba en Santiago y quise poner todos los kilómetros posibles entre ese lugar y yo. Entonces, elegí una localidad donde de verdad hiciera falta.

A pesar de su curiosidad, Floreana no se atreve a preguntar más.

—Bueno, algo de misionero tienes de todos modos, igual podrías estar en una ciudad grande.

—Es que, ¿sabes?, no soy hijo del cinismo ni del escepticismo, como está tan en boga hoy día. Todavía me gusta involucrarme con ciertas causas, de esas que ya no le importan a nadie.

—¿Como los pobres?

—Por ejemplo.

—Bueno, pobreza no nos falta en este país. Según eso, podrías haberte ido a... veamos... a Putre, en el norte mismo.

—Pero es que en Putre no estaba Elena. Elegí este lugar porque ella estaba aquí.

—O sea, ejerce su cierta influencia en ti.

—Alguna... Debo haber estado enamorado de ella en mi juventud, como todos en la Escuela de Medicina, especialmente los de cursos inferiores, como yo. Eso siempre deja huellas...

—¿Qué diferencia de edad tienen?

—Unos siete u ocho años, no sé.

Floreana hace conjeturas mientras finge mirar el paisaje. Por supuesto, él no le pregunta nada.

—¿Tienes familia? —insiste Floreana.

—A medias: dos hijos semiadolescentes, el menor todavía es un niño... Un padre muerto, una madre un poco muerta en vida, varios hermanos y sobrinos, uno de ellos muy querido para mí.

—O sea, te casaste alguna vez...

—Que yo sepa, las ex esposas no son parte de la familia.

—Era otra mi pregunta...

—Si lo que quieres saber es si estoy casado, no, no lo estoy.

Es fácil provocar en Floreana la percepción de ser una tonta, y ella lo resiente.

—¡Qué pregunta tan típica! —comenta él, por añadidura—. ¿Por qué será que a las mujeres les interesa tanto el estado civil de uno? Te puedo agregar información: pretendo seguir soltero para siempre.

—Un poco taxativo —responde Floreana, como si no hubiese detectado ni un dejo de agresión.

—No es extraño cuando uno ha sido esclavo de una mujer.

—¿Y qué pasó con ella?

—Luego de convencerse a sí misma de que la víctima era ella, ya sabes, el típico juego de los culposos deshonestos, los que se convencen de ser las víctimas cuando evidentemente han victimizado, partió con otro. Se fue, como en la canción mexicana, arrastrando la cobija y ensuciando el apellido —sonríe con buen humor.

Floreana no puede dejar de mirar esas manos que se mueven entre el manubrio y el cambio. Es un hombre que debe tocar tan poco, deduce lamentándolo.

—Además, pienso que el matrimonio es perverso —continúa él, ajeno a los pensamientos de Floreana.

Ella rompe a reír.

—En eso estamos de acuerdo, pero explícame por qué lo dices tú.

—Porque para mí es un hecho, no una posición intelectual. El matrimonio es el espacio de la esclavitud, la muerte de toda convivencia sana. También, el de la impaciencia, el aburrimiento y el ahogo de la sensualidad.

Sensualidad, se repite Floreana, sorprendida de que le guste tanto que él la mencione. Tal vez porque en ella es el flanco más débil.

Súbitamente, aparece una curva peligrosa y Flavián prefiere concentrarse en la conducción. Floreana, siempre atemorizada de parecer demasiado evidente a los ojos del otro, guarda silencio para no enturbiar la tenue comunicación que se insinúa y que ella anhela. Tras la segunda curva, le habla:

—Creo que ya me toca manejar a mí, Flavián.

—De acuerdo, pero... —la observa dudoso— ¿has manejado alguna vez un jeep de este porte?

—Sí. ¡Por favor, qué pregunta!

—Perdón, perdón —Flavián detiene el jeep y abre la puerta para bajarse—, ¡si ustedes son las súper-mujeres!

Ella decide ignorarlo y se instala al volante. Él se recuesta en el asiento a su lado, tan felino como lo vio aquel día en el almacén. Extiende sus dos brazos detrás de la cabeza, parece disponerse a conversar frente a una chimenea.

—A ver si estamos de acuerdo en esto del matrimonio, que me interesa —prosigue él—. Primero, la generosidad no resulta una buena aliada para formular una vida en común. Las mujeres siempre

136

se aprovechan de un hombre generoso y uno termina siendo un títere en sus manos. Segundo, me molesta sobremanera que el matrimonio sea el lugar elegido para vivir la suma de las impaciencias: un lujo único. Impacientarse cada vez que uno quiere, y hacerlo gratis, porque en ningún otro espacio puede perderse el control... Para eso se inventó esta institución: el corral donde pueden enjaularse, bien protegidas, todas las impaciencias.

Ella piensa en todo lo que ha escuchado y decide que él es un poco loco. Nadie habla de estas cosas con una desconocida.

Tomando un paquete de Kent, Flavián le ofrece un cigarrillo que Floreana rechaza.

—Tú, como médico, no debieras fumar —le sonríe—. No debí regalártelos.

—Les ruego siempre a mis pacientes que no me sigan el ejemplo —desprende apenas los escombros grises de la punta del cigarrillo en el cenicero del jeep y continúa charlando sólo cuando aparece el brillo de la brasa, listo para llevarlo otra vez a su boca—. Al mes de la muerte de mi padre, le pregunté a mi madre, con toda la consternación del caso, cómo estaba. Me miró sin saber si decirme o no la verdad. Al fin estalló en llanto y me dijo: ¡esto es horroroso, ya no tengo con quien pelear! Textual. Eso es el matrimonio.

Floreana ríe.

Luego de aspirar el humo, él vuelve a hablar. Da la impresión de que lo hace más para sí mismo que para ella.

—Tercero: el erotismo. ¿Has pensado que los casados no tienen casi derecho a calentarse? Están obligados a usar el bache, el pequeño espacio que les quedó entre una cosa y otra, aprovechar la coyuntura al margen de las ganas. Por eso buscan amantes, para poder planear el deseo y los preparativos románticos que tanto les gustan a ustedes. Para inventarse el momento.

—Eso no es culpa nuestra —se defiende Floreana, y hace un esfuerzo por disimular el vértigo que le produce esta descripción. De nuevo oye el dúo de sus voces, la que se enciende con sólo escucharlo y la que le recuerda que es aquélla la parte más negada y difícil de sí misma.

—No, no he dicho que lo sea... —vuelve a aspirar el humo con indolencia—. Pero coincidirás conmigo en que, para la búsqueda del erotismo, la preparación del deseo es importante, esa anticipación fantasiosa de lo que viene —habla mirando por la ventana, como si los patos o los corderos fuesen interlocutores tan válidos como Floreana—. Los casados, en cambio, tienen la obligación de usar el tiempo que tienen, y hacerlo, además, entre el hastío, la pequeñez doméstica y las intromisiones de los hijos. En buenas cuentas, ¡el sexo en el matrimonio no es una fiesta!

—¿Cuántos puntos más te quedan?

—Ya he tocado los principales —responde riendo.

—Veo que hablas en serio sobre no volver a casarte. ¿Y el amor? ¿Tampoco ahí piensas reincidir?

—ella quisiera que él hablara de erotismo para siempre, pero es más seguro hablar de amor.

—Tengo mi trabajo. Es lo único que controlo, por lo tanto no quisiera desviarme de él. No estoy dispuesto para el amor; me debilita y me hace perder energías preciosas.

—¿Perder? ¿Y no podrías ganarlas? —¡miren quien habla!, le dice a Florcana su segunda voz.

—¿Ganarlas con el amor? No, no. El amor me desconcierta y me descontrola. No me sirve.

Busca una cassette en la guantera y le comenta, sin mirarla:

—Oye… ¿qué está pasando? Nadie me hace nunca preguntas tan directas. Estaré muy cansado, o muy solo, o tú eres mágica, que me haces hablar así…

De puro nerviosa, Floreana le pregunta qué música va a elegir.

—La estoy buscando, algo muy bonito… además, acabo de instalarle un equipo nuevo al jeep y se escucha estupendo… —sigue buscando—. Como manejo tanto de pueblo en pueblo, valía la pena la inversión.

Mientras se concentra en el paisaje —que en esta isla tiene el don de subyugarla—, llegan a sus oídos las primeras notas de una sinfonía, y junto a ellas un golpe lacerante a sus entrañas.

—¿Puedo cambiarla? —balbucea.

—¿No te gusta Brahms? —Flavián parece confundido.

—Mucho, pero no esta sinfonía —y sin pedir permiso la arranca del aparato.

Flavián la mira. En el fulgor de esa mirada, Floreana reconoce los ojos que trataron la pena de doña Fresia; la observan como si fueran expertos en detectar heridas aunque éstas pretendan ocultarse.

—¿Quieres hablar de algo especial? —se lo dice con un tono cuidadoso que hasta ahora no había usado con ella.

—No.

Coloca un concierto para clarinete de Mozart y el silencio se instala entre ellos por un buen trecho.

—Falta poco para el transbordador —la alienta él transcurridos unos diez minutos—. Y cruzando, estaremos muy luego en Puqueldón.

Ella mira complaciente hacia el camino y no responde. Entonces, él vuelve a hablar, otra vez como para sí mismo. Ya ha olvidado el episodio de Brahms.

—Las mujeres piensan, y lo que es peor, discuten sus emociones infatigablemente. Nosotros no lo hacemos, ¿sabías?

—Ustedes se lo pierden.

—Es que los hombres no tenemos amigos, como las mujeres. Tenemos competidores.

—A veces ustedes me dan pena... honestamente —murmura Floreana.

—A mí también. Creo que los hombres estamos atravesando por algunos problemas.

Sube el volumen de la música en un pasaje que lo conmueve. Pero el respeto por Mozart no dura mucho.

—Sin embargo —sigue—, las sensaciones de las mujeres están bastante desprestigiadas también, tienes que reconocerlo —él nunca pierde el hilo, observa ella—. ¿O no? Que las hormonas, que las emociones, que la identidad... ¡Tanto rollo!

—Perdóneme, señor doctor —dice Floreana, sardónica—, pero por muy desprestigiadas que estén, al menos las tenemos. ¿No cree usted, suponiendo que cuenta con algún conocimiento sobre el ser humano, que la ausencia de esas emociones nos aplasta contra el vacío?

—No. Y lo que es yo, señorita, no quiero saber de ellas.

Pero medio kilómetro más allá, agrega:

—No sé en qué están ustedes allá arriba en el Albergue, pero quizás no andemos tan lejos...

—Lo que nosotras tratamos de enterrar es la tristeza, no las emociones.

—Bueno, admito que eso es honorable. La desesperación o la mala suerte pueden ser indecorosas, pero la tristeza no. Y quisiera explicarte algo que me pasa con ustedes. Estoy demasiado cerca de la miseria real, la que estoy obligado a compartir todos los días con los que de verdad sufren, para guardarle espacios a la compasión por un grupo cuyos dolores quedan muy por debajo de esa línea. La verdad es que me aburre el pesar del intelecto.

Desasosegada, Floreana calla. Divisar de pronto el transbordador en el mar resulta una salida para su ánimo.

Quince

La tormenta, aire, tierra y agua. Todo. El mundo se va a ahogar. Floreana siente miedo y el mar no le ofrece ningún consuelo. Aprieta con fuerza el tazón de té caliente, sentada a la mesa del comedor en esa casa vacía que la cobija. Con la tetera hirviendo y un plato de chapaleles, espera a Flavián, quien se toma el tiempo necesario para evaluar, luego de curarlo, si el niño accidentado necesita o no ser trasladado al hospital de Castro. Ella había caminado sola por el pueblo y sus alrededores, antes de que el agua lo llenara todo con su avasalladora presencia. El atardecer irradiaba tal luz que parecía inventarle una tristeza inusual a la isla, en contraste con la exaltación que a pesar de lo que le dicta su conciencia la está desentumeciendo. Volviendo, Floreana compró un cuaderno en el almacén y se acomodó en la tibieza vacía de esta pequeña casa de madera que le han prestado. No estaba en su ánimo acompañar al médico, presenciar la sangre y el dolor es lo último que su memoria podría desear. La idea de escribirle una carta a Emilia la reconforta.

Aunque la intención del pálido sol hubiese sido detenerse un poco más en el cielo, la tarde en esta pequeña isla ha caído con implacable puntualidad. Y con ella, la tormenta. Aunque la lluvia en el sur es pan de cada día, este diluvio parece harina de otro costal. Aparta el cuaderno. Cualquier frase resultará falsa si su mente está llena de otras palabras y otros momentos.

¡Cuán ruidoso es el baile del viento! ¡Qué energéticas sus piruetas de saltimbanqui!

Cuando Floreana piensa algo inadecuado, es uno de sus demonios el que lo hace por ella. Quiero quedarme aquí, ha dicho el demonio de hoy, el más desatado. Se acerca a la ventana y ve a Flavián que regresa; ella observa el movimiento de su silueta a través del frío. Y al entrar, como si adivinara sus voces internas, él le dice, empapado:

—Imposible volver a la isla grande con esta tempestad…

Floreana va en busca de una toalla. Mientras intenta secarse, Flavián la mira como aturdido.

—Estoy preocupado por ti —dice—, creo que estoy abusando contigo. A mí me suele suceder, pero yo duermo en cualquier parte. O son los enfermos o es el clima: alguno de ellos decide siempre por mí. Pero tú, Floreana…

—No te preocupes, yo me adapto. Ya me perdí el curanto, que era lo que me entusiasmaba. A esta hora da lo mismo. Elena supondrá que ha sido la lluvia, y sabe que estoy contigo.

—Sobre el curanto, estamos en Chiloé, yo me encargo de organizarte uno de primer nivel —Flavián

143

suena casi alegre—. Sobre Elena, podemos llamar a la Telefónica y pedir que le lleven el recado.

Frota la toalla contra su pelo castaño, desordenándolo. Luego levanta la cabeza y contempla un momento a Floreana.

—Dime, en serio, ¿te resultaría un problema no volver al Albergue?

—No, doctor —le sonríe Floreana—, los ritos diarios me los puedo saltar por una vez.

—Eso me alivia —extrae del bolsillo del gamulán una escobilla de dientes aún empaquetada—. Mira, la acabo de comprar —se la entrega con una sonrisa—. ¿Qué más necesitas? En el jeep hay un maletín para estas emergencias.

—Con esto me basta. ¿Quieres una taza de té?

—Un té… sí, lo necesito.

Se sienta a la mesa y hunde la cabeza en sus manos.

—Estás exhausto, Flavián…

—Cansado solamente —Floreana recuerda que los hombres no exageran con el lenguaje—. El niño va a andar bien, eso es lo importante. Las heridas eran superficiales, fue la cantidad de sangre lo que alarmó a la gente. Pero es cierto que estoy muy cansado, y no me vendría mal un pequeño reposo. Ah, se me olvidaba… estamos invitados a comer más tarde en casa del Alcalde. Se ofendería mucho si lo dejamos plantado.

—En el dormitorio hay una cama y aquí está el sofá, que se puede acomodar —responde Floreana, contenta de verse incluida en ese plural.

—A propósito de camas —recuerda Flavián—, la directora de la escuela mandó a invitarte a dormir en su casa.

Floreana se estremece y su «¡no!» parece surgirle directamente del estómago.

—¿Por qué? —se extraña él.

—Porque me da frío.

Flavián deja su taza sobre la mesa, como si esa sola frase justificara cualquier interrupción.

—Las casas en Chiloé nunca son frías, y mucho menos una habitada. Aquí está mucho más helado, te advierto.

—Perdona, Flavián, no me creas rara, pero yo no hablaba de eso. Me refería al otro frío. ¡No me mandes a esa casa!

Frunce el ceño. Es evidente su desconcierto frente a esta mujer a la que, a fin de cuentas, conoce apenas.

—No te voy a mandar a ninguna parte, ni tienes que hacer nada que esté fuera de tu voluntad. A ver, Floreana, siéntate aquí a mi lado. ¿Qué pasa contigo?

Ella obedece, dócil, y arrima una silla. De haber sido una gata, habría restregado el lomo contra su brazo.

—Para entenderte bien: no estamos hablando de los cuerpos, ¿verdad?

—No —apenas le sale la voz.

—¿Quieres decir, y no encuentras bien las palabras, que es mi presencia la que te abriga?

—Sí.

Y algo en la recóndita inmaterialidad de Flavián se desanuda ante esa afirmación. Floreana ve cómo se acerca a ella una de sus grandes manos y siente en su nuca la caricia. En voz muy baja, como si le hablara a una niña, él le pregunta.

—¿Por qué le temes a la falta de abrigo?

—No sé, no sé. Me pasa desde que era chica... pero entonces no lo entendía, corría adonde mi mamá o me encerraba en el escritorio, y ese frío se iba. Pero desde que dejé la casa de mis padres, no me abandonó más. Quizás por un tiempo, mientras estuve casada... quizás... pero ya hace mucho de eso. El trabajo también me ayuda...

El rostro del hombre a su lado se ve tan concentrado en cada una de sus palabras, que Floreana cree que él va a tragárselas. ¡Hace tanto tiempo que nadie le daba esa importancia a una sensación de ella!

—Eres una cría... una linda cría —le susurra Flavián con dulzura.

Le revuelve el pelo, y cuando ella está a punto de reclinarse sobre su hombro, él retira la mano, dejando su nuca tibia pero ya desnuda.

—Bueno, nos quedamos los dos aquí. Pero tú vas a ocupar el dormitorio, y yo el sofá —el tono es autoritario, rompiendo así el encantamiento.

—De acuerdo. Pero ahora úsala tú, tiéndete un rato en la cama y descansa —Floreana se levanta de la mesa y va al dormitorio, busca una frazada extra que

146

ha visto sobre una silla. Él la sigue con la taza de té en la mano y la toalla colgando de los hombros.

—¿Tienes hambre?

—No todavía. Esos chapaleles estaban deliciosos. Y tú termina de secarte, no puedes irte a la cama con el pelo mojado.

—Oye, yo tengo un hambre feroz, pero me da pena sacarte a la lluvia para ir donde el alcalde… Si quieres, puedo ir solo.

—No me cuides tanto, voy a estar bien.

—¡Ah! Se me olvidaba que a las mujeres como ustedes no hay que protegerlas.

—No me malinterpretes. Es que no quiero ser un estorbo. ¡Con qué facilidad te pones antipático! Además, no hables en plural, como si las veinte del Albergue fuéramos la misma cosa —dice, y luego se suaviza—: Quiero que te recuestes ya, para que por fin descanses.

—¿No lo son acaso? —la ironía es insoslayable; ¡qué poco dura su ternura!

—En el fondo, nos miras en menos —dice Floreana, sentada a los pies de la cama.

—No te enojes. Es que las mujeres en manada son la destrucción del encanto. ¿Eso no lo puedes entender?

Estoy concediendo mucho, se dice Floreana. ¿Cómo respondería Toña en su lugar, o Patricia, la irreverente, o la misma Elena? Pero él continúa mientras sorbe el último trago de té y se desembaraza de la toalla:

—¿Qué tal te avienes con ellas?

— Las conozco poco, llevo diez días aquí. Pero ya me he encariñado. Tuve mala suerte, ¿sabes? —agrega, decidiendo acudir al buen humor—, las dos mujeres más lindas están en mi cabaña, y por si fuera poco, las dos más famosas. ¡Imagínate el complejo de inferioridad con que voy a salir de ahí después de tres meses!

—¡Uf, ésas me producen horror! ¡No me metería jamás con ellas! —las facciones de Flavián se relajan—. Gracias a Dios, la que me acompañó hoy fuiste tú.

—¿Por qué? —cierra las cortinas y recoge la taza, contenta de estar a cargo de él, de cuidarlo.

—Porque tú pareces menos dueña de ti misma.

Y se tumba sobre la cama, entregado. Floreana lo cubre con las frazadas, él sonríe y cierra los ojos.

Todos los fantasmas caen de bruces sobre su cabeza mientras Flavián duerme tranquilo. Ella le ha prometido despertarlo a la hora de ir a casa del alcalde.

Ésa es ella misma, como sus huellas dactilares. La Floreana desprovista, poco mundana, no reconocida, mal pagada, autora de libros casi ignorados y nunca sabiendo contener la expresión de sus sentimientos, si surgen. Amorosa, transparente, asustada.

El mentón apoyado en la mano era su típica posición; inmóvil aun cuando estuviera tan impaciente como ahora. Un recuerdo inesperado la toca: un castigo de la infancia. Durante una de las expediciones de sus padres a las Galápagos, quedaron todos ellos —los niños— en manos de una mujer de mediana edad; no se entendía bien si actuaba de niñera o de mayordoma... Cuando se portaban mal, esta mujer los llevaba al baño, les metía la cabeza dentro del escusado y tiraba la cadena. Florcana sentía cómo se diluía, cómo el cerebro se le arrancaba, cómo se iba a quedar sin sesos. Su única pregunta ante la irrupción de este episodio aparentemente olvidado es por qué surge en este momento, ahora, colándose por entre el ruido feroz de la tormenta.

Busca en la cocina algo para tomar; algo fuerte, no más té. ¡Cómo quisiera un vodka! Encuentra unas botellas de tinto barato. Contenta, se lleva una al lado de la estufa. Este solo descubrimiento le cambia el ánimo. Bebe ese líquido humilde, color del cielo cuando lo rompe un relámpago. Al cuarto sorbo, ya con el cuerpo caliente, se acerca al dormitorio, cuya puerta no cerró, y contempla al hombre. Observa ese cuerpo en reposo, colgado quizás de qué sueños, desvalido. Indefenso cuerpo confiado. El que de día es rápido y fuerte, el que expele a veces un cierto aire gitano por su hosquedad, y a la vez parece el de un gato montés, salvaje y silvestre, rodeado por una naturaleza que lo ha hecho suyo al robárselo a la ciudad. La naturaleza acentúa en él rasgos que posiblemente la gran ciudad ahogaba.

Floreana teme —añora— el anochecer.

Vuelve a la estufa, toma su vaso.

Ciudad del Cabo.

The day after:

No. Floreana no necesita estremecimientos nucleares. Le bastan los de su impulso.

Se yergue en ella, despiadado, el conocido repudio hacia sí misma. Es la mañana siguiente, y es como toda mañana siguiente después de una noche en que el control se ha mandado cambiar: el ambiente adecuado relajó sus defensas, un trago, una canción determinada emanando de algún parlante escondido, ojos que miran con más insistencia que la acostumbrada, cierta conversación ambigua, y lentamente, nunca Floreana lo percibe a tiempo, ella abre nuevos escaparates de su mente, elabora ingeniosos discursos, pide otro vodka, no cesa de fumar, como si el humo pudiera esconder sus estremecimientos, los ojos aquéllos están en ella y se asomará de pronto ese momento en que dirá lo que no desea decir, y comprometerá algo de sí misma que no debe comprometer. Hace un gesto sutil con la mano que toca como al pasar ese otro pantalón y las horas nocturnas volarán, y al despertar —incierto y lento despertar—, una a una, torpemente al principio, llegarán las imágenes hasta dar con la película completa. No, nunca será completa, los hoyos negros que el vodka agujereó no serán restaurados. Ella se tocará el cuerpo buscando los signos, la única memoria es el cuerpo que arroja su propia luz sobre los recuerdos amnésicos. El cuerpo: siempre una marca.

¡La castidad, Señor, dame la castidad! Pero así dejarías de vivir, le dijo él, que por cierto tenía una esposa de sueños cansados en algún lugar de la tierra. Un hombre como todos. ¿Es ésa la parodia del amor? ¿Apegarse a una vitalidad pasajera, a la patética fantasía de que no moriremos? ¿O es mantener la ilusión de que el futuro existe?

La castidad al menos aleja los espejismos. Pero después de Ciudad del Cabo los espejismos volvieron, en gloria y majestad.

Apenas la caricia es caricia, la complicidad se hace carne y las certezas construidas a medias se debilitan. No hay cómo pelearle a la corriente subterránea, eléctrica, sorda, que generan entre sí, desde que el mundo es mundo, los hombres y las mujeres.

No hay atenuante. Sólo una torpe, ambigua prerrogativa que ni la propia Floreana sabe manejar, porque sus propósitos se le escapan de las manos con un aullido de loba solitaria: ¡no más cerrarse en falso! Dios mío, no me abandones a la merced de una mente brillante, unas piernas atrevidas y ágiles, una piel enfebrecida por la música. Una carne viva.

Me voy a desatar, se dijo en Ciudad del Cabo. Pulcramente escribe en su mente el letrero, ojalá luminoso, que proclame al mundo su nuevo estado. O mejor poner un aviso en el diario: *Soy vulnerable*.

Y lo fue.

—Desperté —la voz de Flavián la regresa a Puqueldón.

Floreana lo mira, sobresaltada.

Cuidado, un gato montés siempre acecha con cautela y da golpes certeros.

Dieciséis

Y al fin, tiznado enteramente el cielo, sin rayos ni relámpagos, se ha hecho la más completa oscuridad, la que envuelve a su hija perdida, acunándola en su aturdimiento. La noche se arrastra interminable. Entre el silencio de una habitación y el silencio de la otra habitación, se ha dibujado un tercer silencio: el deseo de Floreana. Alerta —la lluvia es un pretexto para el oído atento—, anhelando y temiendo a la vez el movimiento del otro, sin sueño alguno para conciliar. Tan pocos metros de madera y una acústica promiscua: cada crujido rebota en su boca, sus manos, su espalda cuya piel se ha erizado. ¿Vendrá? Los instantes parecen horas. El tiempo de Floreana pierde su forma. Si unas pisadas en el piso… ¿es idea mía o las oigo? No hay tal pisada… Continúa la lluvia sin piedad, lo único vivo de la noche.

Arroparse, cobijarse en las frazadas vacías… esperando. Silencio traidor, nada se oye. Ni un crujido. Lo más sabio es que el silencio continúe, le dice una de sus voces, ése es tu designio, a eso has venido. Pero si yo no lo estoy llamando, contesta la otra voz, mi humildad yace en esta cama, no he hecho un solo gesto. No te defiendas, no te acuso, pero aunque es mudo tu grito, gritas igual.

La lana del suéter es tan delicada como su obsequio: no arrugues tu ropa al dormir, le dijo él, si no tienes piyama usa este chaleco. Levantó los brazos, desprendiendo de su cuerpo el poco calor que poseía. Floreana se fue a acostar acariciando el suéter. Ahora lo huele. Apoderarse de cualquier huella, aunque sea la de su sudor.

—Un vaso de vino antes de dormir, ¿verdad? —le había sugerido Flavián cuando regresaron de la casa del alcalde.

Se sentaron a la única mesa, la estufa de leña cerca —la volvió a encender, como un advertido guardabosques—, ese olor a humedad de las casas de Chiloé rondando el aire.

Flavián la mira sin distracción y alza el vaso. Le sonríe con ese placer callado y somnoliento de un buen fin de jornada.

—¡Salud, Floreana de las Galápagos, bienvenida a esta isla!

Ella le devuelve su sonrisa más tímida. Él ha tocado esa timidez. No dan por terminado el día.

—Se me espantó el sueño con la siesta… —dice él—. ¿Tú quieres irte a dormir?

Nada más lejano a sus intenciones. Responde muy comedida: no, tampoco yo tengo sueño.

—Entonces, abramos otra botella de vino y aprovechemos la noche. A propósito, estuviste genial en la comida. ¿Viste cómo se reía el alcalde con las expediciones de tu papá con los siete hijos a cuestas?

—Y tú eres mucho mejor cuando estás con los isleños... No se te escapa ninguna agresión. Estuviste encantador, ¿sabes?

—A veces lo soy —replica él, divertido—, mientras no me entre la bestia al cuerpo... Yo estoy acostumbrado a andar solo por los pueblos, pero de repente te miraba y me preguntaba: ¿qué hace esta mujer aquí? ¡Quizás qué historias van a tejer los de Puqueldón!

Vuelve a chocar su vaso con el de ella y, risueño, le dice:

—¿Sabes? Después de todo, me da curiosidad la convivencia de ustedes en el Albergue. ¿Por qué no me cuentas un poco?

A ver, te podría contar tantas cosas... —Floreana medita mientras bebe un sorbo de ese vino barato, aspirando más el placer de una noche larga que el vino mismo—. ¿Prefieres el día a día, o el rollo más profundo?

—Lo que tú quieras. Si eres capaz de hacerme un relato fiel, quizás les tenga menos bronca.

Flavián apoya el mentón en ambas manos y con una sonrisa se dispone a escuchar. Floreana toma un Kent de la cajetilla que está a su lado, y él se apresura a encenderlo, inclinándose sobre la mesa con el mechero para alcanzarla. Una gruesa vena azul surca la mano huesuda y grande del doctor; ya no es joven, y esto le inspira a Floreana, no sabe bien por qué, ternura.

—En el Albergue hablamos de un cuanto hay. Es divertido, mezclamos todo, gritamos para que nos escuchen, abrazamos a alguien que llora, somos un caos coherente. Por ejemplo, anoche Olguita nos estuvo enseñando cómo desmanchar aceite en la seda… mientras Angelita alegaba contra su papá que la había malcriado, Constanza se probaba un chaleco tratando de que las demás le dieran una opinión, y otras tres discutían si se podía o no tirar con hombres de otra clase social que la propia.

—¿Hablan mucho de sexo?

—Algunas sí, otras nada.

—¿Y de nosotros los hombres?

—Mucho, pero menos de lo que ustedes se imaginan.

—¿Y cuál es la principal queja?

—Depende… En las casadas, actuales o ex, son quejas de agobio, de falta de colaboración y diálogo. Y a veces, de falta de romanticismo. Y, como tú, de la rutina sexual. En las solteras y las separadas hay definitivamente un resentimiento enorme por no ser conocidas… o reconocidas, y por ser tratadas como un rebaño. Rebaño al que los hombres llaman «minas disponibles». Suponen también que todas mentimos, que todas somos brujas. Y que si expresamos una necesidad, nos estamos quejando. Todas, en el fondo, lo único que queremos es emparejarnos o casarnos… según ustedes.

—Oye, pero eso es en parte culpa de ustedes mismas, porque andan discurseando sobre la libertad y no siempre es cierto…

—Tienes razón. ¿Pero no te das cuenta de que lo hacemos para defendernos de la frasecita «no creas que esto significa un compromiso»? ¡Qué bueno sería poder decirnos las cosas sin presuponer tantas otras!

—No entendí bien lo del rebaño…

—Mira, te llama un señor y tú le dices: ¡qué rico, te eché de menos! Es una frase amorosa, pero él la recibe como una crítica y responde: pero si te he llamado cada vez que vine a Santiago, me carga estar en falta. ¿Ves? Ya se rompió el encanto y la espontaneidad se fue a las pailas.

Flavián ríe, como si se reconociese en las palabras de Floreana.

—Otro ejemplo —sigue ella—: has pasado una noche de amor con un hombre, y la próxima vez que lo ves, abres los brazos para saludarlo por la simple razón de que hay una intimidad ya creada, y una nunca es fría en ese sentido. Entonces, él te dice: lo del otro día no significó nada. ¡Mejor no verlo nunca más! Y a las que de verdad no quieren volver a emparejarse, los hombres no les creen, y claro, eso las saca de quicio.

—¿Alguna otra queja que se repita en varias, o en todas?

157

—Sí, la falta de sexo. Parece que se tira muy poco hoy en día. Ellas quieren y ellos no, por mil razones distintas, pero básicamente ellas lo entienden como una mezquindad, casi una venganza.

—Es que estas mujeres que aparentan tanta seguridad han debilitado su buen poco el erotismo de los hombres.

—En ese tema, yo prefiero no meterme.

Flavián la mira, sospechoso.

—Es que yo —sigue Floreana— no estoy en el mercado, como diría un economista. Y no me hagas más preguntas.

—¿Se cuentan mucho las vidas de cada una?

—Sí, y hacemos unos resúmenes fantásticos.

—O sea, ¿cada una sabe algo de la otra?

—Sí, definitivamente.

—A ver, cuéntame la última historia que escuchaste.

Floreana trata de recordar. Él la espera, siempre divertido.

—¡Ya! Fue Magdalena, una de las bellas durmientes.

—¿Qué quieres decir con eso?

—Nada, son categorías inventadas por Toña París, no tiene importancia.

—Dale, soy todo oídos.

—Voy a hablar como si fuera Magdalena, tú no me interrumpas.

—Adelante, Magdalena.

—Cuando conocí a Pancho, yo tenía quince años, y me casé con él a los dieciocho. Vivíamos en un fundo y de sexo no entendíamos casi nada. Un día, ya habían pasado varios años, hubo un incendio enorme y se quemó nuestra casa. Yo sufrí serias quemaduras y pasé varios meses inmóvil en cama. Pancho me cuidaba como si yo fuese una niña. ¿Sabes, Floreana, cómo maduré? Cuando él empezó a lamerme las heridas. Yo lloraba de agradecimiento y muy luego empecé a esperar con ansias las vueltas de Pancho del campo. Él me preguntaba si yo tenía dolor, yo le decía que sí, y empezaba este rito. Creo que los dos sabíamos que ya no era cosa del dolor sino del placer, pero no nos atrevíamos a hacerlo de otra manera. ¡Bendito incendio, ya que sin él yo no habría conocido el verdadero sentido del amor!

Flavián se queda mirándola, extrañado:

—Es una bonita historia. Es sutil.

—¿Y por qué no habría de serlo?

—¡Cuéntame otra! —le pide, como un niño.

—Veamos… Esta vez soy Constanza, una ejecutiva muy destacada. Ella es mi amiga más cercana. Un día le pregunté por qué se había separado. Ahora hablo por ella, que es muy exacta para todo: Yo debía asistir a una reunión en Madrid. Aprovechando esa coyuntura, invité a Carlos, mi marido, a Marruecos para unos días de vacaciones; luego separaríamos rumbos, yo a mi reunión y él a Santiago por su cuenta. Fue en la ciudad de Fez. Pleno Ramadán. Eso significa, por si no lo sabes, ayuno total hasta el atardecer. Salimos del hotel de Tánger a las seis de la mañana, sin desayuno, para tomar el tren. Siete horas hasta Fez, nada para comer, nada para beber, nada de nada. Desesperados, avanzábamos por los campos árabes, acumulando hora a hora esa extraña rabia que produce el hambre. A medida que pasaba el día, nuestros estómagos parecían a punto de romperse de puro vacíos. Nos cambiamos de asiento en el tren, alejándonos uno del otro para no hablarnos; me imagino que en el fondo temíamos destrozarnos si nos comunicábamos. Por fin llegamos a Fez. Aunque aún no se había puesto el sol, momento en que se levanta el ayuno, la ciudad contaba con algún restaurante para extranjeros. Como un par de desquiciados, corrimos Carlos y yo al único lugar disponible. Comimos. Imagínate, Floreana, cómo fue esa comida, la hostilidad casi evaporaba los platos. A esas alturas el único vínculo que nos unía era el hambre. Saciados, no encontramos nada que decirnos. ¡El más débil de los vínculos, te lo aseguro! Y constaté el resentimiento escondido. El de Carlos... y el mío.

—¡Eres fantástica! —exclama Flavián en un arrebato de espontaneidad—. ¡Fantástica!

—¿Por qué?

—Por tu versatilidad, eres capaz de dar tantos tonos.

—Te gustaron Magdalena y Constanza, no yo... —sonríe ella.

—¡Qué raras son ustedes! Cómo, cómo llegar a entenderlas. Parece que funcionáramos con distintos hemisferios del cerebro.

—¿No será más bien que tú eres un prejuiciado?

—No niego esa posibilidad. Sin embargo, cada vez que atiendo a una niña violada, me dan ganas de matar a todos los hombres, ¡a todos!

—¿Sabes, Flavián? A propósito del Albergue, siento que segmentos enteros de vida ajena se están adhiriendo en estos días a mi piel, verdaderas escamas... y yo no me sacudo... las dejo ahí.

—Eso está bien, no te las sacudas. Supongo que esa suma de historias relativizará tus propias penas. ¿Son muchas, Floreana?

—No tantas... También soy afortunada.

En la sonrisa de Flavián hay algo que podría asemejarse a la ternura.

—¿No quieres hablarme de tus penas?

—No.

—Bueno. Me has hecho reír durante la tarde y la noche, y también casi llorar, hace tiempo que no pasaba por tantas sensaciones. Tengo que agradecértelo.

Levanta su vaso de vino ante los tímidos ojos oscuros de Floreana.

—Una mujer entretenida es como un lugar peligroso: uno puede ir quedándose allí sin darse cuenta.

Diecisiete

La tormenta arreciaba y el único sonido que llegaba hasta ellos eran sus golpes de viento y lluvia. Sólo porque Floreana le tiene miedo a este silencio, y porque no quiere que él se levante de la mesa, le pregunta:

—¿De dónde vienes, Flavián? ¿Cuál fue el mundo que te crió?

—La antigua oligarquía chilena —no titubea, poniendo de manifiesto al interior de Floreana las propias incertidumbres de ella, su eterno deambular entre preguntas, acechando luces sobre lo que, por su carencia, la hería.

—Mis padres y abuelos estuvieron todos ligados a la tierra y a un alto sentido de servicio hacia el país. Creían en su historia, en forjarla. Que lo hayan hecho mal o bien es cuento aparte. Nunca ricos del todo, más bien empobreciéndose cada vez más, mantenían un cierto orgullo por la autenticidad de representar algo que se desvanecía. Vengo de la decadencia, mujer, y eso no necesito explicárselo a una historiadora.

—¿Y cómo la vives? ¿Prima lo encantador o lo patético?

Flavián se ríe. Aleja los ojos, se va a algún lugar remoto y vuelve de la mano de palabras precisas; las suelta de a poco, como si no estuviese dispuesto a repetirlas:

—¿Sabes? Este país cambió irreversiblemente. Mi mundo se acabó, Floreana. Era el mundo agrario. Terminó eso y el sentido del servicio público, que constituían la esencia de mi biografía.

—En buenas cuentas, la tierra y la política.

—Exactamente. ¿Conoces la diferencia entre los decadentes y los emergentes?

—¿Cómo es eso?

Se levanta hacia la estufa, la rellena con leña fresca y vuelve a sentarse. Bajo la mesa, las rodillas de ambos están a punto de rozarse.

—¡Ah! —Flavián sonríe—. ¡El mundo de los emergentes! Allí no existe el desaliento, que es un concepto importante para mí: tengo que espantarlo continuamente para que no me sobrepase. Los emergentes tienen una inagotable energía. En ese mundo se evita el dolor de forma sistemática. No entra por las rendijas, no lo dejan pasar, no cabe. Y si te detienes un momento, comprenderás que es muy coherente: el desaliento y el dolor van siempre unidos. Los propensos a una cosa lo serán también a la otra.

—Comprendo… No me imagino al hijo de un nuevo rico haciendo una opción como la tuya: el médico de un pueblo perdido.

—¡Qué alivio que me entiendas! —vuelve a sonreír, como si constatara un hecho—. En los grupos ascendentes siempre existe el futuro —sintetiza—. Y no te imaginas cuánto los envidio a veces.

Sirve más vino en ambos vasos. Ninguno se ha tomado el trabajo de mirar su reloj.

—Ya sabes de dónde vengo. Dime tú ahora, ¿tienes hijos?

—Sí, uno solo. Se llama José.

—¿Qué edad tiene?

—Dieciséis.

—También yo tengo uno de dieciséis, es el mayor. ¿Tú vives con él?

—Vivimos los dos solos en un departamento en el barrio de La Reina, en un quinto piso. Los pájaros trinan en la ventana de mi escritorio.

Siempre está ese trinar, vive llena de canto de pájaros, le asombra que no se detengan, esas ganas de cantar siempre… Y cuando sus ojos amanecen nublados el trino la confunde, le impide ubicar el origen de su desazón.

—¿Has pensado alguna vez en lo que significa quedarse sin los hijos?

—Supongo que en parte será un alivio.

—¿Por qué lo dices?

A Floreana se le esfumó la vigilancia interna y el resentimiento habló por ella:

—Porque creo que es fácil y cómodo no criarlos, saltarse la pataleta diaria, la disciplina de las tareas, los platos intactos sobre la mesa de la cocina. Los padres de fin de semana se convierten en una fuente de placer para los niños, son la diversión, no el día a día. Ustedes pueden proteger su paternidad de los aburrimientos rutinarios.

—¡Cómo te equivocas! —Flavián sube la voz.

—¡Déjame hablar! Éste es mi punto de vista, escúchamelo: ¡nadie se siente tan magnánimo y encantador como el papá separado que les cocina un plato de espaguetis a sus hijos en su nuevo departamento de soltero!

—¿Y qué tal si somos víctimas, sin el más mínimo aire de «encanto»? ¿Te lo has preguntado? ¿Has pensado en nuestra mortificación al mirar cómo los que uno más quiere se transforman en instrumentos de una madre que las tiene todas a su favor, desde la ley de tuición hasta esa misma vida diaria, para convencerlos de que su padre es una mierda? ¿Qué tal cuando te prohíben las visitas para chantajearte con el tema de cuánto dinero más ella requiere para seguir viviendo de un ex marido y sin trabajarle un solo día a nadie?

—¿Y qué tal la cantidad de hogares financiados en su totalidad por mujeres que se sacan la mugre para poder hacerlo, por culpa de un padre irresponsable, o de uno fresco, como hay muchos?

—No te desvíes del tema, ése no es mi caso, Floreana. ¡Ni lejanamente! ¿No has pensado que yo tengo el mismo derecho que tú a verlos crecer en ese día a día que tanto miras en menos? Uno llega de noche a ese piso de soltero y daría cualquier cosa por oír la voz de un niño. Su sola presencia te relativiza todo lo cósmico que ronda por tu cabeza exhausta cuando llegas a casa. Cuando ya te has saltado los besos de tantas buenas noches y de tantos despertares, cuesta mucho volver a besar. Uno queda desarmado frente a quien los cría, sólo porque se supone que ella lo hace mejor por el simple hecho biológico de haberlos parido.

—Lo que no es un detalle, si me lo permites.

No hay disimulo ya en el enojo. No logra quedarse sentado, se ha levantado hace un rato, recorre la pieza mientras habla y sus pisadas hieren las maderas del suelo.

—Yo hice lo imposible por quedarme con mis hijos, hurgué todas las posibilidades, hice todas las proposiciones… ¡y me quedé sin ellos porque no quise traumatizarlos con juicios ni nada por el estilo! Y cada vez que los veo, estoy obligado a gastarme todo el tiempo con ellos en convencerlos de que la campaña que su madre ha hecho en mi contra es una sarta de mentiras. ¡Mira qué fluida relación! Yo prácticamente perdí a mis hijos.

—No todos los casos son así, Flavián…

—Pero hay muchos que sí son así. ¿Sabes en qué condiciones nació mi segundo hijo? Cuando me quise separar la primera vez, porque mi mujer se había enamorado de otro, a ella le vino el terror de que yo me fuera. Parece que el romance no funcionó y lo único que a ella le importaba era no quedarse sola. Entonces, ¿a qué recurrió? ¡Al embarazo! Habíamos pactado solemnemente que eso no podía ocurrir, me tenía convencido de que tomaba sus píldoras todas las noches. Lo planificó para que yo no me fuera. Tuvo la desfachatez de confesármelo años más tarde: lo había calculado fríamente. ¿Sabes de la cantidad de niños que han nacido en esas condiciones? ¿Sabes el daño que eso significa para ellos? ¿Y sabes lo que un hombre siente cuando la mujer manipula su propia capacidad reproductora como chantaje? ¿Conoces el sentido de la impotencia? El concepto de dar vida es sagrado cuando refleja un deseo compartido. Por eso la manipulación se vuelve tan terrible. Pueden engañarnos como quieran, nosotros no tenemos defensas. Y eso que no voy a entrar en el tema de todas las que se han embarazado para casarse...

—Me da pena oírte hablar así, pero no me parece tampoco que las justas paguen por las pecadoras.

Él intenta sacudirse la ira.

—¿Eres justa? —exclama—. ¿Existe una mujer justa sobre la faz de la tierra?

—Mira: tú tienes rabia, yo tengo rabia. A mí me abandonaron como a ti, y he tenido inmensos problemas para criar a mi hijo... No todas somos iguales... Considero deshonesto lo que hizo tu esposa... pero estamos las otras, las que peleamos por relaciones pares y honradas... Estamos las que sufrimos... Te he hablado de ellas. ¿Sabes tú, Flavián, que en el Albergue hay mujeres que duermen hechas un ovillo cada noche, porque la pena les impide enderezar el cuerpo, y que hacen enormes esfuerzos para quererse a sí mismas porque nadie más las quiere?

Flavián no cambia su gesto ni su posición.

—Son todas iguales, en el fondo.

—No. No lo somos, aunque te escudes en eso —Floreana inspira con dificultad el aire desde su desolación y se lo arroja—. Yo creo que los hombres no quieren amarnos.

—A ver, explícamelo mejor —no es un tono invitador ni receptivo, pero al menos ha dejado de caminar por la pieza.

—No nos aman desde que nos dio por pelear por el amor para nosotras, y ya no preocuparnos solamente de satisfacer al otro.

—Algo en tu tono me indica que estás en guerra. Sí, claro, es difícil amar a quien nos trata como a enemigos.

—Puedes imaginar entonces la imposibilidad de amar a uno como tú —ya se arruinó la noche, piensa Floreana, ya no importa nada.

—La diferencia es que yo no pido que me amen, no pretendo que nadie me ame, no me quejo, y es más, te puedo agregar que no soporto que me amen… y no te sorprenderá, espero, que no me guste la mujer guerrera.

—Bueno, las guerreras les tienen mucha rabia a los hombres, por mil motivos reales, y no se imaginan con un hombre sino en la transacción. Pero también hay mujeres que no quieren más guerra, que apuestan a la dulzura, a la solidaridad, al cuidado profundo y recíproco de uno por el otro, al amor mutuo; no a la protección convencional.

—¿Y tú —la escudriña—, qué quieres tú?

Floreana lo mira incierta, casi perdida.

—No sé. Sólo sé que tengo miedo a ser herida otra vez.

—Las mujeres piden ellas mismas que las duelan… —se levanta de la mesa, brutal, bebe el último sorbo de vino.

… para no llegar secas a la tierra de Dios, Floreana completa la oración en silencio.

Entonces él le entregó su suéter: ya es muy tarde, vamos a dormir, le dijo, y ella se retiró a la única habitación de la casa.

—¿Floreana? —oye su llamado al salir del baño con la escobilla de dientes en la mano— Ven un poco.

Se dirige a la salita. Ahí está él, acostado en el sillón, vestido con la sola camisa celeste, los pantalones y los zapatos ordenados sobre la silla, su cabeza y sus ojos vueltos hacia el techo como si esa noche todas las constelaciones estuviesen reunidas allí.

Cuando Floreana se acerca, él alarga su mano por encima de las frazadas revueltas y busca la de ella, de pie frente a él. Se la toma ligeramente. Es un contacto mínimo, pero su piel lo registra de inmediato.

—Te queda bien el suéter. Me gusta esa cosa larga y huesuda que tienes, tan desmañangada...

—Me da pena verte así. ¿Por qué no me dejas a mí el sofá y te vas tú a la cama? Ahí vas a poder dormir bien. Es culpa mía, yo debería estar en la casa de la directora de la escuela.

—Me diste la oportunidad de sentir que te abrigaba, y tengo que reconocer que eso me tocó el corazón. Pero mira cómo lo he hecho... —se vuelve hacia ella, Floreana se conmueve ante lo contrariada que luce su expresión—. Soy un imbécil, y necesitaba decírtelo. Y si no supiese a ciencia cierta que soy ese imbécil, no estaríamos hablando de esto sino de compartir la cama. Discúlpame, Floreana, me he descargado contigo y tú no eres responsable de nada. Ha sido feo de mi parte, una especie de cobardía inexcusable.

—Parece que el destino de las justas es pagar por las pecadoras, como te lo dije antes... Al menos tú eres más sano que otros, tu rabia es evidente y eres capaz de expresarla. Hay tantos que se la guardan, no la reconocen y hieren de lado, no de frente.

—Pero es imperdonable que se la arroje a una mujer como tú, que es lo último que se merece. Es que algo se me mueve adentro y me aflora la rabia sin que yo la controle. Soy un caso perdido, Floreana, te diste cuenta ya, ¿verdad? Ésta ha sido una noche larga, muy larga, la más larga de muchas noches. Me apena…

Floreana se sienta a su lado, en el borde de la cama, siempre con su mano sujeta por la de Flavián.

—¿Qué te apena?

Flavián la mira con los ojos del hombre que el afán de Floreana quiere que sea.

—Nada. Mejor me callo. Voy a cumplir prácticamente dos noches sin dormir; no estoy en mis cabales y me siento a punto de cometer cualquier estupidez. Anda, Floreana, anda a acostarte —retira con suavidad su mano.

Cometámosla, la estupidez que sea: es su plegaria interna junto a su anhelo de guarecerse bajo esas mismas frazadas. Pero su voluntad largamente entrenada la obliga a levantarse. Sabe que no se le ofrendará otra noche como ésta.

—Buenas noches, Flavián —le dice, su mano vacía, de pie en el umbral.

—Buenas noches, Floreana —y cierra los ojos.

Así comenzó la larga vigilia. Entre los nudos del temor y los del deseo, Floreana esperó. Palpó su cuerpo inútil y, al hacerlo, acudió a ella otro momento lejano, demasiado, quizás, pero siempre fijo en la acumulación de su sangre.

Floreana embargada de placer, de ése, de aquél. Se tiende a esperar el día, a esperar el cuerpo del delito que la mantiene alucinada, avergonzada, estremecida. Cada poro se hunde y espera y espera para ver a ese hombre testigo, dueño y hacedor de su desenfreno. Floreana se lame los dedos, roza sus pezones, se palpa abajo preguntándose cómo tanto grito, líquido, espasmo, delirio y delicia se desatan, cómo, de dónde vienen. Cuenta las horas para que él llegue, aunque sabe que puede no llegar más... y si reptara por el suelo y si jugara a que la alfombra es el cuerpo del otro... Arrojada en la alfombra juega a balancearse, la pelvis sujeta a la alfombra como único anclaje hasta que empieza la voluptuosidad, luego el cosquilleo, es suyo este cosquilleo, sigue la alfombra, es suyo ese espasmo, sigue la alfombra, es suyo el voltaje, sigue la alfombra, es suyo, todo suyo el desborde, sin testigo, sin dueño, sin hacedor: es su propia estrella que irrumpe en un gran fuego artificial. Comprende que no necesita esperar al hombre.

En ese momento comprendió que estaba preparada para asumir la castidad.

Por fin pasó la solemne fijeza de la noche y sólo la lluvia ha impedido que su silencio fuese sepulcral. No hubo otro sonido, fuera de ése, indiscernible, de su espera.

Después del amanecer, el día, tan poco respetuoso con las ondulaciones de la noche previa, desmintiendo lo que se creyó cierto cuando el sol se ocultaba, siempre falsificando una armonía que sólo desliza la oscuridad anterior, ese día frío se precipitó hacia el campo y el Albergue. Floreana se sintió lanzada a los primeros reflejos del alba, siendo ella quien se precipitaba, y no el día.

Dieciocho

Como el cielo se ha convertido en una acuarela, los colores se acompasan en Floreana. Camina sin rumbo. Si pudiese desprenderse de la desolación, como hacían las mujeres yaganas con las pinturas de sus cuerpos cuando las fiestas rituales concluían…

Llegó de Puqueldón esta mañana y encontró a Constanza —la más madrugadora de la cabaña— todavía en cama; su cuerpo doblado en dos parecía adolorido, y mirándola desde sus ojeras violáceas le dijo:

—Te eché de menos.

Floreana se sentó a su lado, en el borde de la cama.

—¿No fuiste a la gimnasia?

—No.

—Estás con mala cara, ¿no te sientes bien?

—Dormí en el suelo, fue atroz.

—¿Por qué en el suelo?

—Así dormía cuando él me dejó.

—¡Pobrecita! —Floreana se sorprende ante el arrebato de dulzura que le inspira esta mujer.

—Acostaba a los niños, me encerraba en mi pieza, me acurrucaba en un rincón en posición fetal, me mordía las manos, me chupaba el dedo, lloraba y sólo así me dormía. En el suelo. Al amanecer, entre el sueño, volvía a mi cama.

—¿No te daba un poco de vergüenza?

—Sí, no sé… Me lo dictaba el cuerpo, no tenía opción.

—Ay, Constanza, qué dolor… —Floreana viene de otro universo, viene de Puqueldón, viene de Flavián con sus manos cuadradas, manos que tocaron las suyas. Viene de la implacabilidad de la noche que no fue perturbada. Le acaricia el pelo a Constanza, no sabe qué más hacer, temerosa de la amargura en que caen las románticas fallidas.

Constanza sigue inmóvil.

—Levántate, yo te ayudo. Estamos a tiempo para nuestra incursión en el bosque. Escampó, mujer, y este aire lleno de olores podría despertar a un muerto… Después podemos ir juntas a trabajar a la cocina, no te voy a dejar sola.

Prepara una tina muy caliente para los entumecidos huesos de Constanza y le elige la ropa, registrando su ropero. La otra la mira hacer, entregada. Luego, siempre ausente, le pregunta:

—¿Estudiaste alguna vez a las nutrias?

—No, nunca.

—La hembra busca una roca resguardada para cuidar sus heridas; el macho se va a buscar otra hembra por los alrededores. Tiene que pasar un tiempo para que surja nueva vida cerca de las grutas.

La acompaña al baño, la ve desnudarse descuidadamente mientras sigue hablando. Es la primera vez que Floreana la mira entera desnuda y no puede dejar de admirarla, su cuerpo es de tal armonía, con la carne firme donde corresponde, las curvas ricamente cinceladas, como si hubiesen esculpido esa figura a mano. Algo le duele a Floreana: ¿qué le pasaría a Flavián frente a ese cuerpo? Si Constanza hubiese estado anoche en Puqueldón, ¿Flavián habría compartido la cama con ella?

—Te odio por ser tan hermosa —le dice risueñamente.

Así le arranca a Constanza la primera sonrisa, aunque su respuesta sea amarga: ¿y para qué me sirve?

Tras el aseo matinal, vuelve milagrosamente a ser ella misma, la que el país admira en las pantallas de televisión. Al constatar que el cuello de su camisa estaba mal abotonado, Floreana sonrió para sus adentros ante ese inocente signo de abandono.

Camino al bosque, el viento les golpea la cara y las despeja.

—¿Piensas contarme algo de anoche, del doctor?

—Más tarde, con Toña y Angelita, que querrán saber.

—Pero dame un adelanto… ¿Pasó algo?

—Menos de lo que yo hubiese querido.

—Es atractivo ese hombre, Floreana. No sé cómo será en la intimidad, pero arriba de su caballo negro, como lo he visto tantas veces, dan unas ganas de subirse al anca y arrimársele...

Pero a Floreana cualquier narración le resulta demasiado temprana: antes quiere hundirse a concho en la experiencia, y quiere que se lo permitan. Sabe que a Constanza, sólo a ella, se lo contará todo. Sonríe. En sus oídos, la voz de Flavián, esa mañana: «Las vidas de todos nosotros son iguales, por eso no es entretenido conversar entre hombres. Somos incapaces de salirnos de la balanza de pagos, del recalentamiento de la economía, de los senadores designados o, a lo más, de nuestros trabajos... o del último libro que leímos. Nos gustan las mismas cosas, buscamos las mismas metas y de las mismas maneras. Las mujeres se las arreglan para que sus vidas sean diferentes o, si no, las inventan. Por eso se juntan tanto entre ustedes y lo pasan mucho mejor que nosotros»

Cada tarea del día fue cumplida con meticulosidad. Así, Floreana se siente contenida. Se dirigió a la capilla para la hora del silencio y el silencio la encontró llena de añoranzas.

En el atardecer, recién escondido el sol, contó once colores en el arrebol. El primero fue el morado, pasó por varios rojos, hasta que el marengo se emparejó con el celeste. Y eso fue todo.

Inmóvil, caía Floreana con la tarde.

Durmiente, masa dorada de sombras y abandono.

Hasta que se borró la acuarela; no hay más que la tinta de la noche. La oscuridad conforta, ejerce su compasión al escondernos. Apura el paso, porque Constanza la espera junto a Toña y Angelita. Ve al Curco moverse entre la arboleda, le hace un saludo y él la saluda de vuelta, siempre saltando.

Floreana piensa que su cuerpo está frío.

Piensa que el congelamiento del aire en la isla puede introducirse en los espíritus.

Piensa en Flavián.

Piensa en su hermana Dulce y también en esta mujer que es ella misma.

Piensa que la mezquindad se ha instalado en las terminaciones nerviosas de los hombres.

Piensa que, paulatinamente, las sensaciones son cada vez menores. Avanza el siglo, helando a sus habitantes.

Cada día todos dicen menos.

Cada día todos sienten menos.

Cada día todos aman menos.

Y emprende el camino de regreso a la cabaña, buscando el abrigo, preguntándose una vez más aquello que la atormenta desde que advirtió que la patria no era más un territorio, que el sitio de la pertenencia profunda debía buscarse en el contraste entre la estación del cuerpo y el lugar del alma.

Por favor, alguien respóndame: ¿dónde, dónde está la patria?

SEGUNDA PARTE

La Cuarta de Brahms

Las hijas nunca fueron
verdaderas novias del padre;
las hijas fueron, para empezar,
novias de la madre,

luego novias una de otra
bajo una ley distinta.

Deja que me sostenga y te cuente.

ADRIENNE RICH,
Misterios de hermanas

Deja que me sostenga y te cuente, Elena, porque son muchas las cosas que me recorren... Si estas páginas no fuesen más que un desahogo, las nombraría un largo e inevitable suspiro. Pero no: esto es también un petitorio.

Son mis hermanas las que enturbian la nueva oportunidad de ensoñación que el cielo me ha dispuesto, y sobre ellas quisiera hablarte. Prepárate un trago. Lástima que no fumes, el humo de un cigarrillo te haría más ligero el extenso momento que compartiremos. Por mi parte, me regalaré un día de parlamentaria irresponsable, no voy a asistir a la sesión del Congreso; y dudo que la orden del día se altere por mi ausencia.

Verás, Elena: se rompió entre nosotras el círculo de la inmortalidad.

Que el cuerpo de Dulce albergue un tumor, y éste sea maligno, es una idea apenas soportable. El *cáncer* dentro de Dulce es algo que ninguna puede tolerar. Ni como palabra ni como pensamiento.

La Ráfaga Azul de la Incredulidad nos envolvió.

La familia empezó a vivir como en una alucinación, nos negábamos a enfrentar la verdad. Pero la operación urgente que tuvieron que hacerle a Dulce para extraer el tumor de su mama nos puso en un ineludible movimiento. Avisamos a Estados Unidos (ya sabes, mis padres y hermanos viven allá), e Isabella —como siempre— se puso al mando: la antigua mina de cobre provee, se viaja a Cabildo, se ajustan diversos arreglos económicos. El ex marido de Dulce se presenta, quién sabe con qué remordimientos el muy fresco, e Isabella le dice que no lo necesitamos. Dulce observa todo desconcertada, no toma el asunto muy en serio y —el mundo al revés— termina siendo ella quien nos consuela.

La primera operación nos reunió a las tres mujeres en la clínica mientras Dulce está en el quirófano. Isabella hace cosas prácticas: desocupa el maletín, distribuye potes en el botiquín del baño, arregla flores en un pequeño jarrón. Floreana, la segunda en edad, seria, privada, rigurosa, ovilla su desmadejado cuerpo contra la pared y clava allí sus ojos; sólo el que la conoce mucho sabe que esa timidez cerrada convive con una tumultuosa audacia. Ya no le cuelga esa trenza negra que la caracterizó la vida entera y su pelo cae en desorden hasta los hombros, sobre el suéter largo y desaliñado. (Para mi gusto, a veces descuida en exceso su aspecto.) En cuanto a mí, muerdo mis cutículas con

184

verdadera concentración. Mi delgadez —«delicada», como tú decías— pone nerviosas a mis hermanas: mis huesos sobresalen en manos, rodillas y clavículas.

Isabella es muy práctica. ¡Qué alivio! Su matrimonio con Hugo es tan normal y su vida tan organizada... No en vano mi padre le confió la administración de los bienes familiares al radicarse en Stanford. (No es que sean muchos los bienes, pero requieren atención.) Además de la mina de cobre en Cabildo, existe un pequeño predio cerca de Quillota, tierra a la que se agradece su privilegiado clima: Isabella ha hecho maravillas con las paltas, las chirimoyas y las flores, y el resultado es una entrada anual para cada miembro de mi extensa familia. Entrada pequeña pero muy bienvenida por los más pobres: Floreana, que se dedica a la historia, y Manuel, que es compositor.

Isabella suelta de pronto los tallos de las flores que ha intentado ordenar en el jarrón y nos enfrenta:

«Basta de eufemismos. Llamemos las cosas por su nombre: Dulce tiene cáncer».

Silencio total.

«Es la enfermedad de la mitad del siglo, ya nos alcanzó», insiste Isabella.

«Es la enfermedad que las mujeres se provocan a sí mismas», responde Floreana.

«Es la enfermedad de la rabia contenida», agrego yo.

«No sé si de la rabia», dice Isabella, «pero sí de la infelicidad».

Nuestros ojos se entrecruzan en la curva rápida de una serpentina.

«Es raro que la única que apostó por el amor en forma radical, la que hizo del amor su objetivo y su compromiso, sea la que se autoinfirió la peor herida», Floreana parece hablar para sí misma.

«¿Valdrá la pena jugársela por el amor y nada más en este momento de la historia, justo cuando las mujeres deben funcionar *dentro* de la sociedad? Me refiero al problema global…», trato de distanciarme.

«No hablen así, ustedes dos», nos interrumpe Isabella muy molesta, «parece que estuvieran teorizando sobre algo ajeno. ¡Es Dulce! ¡Esto le está pasando a nuestra Dulce!»

(«Que mis hermanas sean las inteligentes», solía decir Dulce, «a mí me da flojera. Con ellas basta».)

Y es cierto: la enferma es nuestra hermana, aquí no corre la sociología. Dulce, la más amada de todas, la del ánimo vigoroso. Y su cuerpo… Siempre se dijo que Isabella era rosada y rubicunda, Floreana oscura, larga y desataviada, y yo transparente, mi piel volviéndose celeste pálido en invierno. Quizás solamente en el cuerpo de Dulce se daban todos los colores. Un cuerpo que ella balanceaba, movía, deslizaba, moldeaba… No parecía un cuerpo abandonado. Su alma sí lo estaba, dijo más tarde Floreana.

Elena, portentosa Elena: aunque Floreana es el objeto de mi petición, no puedo obviar a Dulce. Lo triste es cómo las dos se han entrelazado en esta historia.

Dulce: la más encantadora. A pesar de que nadie me haya señalado todavía cuánto importa el encanto en la vida, sospecho que no es un elemento a desechar. Y con ese encanto Dulce fue dibujándose una vida simple, sin otras grandezas que las que ella misma inspiraba. Los estudios nunca la entusiasmaron, la sola idea de entrar a la universidad la aburría. Ejerció un tiempo como secretaria, y terminó, como en el más vulgar de los cuentos, casándose con su jefe. Diecisiete años juntos. Los últimos diez fueron un desastre; le quedan los siete primeros para alimentar su espíritu romántico. Aun así, se jugó cada uno de aquellos días, los buenos y los malos, por ese matrimonio. Es que la familia era el único eje de su vida. Dulce siempre alimentó extrañas fantasías al respecto —casi bucólicas, diría yo—, teniendo hijos, abriendo su casa, llenándola de gente que la adoraba. Banquetera, taxista, amante y profesora: ella era todo al mismo tiempo dentro de esa casa, su templo vivo.

Su marido la amó infinitamente los primeros años, hasta que se enamoró de otra de sus secretarias —rara afición—, quince años menor que él.

Dulce se empeñaba en conservarlo, como fuera, aun pactando (yo lo consideré una indignidad), dejándose basurear, aferrándose. Se creía segura de recuperar su lugar... Sepárate, le decía Floreana, déjalo ahora que eres joven y vital, no esperes a que él te abandone cuando seas una vieja. ¿Dejarlo? Jamás. Ella se aferra a sus bonitos recuerdos como un náufrago a las tablas junto al buque hundiéndose. ¿No estaba destinada acaso a la familia feliz? Cumple sus tareas con ahínco y lo espera, lo espera... hasta que él se fue. Hace ya dos años. La temperatura del cuerpo de Dulce empezó a disminuir: no hubo un solo día, desde entonces, en que Dulce no tuviese las manos frías. Congelaba tocarla.

El día en que Dulce amaneció sin poder moverse, llamó a Isabella llorando a mares:

«¡Necesito un marido!»

«¡No seas tonta! Nos tienes a nosotras. ¿O crees que una mujer sola, no más que por serlo, se va a quedar abandonada para siempre en una cama?»

Isabella la lleva velozmente al médico. Le ponen suero, inyecciones intravenosas, le hablan de la tensión y de las contracciones musculares. En la noche, Dulce le relata a Floreana su desconcierto cuando el doctor le habla de la enorme cantidad de mujeres que llegan a la sección «Urgencias» de la clínica, llorando de dolor porque no pueden moverse. Ella pregunta cuántos hombres acuden a «Urgencias» por esta misma razón.

«¿Hombres?», el doctor se extraña. «Ninguno. Ellos llegan con síntomas específicos, desgarros musculares por accidentes deportivos, o ligamentos... Pero esto, así tan difuso... esto les pasa a las mujeres».

«La espalda acumula todo lo que no queremos enfrentar», sentencia Floreana.

Dulce se queda meditando y más tarde la llama por teléfono:

«Lo he pasado pésimo con esto de la inmovilidad. Estoy por enfrentar lo que me pasa, sea lo que sea. Lo juro».

Y tuvo que hacerlo.

Porque el diagnóstico fue malo. Los ganglios enteramente tomados. Empieza la quimioterapia: Dulce queda hecha pedazos después de cada sesión. Entonces se reconoció enferma y dejó de resistirse a la tristeza. Junto a su cuerpo se instalaron, sin que nadie los invitase, los Fatales Estragos del Miedo.

¡Como si el cuerpo ya no le perteneciera! ¿Cómo resignarse a no contar con el cuerpo? Le pasan cosas absolutamente desconocidas para ella: alergias, quemaduras, tumores. Le hablan de la Nueva Medicina, de mejorar extirpándose odios y rencores, limpiándose psicológicamente, pasándolo bien, haciendo una vida lo más placentera posible. Le cuentan de tantas otras que han pasado por lo mismo y han sanado; le explican que cuando comienzan los dolores, ahí empieza la sanación. Dulce simula escuchar, como siempre.

El día en que yo osé plantearle que de ella dependía sanarse, me dio una respuesta inesperada:

«¡No me carguen con más responsabilidad! ¡Por favor! ¡Yo no soy la culpable de mi propio cáncer! Eso es poner todo el peso sobre los hombros de la víctima».

Yo me fui llorando. Pero llorando para adentro, porque no conozco otra forma.

«A veces me miro», me había dicho Dulce esa tarde, «y me da la impresión de ser una mujer con la que no tengo nada en común».

Las metástasis. Aparecieron las malditas.

Se habló de Houston. Los médicos no expresaron mayores esperanzas, pero en este país lejano se cree siempre que Houston es la solución. Dulce se niega: que la medicina chilena es estupenda, que lo que deba hacerse se haga aquí. Pero Daniel Fabres, dominante como es, y con el apoyo de mi madre y mis hermanos, insiste: doblegan su voluntad y se la llevan.

El vacío es enorme. La casa de Dulce había pasado a ser el centro de operaciones de la familia, todas llegábamos ahí a la hora en que el trabajo nos lo permitía; nunca convivimos tanto como ahora, floreciendo las voces, interrumpiéndonos unas a otras, hilando el día a día como antaño, pasando de la anécdota a la reflexión sin ton ni son, distrayéndonos a nosotras mismas y a Dulce de esta realidad feroz. Hasta Emilia, la hija mayor de Isabella, adquirió el hábito de instalarse allí después de sus clases en la universidad, invadiéndolo todo con su implacable juventud.

Emilia dibuja todo el día. Quiere ser pintora. Contempla acuciosamente la situación, como si en las noches bosquejara en secreto una gran tela sobre nosotras.

Una tarde —me lo comenta— se ha puesto a observar a cada una en sus diferentes poses mientras escuchan la *Cuarta Sinfonía* de Brahms: Dulce desde su cama de enferma, Floreana desde el sillón. Se han dedicado una risa cómplice al comienzo, luego se confunden en sus gestos el placer que proviene de la música y el rictus de sus propias aflicciones. ¿Qué significa Brahms en ese momento para las dos hermanas? La pregunta se la hace Emilia a sí misma. ¿Cuáles son las penas que salen a la superficie a través de esta música? ¿Son tenues, sutiles o desgarradas? Mi sobrina acaricia su juventud: para ella la *Cuarta Sinfonía* es sólo la *Cuarta Sinfonía;* no es todavía la inevitable antesala de alguna tristeza.

Porque has de saber, Elena, que existe una vieja historia entre Floreana y Dulce.

Recordarás que Daniel Fabres albergaba dos pasiones, grandes e inalienables: la ciencia y la música. En la música, era víctima de un fanatismo específico: Brahms. Para una Navidad, cuando éramos adolescentes, llegó con un sobre plano y cuadrado para cada hija mujer. Los había envuelto en un papel con rosas amarillas y una enorme cinta azul al centro, cuatro paquetes iguales, las cuatro sinfonías de Brahms. Le entregó la *Primera* a Isabella, la *Segunda* a Floreana, la *Tercera* fue para mí y la *Cuarta* para Dulce. Comenzamos a pelear. Es injusto, grité yo, la *Segunda* es lejos la más linda, ¿por qué tiene que ser para Floreana? Isabella me hizo coro: la *Segunda* es la que todo el mundo conoce, la más famosa, ¡no pensamos quedarnos nosotras con lo que sobra! Daniel Fabres nos tildó de ignorantes. Enojado, sometió a toda la familia al más absoluto silencio y nos obligó a escuchar las sinfonías, exceptuando la *Segunda* porque todos se la sabían de memoria. Las miradas de envidia eran disparos feroces hacia el rostro de Floreana. Ella no abría la boca.

Pero hay algo que Daniel Fabres no supo: a la mañana siguiente, muy temprano, su hija Floreana se dirige en puntillas al dormitorio de Dulce. Lleva en sus manos el regalo de la noche anterior.

«Estoy dispuesta a hacerte un favor enorme, solamente porque eres la menor», le dice. «Un trueque. Y te conviene. Te cambio mi disco por el tuyo».

Dulce la mira, incrédula.

«Pero… ¿cómo? Tú has sido la más afortunada, la elegida, como dijo Isabella… ¿Por qué cambiármelo?»

«Es que me gusta más la *Cuarta*», responde su hermana esforzándose por disimular la vehemencia de su deseo.

Como si todas las luces de la casa se hubiesen encendido al unísono, Dulce se ilumina de pronto. Comprende que la han investido de un nuevo poder. Y se aferra a él.

«No, no pienso cambiártela, estoy feliz con lo que me tocó».

Floreana se indigna y pierde su aplomo.

«¿Feliz? No te creo nada, todas quieren la *Segunda Sinfonía*, y tú… ¡tú te das el lujo de recharzarla!»

«La que se está dando ese lujo eres tú», contesta Dulce con dignidad, «y yo me quedaré con mi lugar y tú con el tuyo, te guste o no». Y tomando su disco del velador, aún envuelto en el papel de rosas amarillas, lo esconde bajo las sábanas y se tapa con ellas hasta la barbilla, dejando a su hermana impotente y desconcertada.

Entonces, estando Dulce en Houston, sucedió aquello:

«¡Las sincronías!», exclamé cuando emprendimos viaje Floreana y yo, una a Cartagena de

Indias, la otra a Ciudad del Cabo. Me lo dijo una vez una gitana: la única forma de vivir abierta a tomar el destino en las manos para que no se arranque es estar alerta a las sincronías que en él se den.

«Todo ocurre dos veces», afirmó Isabella, que había escuchado a la misma gitana.

De acuerdo, hubo una sincronía entre mi viaje y el de Floreana, no sólo porque partimos en los mismos días, sino por lo extrañas que volvimos las dos. Vernos era recordar a las fragatas, esas aves negras (las observamos largamente en las islas Galápagos) que cuando se enamoran sacan pecho y éste se les pone rojo. Hasta ese momento, para las dos, los viajes eran lo que son las infidelidades para tantas otras mujeres: oleadas punzantes de recuerdos, suficientemente ricas como para regar el pensamiento en los momentos de sequía. Y nada más. Pero esta vez la percepción cambió.

No es extraño que sucediese con nosotras dos. Éramos las hermanas del medio, las profesionales serias y las mujeres solas. La diferencia entre una y otra es que yo he asumido el recordatorio de la culpa como un carisma virtuoso, mientras que a Floreana esta culpa la impregna —a pesar de sí misma— de una insalvable voluptuosidad. Lo que nos asemeja es que ambas estamos *determinadas* por la culpa. Ya sé que puede sonar obvio como antecedente, puesto que ser mujer y ser culposa parecen haber llegado a ser la misma cosa.

Floreana y yo nos llamábamos casi todas las noches por teléfono, a horas en que a nadie en su sano juicio se le ocurriría hacerlo. A veces las conversaciones eran eternas y fluctuaban desde lo más doméstico o puntual hasta la metafísica pura. Todo cabía en esas dos líneas nocturnas que se conectaban a través de la ciudad. Ni ella ni yo nos habríamos atrevido a hacer lo mismo con las otras dos hermanas, por miedo de molestar a los maridos. Así es que la cama vacía de cada una era esencial en estas conversaciones.

Floreana me leía párrafos de libros, yo le contaba del partido y le reproducía mi discurso de ese día en el Parlamento. Cuando ella me hablaba de sexo, yo me interesaba sólo moderadamente.

«¿Has pensado en que somos amantes por el mismo orificio por el que somos madres?», me dijo una noche.

«Pero, Floreana, eso es más o menos evidente...»

«No sé si a nivel simbólico sea tan evidente. ¡Es una gran carajada, Fernandina!»

«Más importante me parece la obsesión de Dulce por no estar ya casada. Todo el viaje entre Valparaíso y Santiago me dediqué a pensar en eso».

«Pero si está tan dolida, ¿qué reacción esperas? Acuérdate de que se declara todavía enamorada...»

«Ésa es mi duda. Creo que ya no distingue entre la pena por la ausencia y la necesidad de un hombre concreto. Estuve pensando lo siguiente, Floreana...»

«En el auto, ¿verdad? ¿A qué horas pensarías si el Congreso estuviera en Santiago?»

«Ya, no me interrumpas, a esta hora me queda apenas una neurona. He pensado algo seriamente: tenemos que contratarle a Dulce un hombre, una especie de Súperman doméstico que sea chofer, gásfiter, electricista, que acarree los balones de gas, la leña, los paquetes del supermercado, que traiga y lleve a los niños a todas partes. ¿Entiendes hacia dónde apunto?»

«Supongo. Que Dulce llegue a diferenciar qué le hace falta de un hombre, y que no confunda la casa con el amor. ¿Es eso?»

«Exacto. Si estás de acuerdo, hablemos mañana mismo con Isabella. Que lo que cueste lo pague la mina, porque Dulce no sabe gastar plata en sí misma».

«Dime, Fernandina: ¿has pensado que este Súperman cumpla también labores sexuales?»

«¡Tonta! Ni lo insinúes, sería de muy mal gusto. ¿Sabes?, te voy a cortar, son las doce y media de la noche y mañana salgo a las siete a Valparaíso».

«Ya, cortemos. Y duérmete con lo siguiente: Isabella opina que no se justifica que te revientes de esa manera si no vas a llegar a ser Presidente de la República».

«Ése es un problema de Isabella, no mío. Buenas noches».

Desde que Dulce se separó, reclama para ser incluida en las sesiones telefónicas nocturnas. ¡Cree que los hábitos se pueden cambiar de la noche a la mañana!

Efectivamente, Floreana la llama una noche, cuando ya todos duermen. Necesita un cable a tierra al terminar su jornada de encierro casi enajenado, polvoriento de archivos y soledad. José está con su padre y ella se ha pasado diez horas dentro de su escritorio con la raza yagana. Esos cuerpos medio desnudos y pintados le bailan en el cerebro y en los ojos; se ha leído todos los apuntes del jesuita alemán Martin Gusinde, que vivió entre ellos y llegó a fotografiarlos. Durante horas ha mirado esas fotografías, y se ha detenido largamente en aquélla donde aparecen dos mujeres fueguinas. Visten una simple falda negra, desnudas de la cintura para arriba, engrasado el cuerpo para resistir las temperaturas australes del fin del mundo, allá en la Tierra del Fuego, y sus pechos —grandes, pesados, vividos— están pintados con un perfecto diseño de líneas y puntos que van desde la clavícula hasta el estómago. Floreana no logra arrancar de sus retinas esta imagen, el fondo nevado de la fotografía no espanta el calor que estas mujeres le obsequian desde ese frío infinito. ¡Cómo le teme Floreana al frío, al verdadero! Tampoco le espanta la rabia: sobre los cuerpos de estas chilenas pesa no sólo la exclusión, sino la extinción simple y llana. Floreana ha olvidado, como siempre le sucede, que ella sí es parte del mundo; ha entrado en ese estado gaseoso en que la sumerge el trabajo, pierde la consistencia real, se le desaparecen las formas y la acomete el conocido temor de evaporarse: ¿será sólido el suelo que pisa? ¿Será verídico?

En su necesidad de sentirse parte de un otro todo, duda si tomarse un vodka cargado o llamar a Dulce. Gana su segundo yo.

«He estado pensando en la pintura, en la escena de la pintura chilena, en sus marcas, en su paisaje... Creo estar en condiciones de proclamar que la historia de la pintura chilena nace en los cuerpos de las mujeres yaganas».

«No te entiendo mucho, Floreana...»

(Paréntesis necesario: éste es el estado usual de Floreana cuando aterriza luego de una sesión larga de trabajo.)

«Te explico, Dulce. Es que pensaba en el Mulato Gil... y creo que la historia de nuestra pintura no debiera comenzar con él; estas mujeres ya pintaban sus cuerpos en el sur cuando el Mulato llegó al país. Enteramente recamadas, un verdadero tributo pictórico. ¿No me encuentras razón?»

«Sí...»

«Piensa en la muerte del maquillaje: de maquillaje está hecho el cuadro, la extinción de esos cuerpos es el desgarro de la primera pintura. Trémulas, cautivas, temporales, ¡pictóricas, Dulce, y entonces vivas! Tribales, además, sin registro alguno en la historia de la pintura de Chile».

«¿Sabes, Floreana? Parece que no soy yo tu interlocutora ideal».

No alcanza a cerrar su diálogo. Su preocupación por los orígenes arcaicos de la pintura chilena no le hacen sentido a su hermana. Todo esto porque yo estaba de viaje.

Vuelvo al relato que nos atañe. Me tocó atender a una delegación del Parlamento sudafricano, y en el último momento una persona faltó para la comida que yo debía brindarles a los visitantes. Llamé a Floreana. Desganada, sólo por hacerme un favor, asistió. A su lado se sienta una diputada negra muy viva y muy linda. Luego de conversar —como correspondía— de política y de las equivalencias en ambos procesos democráticos, Floreana le hace preguntas personales. La negra, en su difícil inglés —hay once idiomas oficiales en Sudáfrica—, le cuenta que cría a tres hijos.

«¿Y el padre?»

«Estoy divorciada hace ocho años».

«¿Y te da apoyo económico?»

«No».

«¿No existen en tu país leyes que te protejan de eso?»

«Sí, las hay. Pero él las burla y ve a los niños una vez al año. No más».

«¿No te has vuelto a casar?», Floreana va al grano.

«No hay muchos hombres disponibles…»

«Estarán los divorciados…»

«Se casan pronto, y con mujeres más jóvenes».

Floreana se ríe:

«También entre ustedes hay un problema de desabastecimiento en el mercado, como aquí…»

La diputada le clava sus ojos negros.

«No es sólo eso, yo creo que es difícil ser pareja de mujeres tan ocupadas, públicas…»

«¿También allá les pasa lo mismo?», se sorprende Floreana.

«La verdad es que casi no he tenido pareja en estos ocho años, pues no hay con quién. Las mujeres económicamente autónomas y con vida propia estamos cada día más solas».

Nunca pensó, al caminar hacia su casa esa noche, que las semejanzas entre ambos países llegarían a establecerse dentro de ella más allá de situaciones meramente políticas. Tampoco podía imaginar que una semana más tarde recibiría una llamada de la Embajada de Sudáfrica para cursarle una invitación a Ciudad del Cabo —su nombre había sido propuesto por la diputada de ojos brillantes—: participaría en una visita de un grupo de intelectuales, justamente para discutir y hacer un estudio comparativo entre las transiciones de ambos países.

La más sorprendida es la propia Floreana, que debe recurrir a toda una gimnasia intelectual para adaptarse al tema, tan ajeno… Terminó transformando a sus indios en «la cultura latinoamericana», insertándolos en las culturas híbridas más que en la transición.

Chile and South Africa: We are the south of the south, both countries, fue el paralelo que haría más tarde el Académico que dirigía la delegación chilena. Floreana sintió que era una síntesis perfecta.

The south of the south.

Cartagena es la palabra para mí, Capetown lo es para Floreana.

La Sinuosa Llama de la Sensualidad nos invadió.

A partir de entonces, cambió el aura en torno a mí. Ya no era solamente el carisma hacia las multitudes, como dicen mis hermanas; era también un carisma personal del que podía echar mano en privado, en mis asignaturas «no masivas».

«¡Se te soltaron las trenzas!», me comenta Isabella.

«¡Me estás censurando!», me sofoco yo.

«¡No! No es censura, es asombro».

Porque has de saber, Elena, que hasta entonces toda relación con un hombre quedaba excluida para mí. Un día le oí a Emilia resumirlo con toda simplicidad: «Fernandina heredó la vocación política de su marido, que partió al exilio y nunca volvió; la única que se acuerda de él es ella, que lo espera envuelta en una completa ambigüedad, ya que si bien a veces se visitan y se escriben, no tienen ninguna intención de vivir en el mismo país. Digamos la verdad: es una farsa. Fernandina no tiene marido».

Emilia es el retrato vivo del Actual Espíritu de los Tiempos.

Al principio, no solté prenda sobre mi viaje. La familia ya se había habituado a mi fanática fidelidad por un marido para ellos inexistente, a mi absoluta negación del sexo opuesto, a mi rara aspiración de pertenecer sólo a ese hombre a quien amaba tan de cuando en vez, autoinfligiéndome, a juicio de todos, una verdadera laceración. Hasta que Isabella me habló:

«Sea lo que sea lo que hayas vivido, intuyo que tuviste goce. Estás en una edad en que el goce es aún necesario. No te pido que me cuentes nada, sólo me gustaría recordarte que no todas las sensaciones son amoldadas por el pecado».

Es el destino, me dije, una suerte de mecánica celestial. Relajé mis defensas y, aprisionada como estaba en el estallido, se lo conté todo a Floreana.

En rigor, Elena, esto no es parte del cuento que te incumbe, pero… ¿cómo dejarlo fuera, si eres mi amiga y si ésta es la nueva oportunidad de ensoñación de la que te hablé al empezar esta carta?

Luego de cerrar la paella con un buen tinto, salimos del restaurante La Escollera, el Vicepresidente de mi partido y yo, y apoderándonos de las botellas de ron subimos los pocos escalones que nos separaban del bar que se erige sobre la muralla —dueñas de la noche y de la historia esas piedras, puestas allí por las manos españolas, manos conquistadoras, cinco siglos atrás—, donde una orquesta de rumba nos llamaba al aire libre. Sus gigantescos parlantes ofrecían al vecindario los sones de su música morena, invitando a caderas y pies a comenzar el movimiento bajo la brisa húmeda del Caribe y la ciudad vieja de Cartagena de Indias, con su Catedral, acoplándose a esa hora amurallada de antorchas en las almenas.

Él y yo habíamos compartido el día en las Islas del Rosario. En la isla Grande nadamos atravesando la transparencia misma. Miré su pecho, una cubierta ondulada de negro; él retuvo mi imagen cuando comía el mango y me chorreaba y luego corría el jugo por mi vientre mientras chupaba la pulpa. Probamos la yuca y el arroz con coco. ¿Por qué es de color café?, pregunté, y por respuesta él me llevó a la boca una rebanada de plátano frito.

Fue entonces que, rebosantes de sol, llegamos a La Escollera.

Más tarde paseamos por la ciudad vieja. En la Calle de la Necesidad hay un balcón de madera, y bajo ese balcón el Vicepresidente me besó. Toda Cartagena suda, todo suda en Cartagena: vasos, veredas, cuerpos, blancos y negros sudan, ¿por qué no Fernandina? Por fin llega la lluvia y nos limpia: estamos pegajosos de nosotros mismos, y por el costado de la ciudad amurallada, al lado del mar, nos encaminamos al hotel.

El poder es erótico, pensé mirando aquellos hombros cuadrados, hombros que parecen llevar parte del peso de un país, y llevarlo bien. Erótico, me debo haber repetido, dudosa ante el escenario más temido, ese horizontalmente creativo y ardiente donde es posible que se cuele la Incontenible Ambición y, a mitad del cigarrillo después del amor, él pida mi voto para afianzar su candidatura en el próximo congreso del partido.

Tranquilízate, no sucedió. Es que mis aprensiones se entrometían cual cucarachas en un piso húmedo.

Al día siguiente me arranco de la reunión, camino sola por los arcos de El Bodegón, tiembla y tiembla tu amiga Fernandina bajo los arcos en esa plaza larga. El último recurso que me queda es la cautela, pensé. Y no recurrí a ella.

Lo peor, Elena, lo peor fue comprobar que mi estricta fidelidad de estos años se había hecho trizas, y al romperla me daba cuenta de que no era por él que yo era fiel. No. Era por mí.

¿Cómo podía yo saberlo?, le pregunto desolada al retrato del marido ausente. Perdóname. Lo creí a pies juntillas, durante años. Tuve que vivir esto para descubrir algo tan doloroso: te inventé porque eras la única protección posible.

Bien, ya he regresado a mi ciudad natal y será el Vicepresidente quien deba ocuparse de la Mentira de las Verdades de esta frágil diputada.

Volvamos a las sincronías.

Floreana camina con su hermetismo a cuestas, adusta y reconcentrada. ¿Qué sucedió con Floreana?

«También fue el sudor, Fernandina, fue esa mano palpando mi cuello mojado. Fue ese baile. Yo no debiera bailar nunca más. ¡Un mísero baile tiene la capacidad de convertirme en una puta!»

Siempre ha sido igual. Si Floreana representase a la Cenicienta, no habría tenido la voluntad de marcharse a medianoche. ¡Nadie encontraría su zapatilla de cristal abandonada en la premura por arrancar de los brazos del baile!

(Pero yo también sé cómo actúa la inteligencia del otro en mi hermana. Sé que cuando él empezó el discurso de apertura, en su buen inglés de sudamericano, y su primera frase fue aquello del sur, cayó sobre Floreana el rayo, estremeciéndola con la belleza de las palabras del Académico. No hubo un momento a partir de entonces en que pudiera su pulso desacelerarse. También sé que el día en que le tocó a ella leer su intervención, se la dirigió, irrevocable, a él, siendo su mayor preocupación la de estar a su altura. Cuando él la elogió calurosamente, ella, absoluta como siempre, ya se había enamorado. Y esto, Elena, en el estado en que se encontraba, debe haberle resultado no sólo inexplicable, sino del todo inexcusable. Y, valga la redundancia, intolerable.)

«Después de desgañitarnos con tanta percusión negra, la orquesta cambió la música. En honor a los latinoamericanos, nos dijeron, un danzón. Lento, lento el ritmo. Y no creas, Fernandina, que tanta abstinencia me ha hecho olvidar lo básico. Ese cuerpo temblaba. El Académico tan serio y seguro temblaba en el baile, sucumbió en ese baile. Yo cerré los ojos».

Al abrirlos, no supo en qué lugar de la pista estaban. La intensidad era tal que al terminar el danzón se preguntó quién era ese hombre. Y quién era ella.

La orquesta demoraba en la pausa; ninguno de los dos pudo mirarse, a ninguno le salió la voz. A las cuatro de la madrugada él preguntó, ahogado entre el algodón de su vestido: ¿adónde nos vamos, a tu pieza o a la mía? Ella no respondió, lo hizo, casi sin voz, su cobardía: tú a la tuya, yo a la mía. Porque Floreana es como los buenos boxeadores, los que saben engañar y guardan la rabia (la emoción). Mostrarla abiertamente los derrota: en el boxeo los fuertes representan debilidad y los débiles demuestran una rotunda fortaleza.

Floreana, como yo, también había hecho una promesa.

Regresando, en el aeropuerto, Ciudad del Cabo se ha desvanecido. Y con ella la fuerza de Floreana. Es como si al tocar la losa se hubiese agotado. Porque con la negativa a cuestas —la más débil de las negativas— debieron seguir juntos después del danzón, calientes como estaban, por Ciudad del Cabo, con el resto de la delegación al día siguiente y al otro. Las casas victorianas y sus encajes de madera, la montaña de roca abrupta, categórica y tajante la Tablemountain ante las ventanas de sus dormitorios, el mar frío y enojado, el Waterfront con su colorido, sus mariscos y sus enormes estructuras metálicas, Clarke Street, el Bookshop donde compró una edición de Jane Austen del año 1903, el restaurante Afrika donde probaron la carne de avestruz, el recital de poesía negra que la hizo llorar en el teatro de la Universidad, luego el Cabo de Buena Esperanza, donde se juntan el Índico y el Atlántico («quizás aquí termina la tierra», aventuró Floreana y los ojos del Académico sonrieron), el empinado roquerío en Cape Point recordando a Vasco da Gama y la antigua esperanza que efectivamente significó ir camino a las Indias: todo fue testigo de las oleadas feroces, locas como esa espuma que reúne a los océanos, penetrante como el viento de la puntilla. Así era lo que fluía entre el Académico —pulcro y casado— y la Historiadora —aterrada y soltera.

(¡«Qué lástima que te tocó Capetown y no Tegucigalpa!», le digo muy seria. «O alguna otra ciudad con menos brillo, para que los recuerdos hubiesen sido más descoloridos, más amainables».)

Es todo lo que sabemos de lo vivido por Floreana en el continente africano. En cuanto a él, los únicos datos son que trabaja en la Universidad dirigiendo algún departamento humanista, que usa sólo camisas blancas y que fuma tabaco negro. Nada más.

Pero podemos suponer que en el avión, camino a casa, el señor de camisa blanca de la fila 24 nada tiene que ver con el torbellino emocional de la mujer de la fila 25. Al momento de pisar el suelo, el territorio santiaguino será el encargado de enderezarla, apisonarla como a la tierra dispersa y volverla a la realidad. Porque a él lo irán a esperar. No tendrá que hacer el esfuerzo de dejar Sudáfrica atrás; la camioneta con su esposa y alguno de sus hijos bastará.

Aparecerá la Bestia Negra de las Hipócritas Apariencias. Él ya no recordará el danzón.

En cambio, ella sabe que la excitación sexual mueve montañas con la misma facilidad con que, una vez saciada, deja que las piedras caigan. No importa si en la caída te destruyen la cabeza. Para los hombres, tras arrasar como la lava, se finiquita o, siguiendo la imagen, se petrifica y acaba. Mientras, ese mismo deseo, cálido dentro del cuerpo femenino, se instala ahí como una semilla, en son de ir creciendo hasta transformarse en *longing*. Tibiamente, acunado en piel y corazón dentro de la mujer, este deseo —el mismo que compartió, que fue de a dos— comienza a prepararse solitario como un ave que empolla sus huevos, en un verdadero encantamiento añorante.

Por eso no puede romper su promesa. No puede ni debe, porque la invadiría la vulnerabilidad. Mejor secarse, mejor nada, mejor que esas manos no traspasen el algodón de su vestido. Sólo eso la salva. Al rendirse a esta evidencia, Floreana se duele. Si fuese menor, lloraría. El melodrama: las mujeres, el amor y el melodrama. Claro que desea llorar, pero no, no corresponde. Porque las manos en el algodón sólo le han descorrido un velo. Ella no quiere ver lo que está detrás.

La sincronía de nuestros sudores no fue azarosa. Te preguntarás, Elena, cómo pudo ocurrir que de un momento a otro dos mujeres grandes y serias perdieran los estribos de esta manera, cuando ambas no han hecho sino dar pruebas de su voluntad. No pensarás que de la noche a la mañana nos transformamos en unas colegialas, ¿verdad? No sé si todos —y aquí te incluyo— lo anotaron así en sus mentes, pero yo no albergo dudas sobre la razón por la que ambas nos destapamos después de tanto cierre. Fue Dulce. Fue sentir la muerte cerca lo que nos desmadró.

Dulce. Continúo con ella, debo narrar con un cierto orden, ¿verdad? Créeme que hasta ahora me he esforzado por mantenerlo.

Volvió de Houston directamente a su cama en la ciudad de Santiago. Perdió casi en su totalidad al animal que llevaba dentro, le borraron los ojos y le deslavaron la cara. Avanzaba en ella la Fatalidad Indisimulada. Volvimos todas a cerrar el círculo a su alrededor.

«A mí me sobran las energías», decía Dulce no hace más de un año, causando la más profunda de las envidias en sus hermanas, que clamábamos a los cielos por tan preciado don.

Floreana está sentada en el sillón frente a la cama de Dulce. Es media tarde, ella dormita y Floreana mira de reojo la pequeña mesa que ha instalado a los pies de la cama para continuar su trabajo mientras acompaña a la enferma, y siente que Tierra del Fuego pierde toda relevancia. El empeño analítico que ha puesto en su investigación se le antoja inútil, todo parece estar de más frente a este cuerpo que hace apenas un año se vanagloriaba de su energía. La mirada de Floreana recorre el

dormitorio, en cada pequeño detalle la enfermedad grita su presencia. Escenas diversas se arremo-
linan; abandona sus fichas, es Dulce quien reclama
toda su capacidad imaginativa.

¿Cómo, cuándo comenzó esta demencia? Se
mueve en el sillon, imposible la quietud, trata de
idear lo que Dulce sintió en aquel primer encuentro, cara a cara, con el descontrol de sus células.

Visita por vez primera aquel consultorio, un
examen de rigor, una simple mamografía, se lo ha
pedido su ginecólogo porque sí, cree Dulce, como
se lo pide a todas. Conversa amablemente con la
tecnóloga médica que efectúa el examen. Le toma
los pechos con suavidad, no se siente humillada
ante esa siniestra máquina que aprieta como si fuese a degollar sin piedad esos órganos sagrados.
Dulce pregunta por el promedio de los resultados,
por la proporción de casos de enfermedad; la otra
mujer, mientras realiza conscientemente su trabajo, le cuenta cómo ha aumentado el cáncer a la mama en los últimos años. Le habla del famoso *stress*,
y a Dulce le parece un lugar común.

(Más tarde nos comenta: es uno de los tantos
precios que estamos pagando por estar en el mundo; cuando las mujeres nos quedábamos en la casa,
el índice era mucho más bajo.)

Le piden que no se vista todavía, necesitan
comprobar la nitidez de la radiografía. Ella espera,
entregada. Vuelve la tecnóloga y dice que le harán
una placa focalizada porque se ve algo poco claro:

no se preocupe, es cortito. Regresa una vez más: una ecografía. Algo de ansiedad invade a Dulce, le escurre por la sangre, aunque se lo han dicho tal cual, suavemente. Se dirige a la otra sala, percibe la misma ansiedad en otras mujeres que allí esperan. Entonces comenzó.

Dos meses más tarde, voy yo al mismo consultorio, al mismo examen, pero sin placas focalizadas ni ecografías. Llego airada donde mis hermanas.

«¡Nos hemos convertido de la noche a la mañana en un grupo de alto riesgo! Era tan fácil antes, cuando me preguntaban por los antecedentes: ni mamá, ni abuela, ni tías con cáncer a la mama. Ahora nos jodimos. ¡Somos parte de las estadísticas!»

Dulce nos hizo la marca.

Floreana sigue recorriéndola. No puede evitar una sonrisa cuando sus divagaciones alcanzan, involuntarias, el día en que, aún casada, publicó su primer libro. La sorpresa de Dulce fue genuina al tomar un ejemplar en sus manos. En medio del gentío que asistía a la presentación, en un salón de la Universidad, le espeta a la autora: ¡cómo, firmaste con tu nombre de soltera! Floreana responde que ése es su único nombre, que ninguna mujer seria anexaría el apellido del marido. Dulce no lo entiende. Nada la hacía tan feliz como escribir Dulce Fabres de Avilés. Ese pequeño «de», seguido del apellido Avilés, la enorgullecía, la agrandaba, le daba un contorno.

Es el romanticismo, se dice Floreana. El condenado romanticismo es el culpable de todo este embrollo. No sabemos hasta qué punto Dulce estaba enamorada de su marido, o si era su fantasía de estar enamorada lo que la gobernaba. Pero, si fantasía fue, ¡qué tenaz!

Dulce necesitaba que el hombre —el suyo— fuera superior. Mirarlo para arriba, sólo líneas diagonales, nunca una horizontal. Durante los primeros años se aquietaba frente a las carencias culpándose a sí misma por ellas. Él es grande, debe haberse repetido, no puede necesitarme a mí como yo lo necesito a él; no puede esta pelea haber sido provocada por una mala intención de su parte. Aquí hay un malentendido, él está por sobre estas pequeñeces. Cuando las evidencias fueron demasiadas, tuvo que mirarlo a él y no a sí misma, y sufrió una crisis profunda. Lo inaudito es cómo se aliviaba cuando podía alejar de él la mirada sospechosa y dirigirla a su propia persona. En definitiva, él debía ser mejor que ella, bajo todo punto de vista.

Lo que sucede a su alrededor llama a Floreana a la confusión. No encuentra nada a mano en su mitología que la ayude a obtener respuestas coherentes. Nada que la fuerce a entender ese fenómeno loco e incomprensible: el amor.

Recuerda cuando Emilia (como fiel representante que es de la Generación Despiadada) le dijo: «Nosotras nacimos con la distancia en los genes, el escepticismo no nos sorprendió a mitad de camino, como a ustedes; a veces creo que, aun valorando todo lo que nos fue vedado, es mejor nacer desencantada que tener que asumirlo a medio camino porque no te quedó alternativa».

Dulce abre los ojos, se pasa la mano por la cabeza; no puede evitar ese gesto recurrente, ése y el de tocarse el costado izquierdo, donde estuvo su pecho. Palpar los agujeros negros que se lo han llevado todo.

«¿Estás aquí?», le pregunta somnolienta a su hermana.

«He estado aquí toda la tarde», contesta Floreana, «¿cómo te sientes?»

La mueca de Dulce basta, pero ella responde.

«Se lo ofrezco a Dios».

En su congoja, Floreana se pregunta si la rabia que hoy siente la abandonará algún día.

«¿Cómo puedes amar a un Dios tan malo, un Dios que trama destinos tan crueles?»

«No importa lo que trame, lo que importa es ser querida por Él», la voz de Dulce se ha tornado ligera, tan suave y ligera.

«¿Es ése todo el punto?»

«No. El punto es ser conocida por Él: singularizada. Es el único amor donde una cabe. La tragedia de los amores terrenales, Floreana, es que no pueden ser perfectos. Siempre queda en ellos una franja de insatisfacción. Sólo en el amor de Dios una puede saciarse».

Y Dulce hizo algo que no había hecho: lloró.

(—Cuando los muertos lloran, es señal de que empiezan a recuperarse —dijo el cuervo con solemnidad.
—Lamento contradecir a mi famoso amigo y colega —dijo el búho—, pero yo creo que cuando los muertos lloran es porque no quieren morir.)

Aquí dejo a Dulce. Ya es tiempo de entrar de lleno en Floreana; después de todo, ella es el personaje.

Si perdió las proporciones en Ciudad del Cabo, es porque las tenía perdidas desde antes. Por favor, hablemos con el decoro de la verdad. Si de *personaje* vamos a hablar, enfrentémoslo de una vez: éste es uno jodido.

Floreana heredó el rigor de Daniel Fabres. Eran los únicos habitantes de la casa a los que había que golpearles la puerta a la hora de comida —nunca sentían la punzada del hambre—, avisarles de un llamado —nunca oían la campanilla del teléfono— o de la llegada de alguna visita. Porque al otro lado de sus puertas, absortos en la búsqueda del conocimiento, ambos levitaban ante sus mesas de trabajo, abandonando a los mortales, arrancados de raíz del ruido que hace la tierra aquí abajo.

Cuando golpeaban a su puerta, Floreana sentía un pequeño daño, miraba con miedo el mundo de las cosas reales. ¿Cómo había logrado irse tan lejos? Empezó a gestarse en ella, sin que lo percibiera, el temor de volver, porque se sentía demasiado sola cuando lo hacía, como si no hubiese estado en la soledad misma mientras volaba lejos de los demás. Su temor, Elena, y digámoslo claramente, siempre ha sido el no sentir pertenencia a ningún lugar. Cuando está en órbita es el único momento en que no lo percibe, y por eso bajar a la realidad la convierte en un náufrago que ha extraviado los puntos cardinales. Y entonces palpa la orfandad.

Su hijo José recuerda: un día habían salido de paseo y ella le compró un globo de gas. Jugaban alegremente por la calle cuando a él se le soltó. El globo partió cielo arriba, no había cómo detenerlo. No es que Floreana fuese una madre aprensiva, pero cuando vio los ojos de José, cuando advirtió en sus lágrimas y en el impotente gesto infantil esa pena tan honda, levantó los ojos al cielo y al atestiguar cómo el globo se elevaba cada vez más alto, más inalcanzable, más inasible, más perdido, experimentó una inexplicable identificación con el dolor de su hijo y no pudo moverse del punto que pisaban sus pies. Se quedó así, inmóvil, contemplando el globo cada vez más pequeño, hasta que desapareció.

Y en la infancia de la propia Floreana, esa tarde en que escribía una composición sobre la Revolución Francesa, fue traída de bruces al piso por su vecino Matías —sentía una gran debilidad por él—, quien la interrumpió para compartir con ella unos patines nuevos. Floreana dejó los cuadernos y se fue con él a la calle. Matías y sus patines, esa tarde, probaron ser la única acción tolerable lejos de sus libros, porque Matías y sus patines no le recordaron su soledad. Porque junto a Matías y los patines, ella se sentía parte de un algo que no la lastimaba.

Matías desapareció el día que su familia se cambió de casa. Todos en el futuro se mudaron, tarde o temprano, en algún momento. Nunca fue ella la que partió.

Cuando su cuerpo oscilaba entre el techo y el piso de su pequeña pieza de trabajo, José era un elemento que la sujetaba, pero un elemento involuntario. No despreciemos la maternidad de Floreana: aunque su casa no fuese espaciosa —nunca tuvo los medios para algo mejor que ese departamento de dos habitaciones en La Reina— y estuviera un poco desordenada, repleta de libros y papeles en vez de los hermosos muebles que tenía la casa de Dulce, y aunque sus idas al supermercado fuesen más bien esporádicas, para ella la maternidad era algo de la mayor importancia. José interrumpía su fantasía de ser el globo de gas que sube, inalcanzable, pero ella no lo había escogido para la tarea de hacerla bajar del azul inmenso. Hijo cuidado y amado, no era él, sin embargo, quien le daba la forma. No era ése su rol dentro de la pequeña familia, y Floreana tampoco habría encontrado justo que así fuera. Y no es raro que las ausencias del niño —las visitas a la casa de su papá— se constituyeran en los momentos más largos de su concentración, cuando nada la detenía: los momentos más difíciles de abandonar voluntariamente.

En casa de Floreana nunca hubo relojes.

Recuerda con nitidez un cuento de Sommerset Maugham que leyó en su adolescencia: un hombre mira diariamente en la muralla, con fijeza, un cuadro que lo obsesiona; empieza a subirse al cuadro y a meterse dentro de él por un rato todas las tardes, y le resulta cada vez menos placentero salir de allí. Aumenta su tiempo dentro del cuadro a medida que pasan los días. El cuento termina cuando el hombre sube al cuadro y resuelve no bajar más.

Y mientras yo dejo mis espaldas en el compromiso con el acontecer de mi país, soy testigo de esta mujer divagando por las calles como una enajenada, preguntándose una y otra vez, como una huérfana, cuáles son sus raíces, qué la ata, cuáles son sus Padres, cuál es su Lugar.

Más tarde, en un momento determinado de su vida, comprendió en palabras crudas lo que siempre le había sucedido: lo único que lograba romperle la distancia era, sin metáfora alguna, el sexo. A su vez, éste no dependía de ella, nunca era seguro. Entonces deseó una existencia entera sin la necesidad de romper esa distancia. Corta su larga y característica trenza negra, la que había colgado sobre su espalda desde la infancia: es su ofrenda a la Exigente Castidad. (Como en el proverbio alemán, la nueva vida sin las viejas trenzas.) Probablemente, lo asume como el fin de la juventud o de la libido; un fin impuesto. No fue natural, la trenza no cayó; fue cortada. No sabemos si queda un vacío mayor alojado en su cabeza. Sí sabemos que, de la noche a la mañana, pasa a ser una sobreviviente de sus penas, sospechas y resentimientos. Había abandonado los combates dando muestras de rigor, con una calma que, aun siendo falsa, significaba un nuevo orden para ella, y entonces una deseaba quererla por su pura tenacidad.

Pobrecita, hasta aturdirse debió sentir el abandono, el de todos los hombres que por ella pasaron, atravesándola a ciegas, minimizándola, usando su modestia emocional para volver luego triunfantes donde sus verdaderas dueñas, las eternas esposas.

Nunca más un hombre casado, nunca más. La anatomía, acallada ojalá para siempre. Su corazón, un desierto largo, pálido e inerte como un salar.

«Soy de la generación de la libertad», le dice un día a Emilia, pensativa: «A mi madre le tocaron los convencionalismos y la falta de anticonceptivos; a ti te tocó el sida. Yo me salvé. Y mira lo que he hecho con mi salvación».

Desde que Floreana optó por la castidad, durante las ausencias de José crecía en ella la tentación de quedarse dentro del cuadro para siempre. Pero le peleaba a esa tentación, porque José volvería.

Es que ella sabía que para el encierro de la creación no las tenía todas a su favor. Se lo decía a Emilia (siempre Emilia su receptáculo): cuando seas una pintora de verdad, recuerda que la diferencia entre una mujer y un hombre frente a la producción creativa es la siguiente: siempre existe una mujer que cierra la puerta con llave para que el genio masculino se exprese; lo aísla del mundo, le resuelve todo para que se mantenga concentrado e inmaculado, lo desembaraza de la gente y de las odiosidades cotidianas y se hace cargo del exterior para que el interior esté iluminado sólo de sí mismo. A una mujer, Emilia, nadie le hace el favor de cerrarle una puerta. Si es madre, tampoco se la cerrará ella misma. Al primer grito del hijo, aunque éste tenga ya veinte años y viva en otro continente, abrirá la puerta, abandonará cualquier sublimidad de lo que esté creando y partirá hacia él. O sea, no es sólo no tener esposas lo que nos impide encerrarnos: es la maternidad. La maternidad y el aislamiento están irreparablemente reñidos. El cordón es lo prosaico, Emilia, por la ligazón que nos da con la vida misma; es lo que hace que al fin —al margen de la calidad, de lo bueno o lo malo— el producto artístico o intelectual de una mujer sea distinto. Como ves, no todo es negativo, no puedes negar que es interesante que los resultados indiquen una diferencia. ¡La diversidad es tan maravillosa como necesaria, Emilia! Nunca se te vaya a ocurrir que quisieras ser hombre porque pintar te sería más fácil.

Hasta Ciudad del Cabo, fue espartana de verdad, y de ello todos podemos dar fe. Su dedicación fue para su hijo y su trabajo, no cabe duda. Pero hoy me pregunto hasta qué punto estaría convencida… ¿O era una autoimposición?

Quisiera interrumpir para referirme a su trabajo, pues éste resulta crucial para comprender el extraño carácter de Floreana. Es mi hermana y no le permito a nadie hablar mal de ella: hacerlo es un derecho que me arrogo sólo yo, por ser probablemente la persona más cercana.

Por eso debo reconocerte, Elena, que me cansa mucho la distancia que existe entre la objetividad de *quien* Floreana es y la subjetividad con que ella se percibe. No hay cómo convencerla de que su trabajo es apreciado, de que pocas historiadoras de su edad han publicado con esa consistencia, de que ha hecho una estupenda carrera. Insiste en mirarse en menos, en desvalorizarse, creyendo que su quehacer es sólo de su incumbencia, que a nadie le importa, restándole significación hacia el exterior… y siendo en su interior casi lo único que bulle. Si se mira en un espejo, éste le devuelve una imagen sin luz, anónima, como un alma desdibujada que ni siquiera sugiere terrenalidad. Nosotros, en la familia, siempre hemos estado orgullosos de ella; el problema es que aunque ella lo sabe, no lo *siente*. Nunca lo ha sentido.

Te lo ilustro con una anécdota: concursó, junto a muchos otros historiadores, a un *stage* en un instituto muy prestigiado en Berlín, y lo ganó. Cuando la felicité (era de verdad difícil ser seleccionada), me explicó que el jurado no había sido transparente, que no era ella quien merecía ese premio. Me dio diez razones imaginadas de por qué debería haber ganado otra persona. Eso no es humildad, Elena, no te equivoques: es un simple y absoluto despilfarro de la autoestima. Una tenaz ceguera que a veces me saca de quicio, casi una sicopatía.

Floreana es una persona un tanto estrafalaria. ¿Es una erudita? No. Es una intelectual con pasión por lo que hace. Y siento la obligación de advertirte: la que conocerás no es la que esperarías luego de haber leído *La guerra de Arauco y la formación de la frontera*, o ese libro que a mí me gusta tanto, *El imaginario mestizo: ritual y fiestas en el siglo XVII chileno*.

En buenas cuentas, y para ahorrar racionalizaciones, te lo pongo en palabras de los Beatles; mi única duda es cuáles serán las más adecuadas, con cuáles se sentiría ella más identificada: *Nowhere Man sitting in his Nowhere Land*, o *Eleonor Rigby* con sus preguntas finales:

> *All the lonely people,*
> *where do they all come from?*
> *All the lonely people,*
> *where do they all belong?*

Ten paciencia, Elena, ya hemos llegado al final.

Avanza la enfermedad en Dulce, avanzan la eficiencia y la actividad en Isabella, avanza este nuevo esplendor en mí que me ayuda a vivir la pena… y me pregunto qué es lo que avanza en Floreana. Hay algo que no logro desentrañar. Da la impresión de estar poblada, como si perdurase en ella alguna obsesión, como si todo girara hacia el lado inverso de su necesidad.

A ver, observémosla un rato, en la probable imaginación. Ha terminado de trabajar, se levanta a la cocina; suena el teléfono y corre a atenderlo. Detengámonos ahí: Floreana escasamente oye la campanilla en tiempos normales, pero ahora corre. Levanta el auricular y cuando preguntan por José, en su respuesta se trasluce un resquemor. Se pasea por el pequeño departamento, ociosa como nunca ha sabido estarlo. Vuelve a la cocina, saca de la bandeja una botella de vodka. Gira buscando el agua tónica que no está en el refrigerador, como debiera. Al fin la encuentra en el estante, se sienta en la mesa de la cocina sin prender la luz; su mirada no tiene objetivo. El alcohol le entró, tocó el esófago y se deslizó por un túnel largo, el del descontrol. Toma el teléfono un poco temblorosa, sus manos dudan, lo suelta y vuelve a sentarse. ¿Trata de adecuarse a aspectos desacostumbrados de su personalidad? Pero nosotros, los que la conocemos, podemos suponer por qué derroteros se pasea su pobre autoestima.

Virgen imposible. Datos y marcas yacen irreversibles sobre ella. Por lo tanto, Ciudad del Cabo le recordó que lo único que aprendemos de las historias personales es que nunca aprendemos de ellas.

Floreana lleva a cuestas una nueva herida. El día que Dulce no esté, ¿a qué reservas podrá ella echar mano? He pensado en tu Albergue como el único lugar posible. Tal vez algo que recién he leído —para estar preparada yo misma— te dé las luces necesarias. Es un texto de C. S. Lewis, en *Una pena observada*:

«Creí que iba a descubrir un "estado", trazar un mapa de la tristeza. La tristeza, sin embargo, no resultó un estado, sino un proceso. No necesita mapa, sino una historia; y si no ceso de escribir esta historia en algún punto arbitrario, entonces no hay razón para que la termine».

224

TERCERA PARTE

Rara, como encendida

Sólo pido un verano, ¡oh, poderosas!,
y otro otoño para que madure mi canto,
y más conforme, colmado por el juego,
mi corazón se resigne a morir.

HÖLDERLIN,
A las parcas

—¿Con quién dejaste a tus hijos?

—¿Qué pasó con tu marido?

De boca en boca las preguntas, las voces pueblan el Albergue. Escucha: qué se preguntan, murmurando, las mujeres.

Deténte.

Entre la lana y la madera se cuelan los susurros del mar: es que está ocupado prohibiéndoles a las olas abrir sus grandes fauces para contar historia alguna.

Es el invierno en la isla, el frío secuestra las historias de sol.

Las mujeres están tristes, Floreana.

Poco a poco se fueron plantando los campos con las nuevas semillas; los viejos robles, dueños de los potreros, enraizados en ellos desde siempre, no quisieron compartirlos y no movieron sus ramas para dejar al sol pasar. La semilla fue creciendo igual, ayudada por el agua y la luz porque éstas —agua y luz— se filtraban sin disolverse por las ramas. Pequeñas, lentas, esperaron las semillas a que sus frutos tomaran cuerpo. La tierra se mostraba amplia; esparcirse por ella era lo que habían soñado y, al atardecer, cansadas ya, ser acunadas por los árboles.

No ocurrió.

Algunas semillas, convertidas en fruto, crecieron tan altas que al no encontrar ramas donde treparse, lo hicieron sobre sí mismas, recogiéndose, obligadas a ser estepa y no hiedra. A los robles, fibrosos y rígidos, les faltó generosidad para albergarlas. Sólo las miraron, un poco atemorizados, anonadados: sí, crecían solas; salvajes, fuertes, aglomeradas, verdes en el día y rojas por la noche. Nadie las acunó.

Los robles no las quisieron, ¡que dejen de elevarse, nos tapan el sol! Pero ellas crecieron y se desencontraron; había sol para todos y los robles no supieron verlo.

El roble mayor, milenario y eterno, quedó en su sitio, pétreo, preguntándose qué había perdido, contemplando confuso a la semilla que no quería espigarse sola sino a su lado.

El roble quedó solo.

La semilla quedó triste.

Uno

Atrás quedó el comienzo del invierno. Ahora es el invierno profundo; oscuro y mojado, luce su orgullosa frialdad alejando a Constanza de la isla. La había recibido el otoño y el paso de una estación a otra es inexorable.

El dormitorio de la cabaña ha sido ocupado de inmediato, no pasaron más de dos días y Olivia ha reemplazado a Constanza. Angelita y Toña la reciben de buen humor, como hicieron con Floreana. Pero a ésta, Constanza le hace falta. El botiquín del baño se ve vacío sin sus lustrosas cremas.

—¡Piensa en lo cómoda y abrigada que estará en su súper *penthouse!* la consuela Toña—. Lo primero que voy a hacer al llegar a Santiago será conocerlo. Dicen que es total.

—¿Desde cuándo te has puesto tan sofisticada? —le pregunta Angelita con un dejo de disgusto.

—¿Sofisticada? —Toña se ríe, sardónica—. Arribista me he puesto, y eso es culpa de ustedes. Conviviendo con Constanza y contigo, ¿quién se salva?

—Nadie —Angelita simula orgullo—. ¿Y Elena? Ella es la más sofisticada de todas. Incluso viviendo en una isla...

231

—La isla es parte de su chic. Si yo hubiera inventado un proyecto como éste, sería un desastre: puras actrices de mala muerte…, cero organización…, orgías, bacanales…

Floreana las escucha sin participar. Una vaga sensación de pérdida la acompaña.

Esta mañana ha alimentado a las gallinas. Las envidió por su inconsciencia: las gallinas sólo piensan en el trigo, sólo tienen hambre. Cuando volvía con el canasto en los brazos se cruzó con Elena.

—¿Te desocupaste? Acompáñame a la Telefónica…

—Claro, tengo que llamar a José. ¡Vamos!

Ya en la Telefónica —pomposo nombre para aquella piececita que cuenta con un teléfono y una vieja operadora que maneja la información sobre todas las vidas del pueblo—, trató de absorber cada latido de su hijo a través de sus parcas palabras de adolescente.

(Parcas habían sido también aquel día, tras organizarse su permanencia en casa de su padre para que Floreana viniese tranquila al Albergue. Interrumpiendo el trino de los pájaros [que en el departamento de La Reina nunca cesa], antes de salir al colegio, le dijo a boca de jarro: «Mamá, ¿te importaría si me quedo todo el año con el papá?»

—Pero… ¿por qué, José? Si me voy apenas por tres meses…

—Es que a mi edad uno necesita más un papá que una mamá. No es ninguna mala onda contigo.

De golpe acudieron a la memoria de Floreana todos los cuentos que le había contado en la infancia, toda esa imaginación que desplegó en la oscuridad, tendida en la cama de su hijo. Relatos del todo olvidados por ella.)

Comienzan a ascender por la colina. Floreana participa a Elena su amor por el cementerio y le habla de sus visitas para mirar el mar desde ahí.

—Vamos allá —propone Elena—, falta todavía para el almuerzo.

Al llegar, se sientan sobre las piedras que a Floreana más le gustan.

—Vi que faltaba uno de mis libros en la biblioteca —dice mordiéndose el labio inferior con timidez—. ¿Quién se habrá interesado en él?

—Ah, sí —Elena contesta en tono casual—. Me lo pidió Flavián.

Controlar la sorpresa, ¡controlarla! Ésa es la orden.

—¿Sí? No sabía que se interesara en la historia, mucho menos en el siglo XVII.

—¿Por qué no? Es un hombre muy culto.

Silencio. Elena se concentra en las olas; al cabo de un rato agrega:

—Él es un buen hombre, Floreana. Sólo que anda por la vida un poco… —entorna los ojos buscando la palabra exacta—, es sólo que está en el desconcierto.

Floreana desea oír más, pero su lengua parece no obedecerle. Siente a Elena invulnerable. La única ventaja que tiene frente a ella es su relativa juventud, dato más bien azaroso. ¿De verdad diez o quince años menos aún significan alguna oculta y sustancial oportunidad? Trata de borrar imágenes fantasiosas de Flavián cerca de aquel cuerpo, abrigado por ese dormitorio en la casa grande, lleno de tapices floreados, linos, alfombras afganas, cama doble con sofá al frente, como de condesa francesa. Sólo tuvo acceso a ese departamento a raíz de la partida de Constanza; fue la única ocasión en que Elena las invitó, y ambas se deslumbraron con el acogedor espacio que ha creado para sí, al margen del mundo. Excluyendo al mundo, riéndose de él. Aunque forme parte del Albergue, ese espacio fue diseñado para quedar aislado del resto. Elena podría dar un banquete allí, llenarlo de ruidosos comensales, y nadie se enteraría.

La línea de su pensamiento traiciona a Floreana.

—¿Cómo se le ocurrió a tu padre crear ese departamento donde vives tú? ¿Qué fines tendría en mente para hacerlo tan perfecto?

Elena la mira, maliciosa.

—Adivina.

—¿Una mujer? —pregunta Floreana como si no lo creyera.

—Efectivamente. Una mujer que nunca llegó a usarlo. Pobre papá... Todos creyeron que esta construcción era una especie de demencia suya.

Entre todos sus hijos yo soy la única que conoce la verdad; él me la contó.

Elena duda sobre la conveniencia de hablar. Luego sus ojos de aguamarina se entregan con una chispa risueña, cariñosa.

—Mi padre respetaba a mi madre y le tenía un gran aprecio, pero ella, tan *comme il faut*, no podía llenar sus fantasías. Que Dios me perdone, pero mi mamá hizo todo lo posible para que su marido se enamorara de otra. Y así sucedió. Él empezó a viajar a Chiloé por algunas inversiones, compraba bosques y luego los vendía, participó en el negocio de las ostras cuando casi nadie lo hacía, antes de que llegaran los japoneses a devorárselo todo. Conoció a Ofelia en Castro, que más que una ciudad era todavía un pueblo. Esta mujer era viuda. Tú sabes que muchas veces las mujeres se llenan de energía al enviudar, y Ofelia convirtió su casa, muy grande, en un hotel. Recibía nada más que a mujeres modestas, las que por una razón u otra habían perdido su hogar o nunca lo habían tenido. Cobraba precios ridículos, lo que me confirma que el dinero nunca fue un incentivo para su acción ni para enamorarse de mi papá. Luego comenzó a alojar a las putas de una calle cercana, para que no pasaran frío cuando se quedaban sin clientes. Este conocimiento que trabó con ellas y sus ganas de salvarlas fueron simultáneos. Actuaba en connivencia con el cura del pueblo: juntos iban a buscarlas, las recogían, las convencían de cambiar de vida y, con los contactos del cura en Santiago, las metían después a la Escuela Normal para que estudiaran y recomenzaran sus vidas. Algunas lo hicieron, otras se arrancaban apenas llegaban a la ciudad y se perdían. Pero hay constancia de varias que se armaron una nueva existencia a partir de ahí. Una de ellas se hizo cargo de Ofelia hasta el día de su muerte, cuando mi papá estaba terminándole esta construcción. Él mismo mantuvo contacto con algunas de esas mujeres hasta su fin. No todas llegaron a ser profesoras, pero se fueron armando la vida según sus capacidades. Al final, el hotel era una mezcla de huérfanas, profesoras y putas… Debe haber sido divertido vivir ahí.

—¿Tú conociste a Ofelia?

—No, no alcancé. Pero me dejó una gran herencia: Maruja.

—¿Maruja?

—Sí. Es una de las prostitutas salvadas por Ofelia.

Floreana recuerda a Maruja diciéndole hace pocos días: «La pobreza no es sólo la pobreza, es una enfermedad». Y por un momento se sintió feliz: esta enfermedad atávica ya no la tocaría a ella.

—¿Y Ofelia pisó alguna vez el Albergue?

—Sí, participó en los tijerales. Estaba llena de sueños, me contaba mi padre, cada dormitorio era un alma que ella iba a salvar. Cuando murió repentinamente de un ataque al corazón, mi padre se volvió loco de angustia. Por perderla, claro, pero más que nada por la pena de que Ofelia no hubiese alcanzado a ser la dueña de este lugar.

Elena estira sus largas piernas, ya de pie.

—Como mi madre está viva, no suelo contar esta historia —gira la cabeza y mira a Floreana con auténtica calidez—. Algo debes tener tú que me remueve...

Las emociones turban a Floreana, nunca ha sabido cómo responder a ellas. Al fin suspira.

—Así es que Ofelia... ¡ése es el origen del Albergue...!

—Sí —responde Elena—. Y aún hoy, a veces, me llega su voz.

Esta casa nació para la misericordia, piensa Floreana. Primero acogió a las de mala vida, hoy a las tristes; siempre mujeres en busca de reparación. A Ofelia le habría gustado.

Dos

Las olas del mar de Chiloé se convierten, al amanecer, en la espuma de todas las olas, en las olas de todos los mares. Y Floreana nunca lo habría sabido —como dice la canción— si a la noche no se le hubiera pasado la mano. Sube la colina ataviada de una intensidad que no logra atenuar: es Flavián quien cautela sus pasos.

—Los grillos cantan de noche, por eso distingo que aún no amanece —había advertido él.

Hasta que enmudecieron los grillos. Ninguno de los dos oyó ese silencio, y salieron del pueblo creyendo que *el amanecer no era.*

—Escribo sencillamente porque no puedo soportar la realidad. Y tú historias los siglos pasados por la misma razón, no me cabe duda —fue la bienvenida que le dio «el Impertinente», como llama Flavián a su sobrino mayor recién llegado al pueblo.

—¿Toda tu escritura se reduce a un problema afectivo? —le preguntaría más tarde Floreana.

—No lo había pensado... pero, puesto de ese modo, pareciera que sí.

—¿Por qué no escribes una novela de amor?

—Por los lugares comunes. El amor y los lugares comunes, tú sabes, corren peligro de convertirse en sinónimos.

—¡Una historia de amor es siempre una historia de lugares comunes! ¡Relájate, aquí no se salva nadie!

—Lo admito, lo admito. Pero hay una segunda razón.

—¿Cuál?

—Que duele —el rictus torcido de sus labios se acentuó, como desdeñando algún recuerdo.

Este escritor en ciernes fue la razón por la que Floreana llegó a casa de Flavián, lugar que no habría pisado ni en su más loca fantasía.

Después de Puqueldón, solamente un par de encuentros en el pueblo, casuales, fortuitos. La mirada del médico, cada vez, había seguido la misma secuencia: posarse sobre ella como si en esa fijeza se precipitara la emoción de un momento perdido, él la reconociera y, a punto ya de legitimarla, vacilara, retirándola del primer plano de su conciencia para establecer la distancia. Hasta que sus ojos se tornaran comunes, sin conexiones secretas.

El reconocimiento, la vacilación y, al fin, la retirada convierten a Floreana en un receptáculo pasivo.

—En este pequeño espacio *au bout du monde* encuentro siempre tres de los cuatro elementos indispensables para mí: el alcohol, la música y los libros. El primer elemento es, modestamente, el contacto físico. Cuando no lo tengo, lo reemplazo con el sol. ¡Y aquí sólo hay lluvia! Así las cosas, ¿cómo iba a privarme de conocerte? Es, al menos, un sano substituto…

—¡Qué logro fantástico para ti obtener el respeto de este hombre! —le comenta Flavián, risueño, mientras parte un limón en rodajas para completar el vodka-tónica—. Llegando, hurgueteó todos mis libros; encontró el tuyo en mi velador, porque lo estoy leyendo, ¿sabías?, y me dio una clase magistral sobre tu obra. ¿Quién se iba a imaginar que mi sobrino era un devoto de Floreana Fabres? Le conté que estabas aquí en el Albergue y desde ese momento no me dio respiro: tenía que conocerte esta misma noche. Si yo no te mandaba el recado, iba a subir él en persona a invitarte, lo que va un poco contra las reglas, me imagino, ¿o no?

Imposible presumir vanidades inexistentes en Floreana: su desconcierto fue absoluto cuando Maruja llegó a la cabaña a las cinco de la tarde para informarle que estaba invitada a comer a casa del doctor porque había una visita que deseaba conocerla. Un admirador, le dijo Maruja con un guiño malicioso. Y Floreana no entendió; según ella, no tenía admiradores. De vez en cuando un alumno de historia se conmovía con un artículo suyo, o un viejo profesor recibía aire fresco gracias a una de sus investigaciones. Sólo eso. Por más que la realidad le demuestre lo contrario, Floreana no puede concebir su vida sino como una suma de obsesivas intrascendencias, diligentemente llevadas a cabo durante años y años, sin que a nadie afectaran, dañaran ni beneficiaran.

Luego de consultar a Elena sobre la posibilidad de ausentarse de la diaria comida colectiva, buscó en su escuálido vestuario algo que hiciera resaltar este día como diferente. No lo encontró. Bluyines, suéteres gruesos y un buzo gris eran todo su capital. Angelita acudió en su ayuda y sobre los bluyines y la acostumbrada camiseta le colocó una camisa de cuero amarillo, entre el color del trigo y el de la cáscara de un fruto veraniego.

—Es cabritilla —le dice pasando su mano fina por esa suavidad; luego la mira, evaluándola—. ¡Te queda estupendo, estupendo!

—Nunca como a ti —contesta Floreana sin asomo de queja. Cada vez que la ha visto sobre el cuerpo de Angelita, ha pensado en lo hermosa que es; ella, en cambio, nunca se ha mirado al espejo con mucho entusiasmo y ahora sencillamente se desconoce.

—¡Basta, Floreana, déjate de huevadas! ¿Por qué no te miras? —Angelita le señala el espejo del baño—. ¡Mira esos ojos negros y ese pelo abundante! Tienen exactamente el mismo color. Tu gracilidad corporal va justamente en esa cosa larga y destartalada que tienes. El problema es que tú no le das ninguna importancia a ese aspecto, ninguna,

y no te sacas partido. Pero créeme, sin proponér-
telo has inventado un estilo casual, suelto, muy de
intelectual francesa, que puede resultar de lo más
erótico. Sí, mujer, erótico.

Floreana la escucha con incredulidad.

—¿Sabes? Le vamos a pedir a Maritza que te
peine un poco. Tienes un pelo precioso, tan negro
y tan grueso… Vamos, la ocasión lo amerita. Dice
Elena que es primera vez que alguna de sus huéspedes recibe una invitación para comer fuera.

Angelita está más excitada que la propia Floreana. Da vueltas alrededor de su amiga, y florece en
ella su profundo instinto mundano.

Toda disfrazada de futuro, parte a las ocho y
media de la tarde hacia el pueblo, acompañada por
el Curco. Nadie que no conozca el terreno piedra
a piedra se atreve a caminar en semejante oscuridad. El policlínico esconde el hogar de su doctor,
dos cipreses bien torneados vigilan una sencilla casa de alerce de un piso, muchas ventanas parecen
sonreír porque están contentas… cómo no, si hacia la izquierda miran la pequeña caleta aledaña,
cerrada en sí misma, casi escondida con sus embar-
caciones, y a la derecha se halla el faro, al borde
mismo del mar.

Un enorme ventanal hacia el agua infinita y el
olor a cordero asado la reciben.

242

—He cocinado yo, en tu honor —la saluda Flavián.

—¿Y quién cocina todos los días?

—Estrella, la hija del Payaso. Viene en las mañanas, me lava la ropa, hace el aseo y me deja la comida lista. Vuelvo cansado del hospital o de los pueblos y me faltan energías para ocuparme de la casa.

— Pero igual te ocupas bastante bien —Floreana examina la madera, los pocos muebles confortables, la salamandra con su calor y los estantes de libros que cubren las murallas.

—Ven, quiero mostrarte mi casa.

Floreana lo sigue. El ventanal de la sala, que ya la ha deslumbrado, se prolonga hacia el dormitorio vecino.

—Aquí duermo yo.

El mar está encima. A un paso. Una cama ancha cubierta por una tela negra de fondo con trabajos de *patchwork* coloridos —«es de Indonesia, me la trajo mi sobrino trotamundos»—, una radio, muchos libros y papeles, todo traza las huellas de esa vida que se desarrolla al interior. Una silla con ropa abandonada al azar, el olor… Floreana percibe allí la marca de una presencia consistente.

Un pequeño escritorio se arrima a la ventana.

—¡Cómo trabajaría yo en un lugar así! ¡Sería feliz escribiendo mis fichas frente al mar!

—Por ahora el feliz soy yo. Cuando necesite un reemplazo, te aviso.

¡Qué amable!, piensa ella. Va a mirar el resto de los dormitorios, que son tres, y se asoma por fin a ambos cuartos de baño.

—El médico anterior debe haber tenido varios hijos —comenta.

—Nunca sobran las piezas —responde Flavián—. Entre mis hijos y mis sobrinos, y a veces algunos amigos, pasan ocupadas.

El escritorio arrimado al ventanal se queda en las retinas de Floreana. Vuelven a la sala. Allí todo es color café, como él: café tostado. La madera, su piel, el cuero de algunas encuadernaciones, la mesa, su pelo, sus ojos y las sillas. Detecta una pequeña nota de desorden, del tipo estrictamente varonil. Floreana lo distingue fácilmente del desorden de las mujeres. Su olfato le advierte algo que le provoca rechazo. Una sensación involuntaria, lo reconoce: es el aroma del tabaco negro. El aire limpio y azul de Ciudad del Cabo y otro aire, encerrado, de habitaciones de hotel, la atrapan.

Al centro espera una bandeja con vasos y diversas botellas. Unas aceitunas en un pote de greda la conmueven, no sabe por qué. Igual que Elena, pareciera que Flavián no pisara el suelo sino a través de las alfombras. Quizás se las ha regalado ella, ¿o las traerá él de Santiago? Los muebles no son los de una típica casa de Chiloé, no, él se trasladó con todo a estas latitudes, y un par de piezas finas le recuerdan los orígenes de los cuales le habló. Se las ha arreglado para tener un refugio definitivamente confortable.

Mientras cada detalle era captado por sus ojos (el equipo de música, un cuadro al óleo de pintura abstracta, un jarrón transparente y vacío —¿lo llenaría con flores en el verano?—, las líneas mostaza y rojas del tapiz del sofá), y calculaba a la rápida qué cantidad de libros contendrían esos estantes, apareció su admirador. Aparentaba unos veinticinco años y medía casi lo mismo que su tío. El pelo claro y revuelto, la expresión ceñuda, los pantalones estrechos y el vaso de licor en la mano la hicieron pensar en el David Hemmings de *Blow-Up*, algo torcido en los labios, algo impetuoso en su gestualidad, algo ligeramente desconfiable. Establece el aire de familia en el movimiento felino. Otro gato montés, pensó, y no pudo dejar de lamentar que Emilia no estuviese allí.

Las presentaciones sobraban.

—Nunca pensé llegar a conocerte personalmente. Esto es un honor para mí, Floreana Fabres. Además, te imaginaba más simple, físicamente hablando.

Sintiéndose una mentirosa con su pelo peinado y su cuerpo forrado en cabritilla, Floreana le pregunta la razón de su presencia en este pueblo perdido.

—Vacaciones espirituales —dice él, jugando a mirarla con intensidad—. Lo único que me equilibra, a veces, es abandonar por un tiempo esa corte de los vicios llamada «mundo civilizado», como diría Bioy Casares…

Pasa de inmediato a ofrecerle un trago.

—En esta casa hay vino, y del bueno, pero yo traje cargamentos de vodka. ¿Qué tomas tú?

—Precisamente vodka. ¡Y no sabes cuánto lo añoro!

—¿No las dejan tomar allá arriba? ¡Qué espanto! El vodka es lo mejor: no deja huellas ni en el hígado ni en el aliento, no echa a perder el estómago como el whisky ni te parte la cabeza como el gin. El vodka… es perfecto. Veo que ya empezamos a congeniar. Flavián lo toma con tónica; yo no, una rodaja de limón y agua, nada más.

Al menos es agua con gas, piensa Floreana. Y es Flavián quien le prepara el trago y corta limones mientras su sobrino habla sin cesar.

—Estudié historia, como tú. Pero sólo por disciplina, por ganas de entender el mundo. ¡Nunca pensé ejercer! ¿Ser profesor? Jamás, muy aburrido. ¿Investigar? No tengo rigor. Por eso decidí ser escritor.

—¿Es una profesión que se decide, como aprender un idioma o ser contador?

—No te burles, no me tomo en serio la escritura. Es solamente lo que sé hacer mejor. Soy un novelista inédito que escribe y escribe, hasta el momento en que dé el gran golpe. No me muero de hambre por mientras, mi madre me mantiene.

—¡Qué huevón más descarado! —opina Flavián desde atrás.

—El tema de mis novelas es uno: el erotismo.

Eso es todo. Y te diré que mi sintaxis es bastante loca; ha pasado a ser parte de mi estilo.

Flavián acerca los vasos y los ofrece.

—Un pequeño monstruo este Pedro —le susurra a Floreana—, pero adorable. Es hijo de mi hermano mayor y el único de mi familia al que le gusta visitarme. Me hacen bien sus venidas, me obligan a usar otros sectores de mi cerebro, a plantearme cosas, pero quedo agotado. Duermo poco cuando está aquí; él es noctámbulo.

Antes de comenzar con el ataque al sabroso cordero, Pedro se acerca al equipo de música donde han quedado suspendidas las últimas notas de la *Pastoral* de Beethoven, y busca un disco determinado.

—Los clásicos en la música son el puerto final; uno viaja, se mueve, puede ir y venir en cualquier otra música, pero sólo la clásica es el lugar para quedarse. ¿O no, Floreana?

—Estoy de acuerdo. ¿Qué nos vas a ofrecer para acompañar esta comida?

—Una cantante irlandesa, dudo que ustedes dos la conozcan. Loreena McKennitt. *To drive the cold winter away...* es una ilusión válida, ¿verdad?

—Depende... —responde Flavián, ocupado en untar las papas cocidas con mantequilla—. ¿Cuál invierno, el de afuera o el de adentro?

—El que te joda más...

Se arrellanan en los sillones con los vasos en la mano. Floreana ha exigido varias veces reposición en el suyo... La voz de una mujer que viene

247

de muy lejos llena la habitación, una voz cuya finura puede en cualquier momento convertirse en quebranto. Floreana busca a Flavián; no, a él no lo conmueve... O no lo deja entrever. Qué inútil búsqueda, piensa Floreana, la verdad es que en él nada se trasluce. Paupérrima su emocionalidad. Y ella está ahí, en la privacidad de su casa, acurrucada como un gato en su sofá, y busca en él signos de vivencias anteriores sin encontrarlos. Los ojos de Flavián se escapan. Sólo el dolor de algún sufriente podría reclamar su atención. Flavián convierte a sus pares en ajenos y a su propio corazón en una periferia de sí mismo. ¿Es éste el hombre a quien le cuidó el sueño, cansado e indefenso en una pequeña isla del Archipiélago de Chiloé? ¿El que le confió el doloroso abandono de una mujer, la marca del chantaje en el nacimiento de su hijo? ¿Es éste el hombre al que pidió abrigo, el que tocó su nuca, su mano levemente, el que al finalizar la noche se disculpó por ser el que es? La intimidad vivida en un momento determinado no empalma con esta distancia de ahora. ¡Eso es! Es la falta de empalme lo que aflige a Floreana. Sólo hoy, siente ella, sólo en estos tiempos puede suceder: mirar dormir a un hombre, conocer su respirar en la inconsciencia, esperarlo en una cama la noche entera, y comprobar que esas huellas no se amalgamaron en él. Muy de estos tiempos. ¡Qué frígida es toda esta modernidad! Frígida entera.

Tres

—El gran fracasado hoy en día es el amor.

Trasnochada, soñolienta, Floreana, sentada a la mesa de la gran cocina, comparte con Cherrie —la que hace muñecas— y con Rosario —la abogada— la tarea de pelar las papas y desgranar las arvejas para el almuerzo. Los olores que despiden las ollas hirviendo confortan su espíritu, las idas y venidas de Maruja la consuelan, la convencen de que está en la realidad.

—¿Te acuerdas, Cherrie, de que esa noche, cuando llegué, prometiste contarme tus penurias sentimentales? —había preguntado Floreana, tratando de sentir el buen humor que aparentaba.

—¡Ah! Quieres saber de Enrique. Todos lo conocen en la zona de Osorno y Puerto Montt. Es un hombre importante en el gobierno regional.

—Pero tú ya no estás con él, ¿verdad?

—No.

—¿Por qué? —pregunta Rosario—. ¿Qué pasó?

—Estuvimos hartos años juntos, tuvimos tres hijos, él era una buena persona. Odiaba a los militares y mientras trabajaba en el comercio también se metía en política. Cuando se acabó el gobierno militar, a él le fue bien, muy bien.

—Pero ¿qué tiene que ver eso con tu matrimonio?

—Es bien simple. Cuando mi marido se puso importante, me dejó porque yo ya no estaba a su altura. Miren, chiquillas, apenas empezó a hablar en difícil, yo pensé: ojalá le vaya bien. Pero también pensé: ojalá no le vaya bien, ahí me va a abandonar. Dicho y hecho.

—¿Por qué sentía él que no estabas a su altura?

—Porque en ese mundo de los poderosos miran en menos a la gente como yo. No alcancé a terminar el colegio, mi oficio son las muñecas, no entiendo el idioma que ellos usan y según él no soy para andar al lado del gobernador, del intendente, o del propio Presidente cuando viene. Enrique se abochornaba conmigo, ¡quién sabe!, empezó a decirme que era cursi. Se metió con una galla del Ministerio de la Vivienda, de ésas con harta cabeza y hartas palabras difíciles, y yo pasé a ser una nulidad al lado de ella.

—¡Qué típico! —comenta Rosario—. He conocido tantos casos así. Los huevones que surgen de la noche a la mañana cambian siempre de mujer. La que se mama sus tiempos de don nadie es siempre una de su propio origen, y nunca es ella la que lo acompaña en los momentos de gloria. ¡Carajos!

—Bueno, así pasó. Y volví fracasada a mi taller de muñecas mientras él se empinaba solito.

Floreana la mira, compasiva.

—¿Y tú, Rosario? ¿Qué pasó con tu marido?

—Nada. Ahí está, esperándome en la casa.

—¿Cómo? —reacciona Floreana—. Yo creí que casi ninguna aquí tenía marido.

—Pues yo sí. Ahora, que estemos enamorados o no, es otro cuento. Eso terminó hace un buen tiempo ya.

—¿Por qué sigues casada?

—Él es mi segundo marido, tengo cuarenta y ocho años... Valoramos otras cosas ahora. Estamos agotados de tanta experiencia fracasada a nuestro alrededor. Para mí, nuestro matrimonio significa la familia que ya hemos constituido y un buen equipo de trabajo. Los nietos de mi marido serán el día de mañana mis nietos, sus hijos son mis hijos y los ajenos de cada uno ya fueron adoptados, con tremendo esfuerzo, por el otro. ¿Vale la pena pagar los costos de deshacer todo eso?

—Pero tú eres una mujer joven.

—¿Joven? No sé si tan joven —se ríe—. La cosa es que hemos hecho una opción que nos conviene a los dos. Somos un equipo. ¿Quién sería más honesta y más leal como socia de él que yo, si protegemos los mismos intereses? No tendría sentido romper todo esto.

—¿Y qué sucede con los terceros que a cada uno se le aparezcan?

—Ninguno pretende introducir a otro en su vida, al menos no en un cien por ciento: eso está

251

fuera de cuestión. Como les decía, yo ya no soy tan joven. No me interesaría partir de cero con nadie. Un amante, a lo mejor, sí. Un buen amigo con quien hacer el amor de vez en cuando, también. Pero otro marido, ¡por nada del mundo! Para eso me quedo con el mío.

—¿Duermen juntos?

—Sí, duermo con él. Incluso me aprieto contra su cuerpo en las noches frías, pero sin sexo, eso quedó fuera. Tenemos un pacto civilizado: cada uno puede vivirlo fuera de la pareja mientras no se hable de eso y se haga con discreción. La idea es no ponerlo de manifiesto públicamente, cuidar el honor del otro, especialmente el honor del hombre; a las mujeres nos importa menos, estamos más acostumbradas a ser basureadas.

—Me parece una opción convencional, reaccionaria —objeta Floreana, asombrada de la vehemencia de su propio juicio.

—Son los años noventa, querida. Una opción de los tiempos. Hace diez años yo tampoco lo habría aprobado.

—Parece que después de todo soy una romántica. Aún creo en el amor. Sin él, nada. ¿Me entiendes? O el amor o nada.

—Creo, sinceramente, que estás fuera de lugar hoy día. Hemos pagado muchos costos y hemos aprendido la lección. ¡No se puede botar a la basura lo que ha sido tan difícil construir!

—Aun así, no me convences.

—Pero, Floreana, ¿es que no te das cuenta de que el gran ausente de fines de siglo es el amor?

Alcanza a retirarse un rato a su cabaña antes del almuerzo, entre las tres han hecho rápido el trabajo en la cocina. Siente en las palabras de Rosario una confabulación casi cósmica y necesita estar un rato a solas. A solas es un decir, lo que necesita es recapitular su noche anterior.

Se tiende en la cama de su pequeña habitación y, sumida en esa privacidad, las palabras acuden sin necesidad de ser llamadas:

—¿Has tenido «sueño eterno»? —le pregunta el sobrino mientras los ojos de Floreana no pueden apartarse de las manos de Flavián, ese portento: ella las define como una catedral, las manos que toman dulcemente el cuerpo de doña Fresia, la frente afiebrada del Payaso, el disco de Brahms, los chapaleles de la mesa humilde del profesor. Y el manubrio del jeep con segura firmeza. ¿Dónde está Flavián? ¿En qué intersección de las líneas del universo?

—No sé a qué te refieres...

—A pasarse la vida durmiendo y soñando la realidad.

Dios mío, ¿es eso lo que hago yo? Floreana trata de eludir la embestida del desamparo, no puede, no puede, vuelve a llenar el vaso con vodka. ¿Por qué estoy tan sola? Escucha desde lejos.

—Considero virtud aquella inteligencia que permite a los individuos conocer y estar en contacto con sus propias emociones. Lo demás es un fraude.

¿Flavián es un fraude? ¿Yo soy un fraude? ¿Es que necesitamos al pequeño David Hemmings para que nos lo recuerde?

—Eres poderosa, Floreana, Flora, *the lily of the west*.

Poderosa yo (¡yo!), piensa Floreana sin conciencia alguna del lugar que toma su yo público. No sabe qué ha dicho, qué ha hablado. Pero súbitamente despierta. Escucha lo siguiente.

—¡Mujeres! ¡Raros sujetos! ¡Temibles sujetos! ¿Cómo puede uno estar con seres tan poderosos y que más encima nos gustan? —Pedro mira a Flavián mientras Floreana lo mira a él, insinuante en la estrechez de su ropa—. Les tenemos terror a ustedes, Floreana, ¿sabías? Es irremediable reconocerlo. Al fin y al cabo, son los entes superiores que nos parieron, que tuvieron un poder total sobre nosotros, que nos expulsaron de su tibieza para ser nuestras dueñas. Claro, con el tiempo el miedo se ha mitigado, pero nunca del todo. Uno no puede, no debe, temer lo que ama. Basta con la madre, ¿o no, Flavián?

—Por eso yo vivo en la más sensata de las opciones. Es la misma razón por la que uno ejerce la voluntad —el médico concentra su mirada en la de su sobrino.

—¿La voluntad? ¿Y qué con ella? ¡Aplastarla a rompe y raja! Con el solo chasquido de dos dedos, una varilla estática comienza el bamboleo. Si la varilla viene de la madera y puede ser bamboleada con esa fragilidad, ¿cómo no la carne? ¿Quién soy yo, querido tío, para recordarte la obligación de diferenciar calentura de enamoramiento, o de condenar a los que no la diferencian? Intuyo que tú metes todo en el mismo saco. Pero volvamos a la voluntad. ¿Cuánto sentido tiene, si uno ya ha perdido la aspiración de ser santo?

—¿Alguna vez la tuviste? —pregunta Floreana.

—No quiero la santidad. Ya no la quiero, porque una vez la quise. Una vez, antes de conocer su límite y su total aburrimiento. ¡Viva Truman Capote, viva Céline, viva Tennessee Williams, viva Bukowski! ¡Vivan los tiburones que nunca duermen! ¡Y viva más que nadie el gran Malcólm Lowry! Vivan el vodka y el mezcal, su sabor profundo mezclado con el erótico negro del tabaco. ¡Viva la carne, señal única y final de que estamos vivos!

Flavián y Floreana se miran con un destello de mutua comprensión. ¿Pueden ellos ser calificados como vacíos? ¿Como corazones vacantes?

—No me sirvió de nada el estoicismo. Creí ser feliz en él hasta que lo contrasté —continúa apasionado el sobrino—. Mejor es perderse tres días en los tugurios. Mejor es no hacerse ese hara-kiri de mantener la cama vacía. ¡Mejor leamos, escribamos, forniquemos!

255

Flavián y Floreana escuchan. Un tercero los está volviendo cómplices involuntarios. Es probable que ambos se pregunten lo mismo: ¿cuánto tiempo hemos perdido apostando a la pura voluntad?

—Vodka, sexo, toxinas, tabaco. ¿Y qué? Al menos todo eso nos permite volar. ¿Sabes? —Pedro se dirige a Flavián—, te estás perdiendo la mitad de la vida. ¡Créeme! No sé si tú, Floreana, también te la pierdes.

—Yo me lo pierdo todo —responde, consciente de la cantidad de vodka que circula por sus venas—. Vivo el extremo opuesto al tuyo: he elegido la castidad.

Flavián la mira sin sorpresa.

—Eso dicen todas.

—Piensa lo que quieras —se encoge de hombros—, pero es cierto. Es lo único serio por lo que he optado en los últimos tiempos, para no ser lastimada de nuevo. No sólo me lastiman la falta de amor o el abandono del otro, lo que ya es bastante, sino mi propia torpeza.

De la mirada de Flavián escapa una inequívoca, inevitable suavidad que sin duda él trataría de reprimir si pudiera verse. Alza el vodka.

—¡Floreana! A tu salud.

—¡A la salud de la súper historiadora, la poseedora de una equivocada sabiduría! —brinda con él su sobrino.

Floreana mira a uno y otro. Balbucea «salud» y de golpe piensa en algo que nunca había pensado:

256

la cantidad de placer que durante su vida no alcanzó. Se expande su pecho, se ensancha, exhala la voluptuosidad, inspira la turbación, y arrebatada en la intimidad de esa madera, en el calor de esos pocos metros, un poco mareada, siente que toda en ella es efectivamente un gran equívoco, y el vodka se vuelve piedra en su mano levantada.

—Nos sacude la juventud —murmura Flavián cuando la toma del brazo en la leve oscuridad del amanecer que ignoraron para emprender la subida a la colina.

—Hablas como si fuéramos viejos —responde Floreana, agradecida de la mano que toma su brazo y que va advirtiéndole: cuidado, aquí hay un terraplén, aquí el camino es liso.

Suben en un silencio poblado. Flavián lo rompe.

—Es un delator —dice.

—¿Pedro?

—Sí, sabes perfectamente lo que quiero decir —y Floreana intuye su sonrisa.

Un delator.

Llegan por fin a la arboleda.

—No te librarás de él mientras dure su visita, ¿te queda claro? No te va a soltar, está fascinado contigo.

—Yo también con él.

—¿Es cierto que vas a venir mañana, como le prometiste?

—Sí. Pero nos vamos a juntar después del almuerzo. Tú vas a estar trabajando a esa hora.

Ya están frente a la cabaña.

—¿Ésta es la tuya? —Flavián observa la luz del porche que Angelita ha dejado encendida.

—Aquí vivo —sonríe Floreana.

Flavián está parado frente a la puerta de su cabaña. Inimaginable.

—La comida estuvo muy rica, me siento honrada de que hayas cocinado para mí.

—Lo puedo hacer cuando me lo pidas.

La luz del porche les permite mirarse. Floreana quisiera inclinarse sobre él, así, levemente, sólo para cerrar la noche. En cambio, él le toma ambos brazos a la altura de los codos, distanciándola de su cuerpo.

—Floreana… —su voz no es casual ni displicente, tiene algo de gravedad—. No sé por qué te digo esto, pero algo me obliga: mientras más joven sea mi sensibilidad, más dolorosa es. He decidido salvarme. Esto es, renunciar a lo más personal que hay en mí.

Ella lo mira, muda.

—¿Comprendes lo que quiero decir?

—Sí, supongo.

—Buenas noches, entonces —se inclina, le besa la mejilla amorosamente y emprende el regreso, desapareciendo muy pronto por la pendiente.

Cuatro

¡Qué fácil es despacharme, qué fácil herirme! Floreana lo piensa al día siguiente camino a la capilla. Las últimas palabras de Flavián no han dejado de perseguirla. Comienza la hora del silencio. La privacidad de la capilla, su diseño de varillas de canelo y sus troncos en los costados y en su cielo han terminado por conquistarla, hasta el punto de que se siente allí como en su lugar más propio.

En el presente intemporal del amor, en ese loco espacio donde una mujer y un hombre lo son todo para luego pasar a otro espacio donde ya nada resta, donde los derechos se han acabado, desapareciendo la intimidad para ser guardada con llave en el baúl de los recuerdos, en esa arbitrariedad de los amantes donde de un minuto a otro se ha instalado la nada, emergen los recuerdos.

«¿Por qué no te conocí antes, Floreana mía? No puedo irme contigo, sembrando la destrucción a mi alrededor. Pudimos constituir una gran pareja, enseñándome tú ese mundo tan distante para mí, el de las emociones, y potenciándonos, tu cerebro con el mío. Nos habríamos entretenido, nos habríamos divertido, y eso no es secundario. ¡Quizás fue un gran error que me llamaras a la vuelta de Ciudad del Cabo! Todo esto ahorrado, y el recuerdo imborrable. ¿Entiendes que no debo verte nunca más?»

Floreana sabe, con la misma certeza con que conoce su propio nombre, que el Académico no ama a su esposa. Tal vez nunca la haya amado. Y piensa con melancolía que es probable que existan hombres, cierto tipo de hombres, que conocieron el amor sólo porque una mujer fuerte se les puso por delante, se les paró al frente y los obligó: una mujer que les torció esa voluntad que no era siquiera voluntad. Existen las mujeres que tienen esa capacidad. Alguna vez Floreana conoció a alguna. Son escasas, pero sabe que las hay. Y Floreana tiene la certeza de no ser una de ellas.

No puedo dejar de enjuiciarte, no puedo dejar de acosarte; sin embargo, tampoco puedo dejar de amarte. Lo piensa mientras musita: sí, comprendo…

Él la toma de la cintura, esconde la cabeza en su cadera. «Necesito que me hagas dos preguntas, Floreana. Pregúntame, en primer lugar, si estoy dispuesto a pactar con el Diablo. Luego, si huiría contigo en caso de que me lo pidieras».

«¿Estás dispuesto a hacer un pacto con el Diablo?»

«No».

«¿Te arrancarías conmigo a algún lugar del mundo? ¿Por ejemplo a Capri?»

«No».

«¿Cuál es la razón de la doble negativa?»

Entonces, esa palabra maldita; la obsesiva, la culpable:

«El miedo».

No más que eso.

Aquí no hay locura.

Aquí no hay delirio.

Aquí no hay nada.

Creo, le dice Floreana al Académico, muy seria desde su banco en la capilla, que esto no habla bien de nosotros. En el momento del Juicio Final, nos van a preguntar: Señor/Señora, ¿cuántos momentos de verdadera pasión se permitió usted vivir? Yo voy a traer al baile mis libros de historia, pero ¿con qué te salvarás tú? ¿Qué ardor de temperamento mostrarás? Te acusarán de haber aplacado tu sangre, de no haberla dejado correr por tus venas...

Y se mantuvo respetuosa frente a su negativa, se amarró las manos y los pies para no acudir a él. Hasta la mañana en que salieron a pasear todos los monstruos agazapados en su cabeza y condujeron sus pasos a la Universidad. La secretaria le dijo que él estaba en una reunión. Ella pidió que lo interrumpiera. Apareció muy asombrado: ¿no se habían despedido para siempre envueltos en las sábanas de un hotel?

«¿Tú aquí?», detrás de su sorpresa ella creyó adivinar un cierto placer.

Pero él vio su mirada maltrecha.

«¿Pasa algo, Floreana?»

«Sí, estoy destruida...», es lo que responde; pero por dentro grita: ¡mi hermana se está muriendo! «Y necesito tu consuelo».

«Estamos en una reunión... No puedo hacer nada ahora, te llamo mañana».

Mudado el cuerpo —en un breve instante ha experimentado mil transformaciones—, Floreana se retira de la oficina preguntándose cuál será el hilo que la conecta todavía con la realidad.

El teléfono tardó tres días en sonar. La cita es en un café, el mismo donde se encontraron aquella primera vez antes de inaugurar el hotel. Ella espera.

Él no llegó.

Y con el corazón mojado, Floreana murmura: es aterradora la forma en que ha envejecido el siglo.

Cinco

Saturada de recuerdos, furiosa, abandona la capilla. Ya al aire libre, mira esperanzada el color del cielo. Ninguna lluvia se avecina. Dispone al menos de una hora antes de comparecer, en el comedor, a la sesión de terapia colectiva de hoy.

Su deseo de caminar es vehemente, aunque la oscuridad se está apoderando de la tarde. No importa, ya conozco todos los caminos, no me voy a perder sin la luz. Y toma por un atajo del cementerio hacia un cerro que ha avistado en varias ocasiones pero nunca ha visitado. Respirar, respirar, que los pulmones dejen ir su malestar en el aire y éste lo disuelva en el mar.

No le cuesta un gran esfuerzo subir por el cerro, la hora matinal de ejercicios muestra su eficacia: si no fuese por el maldito cigarrillo, se sentiría la más sana de las sanas. Pero es el único vicio que mantiene. De pronto su corazón empieza a palpitar más rápido: no es por el camino empinado, es que ha divisado a un jinete en un caballo negro, y sabe quién es el dueño de ese caballo.

—¡Flavián! —grita muy fuerte.

Un tirón de las riendas, un cambio de dirección… Sí, ha oído. Irresistible, había dicho Angelita.

—¿Qué haces aquí a estas horas, chiquilla loca? Está oscureciendo.

—Necesitaba cambiar de onda y nunca había venido por estos lados.

La mira desde arriba del caballo.

—No tienes buen semblante hoy. Ven, sube, te llevo a pasear.

Libera el estribo derecho, ella encaja allí su pie y con la ayuda de esas manos grandes se encuentra montada en el anca. Parten, sincronizando ella en sus piernas el celoso paso, corto y firme, la disciplina de esta bella bestia negra.

—¿Adónde quieres ir?

—A la caleta, cerca de la casa de doña Fresia, la que conocí contigo ese día… Es el lugar más lindo de los alrededores.

—Está bien. Demos la vuelta por detrás para no pasar por el pueblo… Pueden creer que me he raptado a una de las solitarias…

Apoya su cabeza en las espaldas de Flavián, siente en su mejilla la aspereza de la manta de Castilla, y se refriega en ella para volver a sentirla, inhalando el olor a humedad que despide. Al percibir Flavián ese gesto, le pregunta:

—¿Qué te pasa, Floreana de las Galápagos? ¡No me digas que estás triste!

—Sí… —apenas audible—. Estoy triste.

—Mi pobre niña —musita él, estirando un brazo hacia atrás para tomar su cabeza, legitimando así la postura de ella—. Cuando lleguemos a la caleta, me lo contarás todo. Por ahora, descansa.

Glorioso ese trecho entre el cerro y el mar. Reclinarse, guarecerse, temperarse. Su firme manejo del caballo la hace sentirse a salvo: nada malo puede sucederme mientras permanezca aquí. Señor, déjame aquí para siempre, que no se detenga nunca, que cruce el continente entero. Y con esa certidumbre su cuerpo reposa, enmendado.

No recordó, hasta llegar a su destino, la falacia de su memoria: la última despedida, la lapidaria declaración que él le hiciera en la puerta de la cabaña, fue la que, después de todo, desató sus aflicciones. La responsable de su ida a la capilla. La culpable de repetir la saña con que otro hombre le transmitió hace un tiempo su estúpida avaricia.

A esa hora la caleta está vacía. Los pescadores ya han partido hacia la mar, o a sus casas en busca del calor. Él se desprende de su enorme manta y la coloca en la arena para sentarse.

—¿No te dará frío?

—No, mira cómo ando de abrigado —toca su suéter, una polera de algodón que apenas se ve y una bufanda de lana chilota colgada de su cuello.

Con toda naturalidad, él abarca la espalda de Floreana con su brazo y así, tibios, dirigen infaliblemente la mirada al mar.

—¿Quieres hablar?

—Tú eres mi amigo, ¿cierto? —pregunta Floreana tímidamente.

—¿Amigo? Mira, mujer, con nadie he hablado en el último tiempo más cosas que contigo. Para mis cánones, aunque los reconozco un poco magros, ya somos amigos íntimos.

—Me siento dañada, Flavián. Estuve en la capilla y no sé, me surgieron tantos recuerdos que he reprimido, sentí tanta rabia…

—A ver… dime una cosa, Floreana: tu venida al Albergue, ¿tuvo que ver con la muerte de tu hermana o con algún amor desgraciado?

—¿Cómo sabes lo de Dulce? Yo no hablo de ella.

—Elena me lo contó. Y sería bueno que empezaras a soltarte con ese tema. Lo otro es un error. Tienes que llorarla, Floreana.

—Me hiciste una pregunta y te respondo: fue la suma de ambas cosas. La verdadera razón es Dulce, pero surgió al mismo tiempo ese amor desgraciado y me quedé sin fuerzas. Habría sido tolerable en otro momento, pero no en éste. Además, Flavián, hacía mucho tiempo, mucho, que no me abría a vivir una relación con un hombre. Creí que me había hecho fuerte. Y cuando lo conocí en Ciudad del Cabo, tuve tal certeza de que él era distinto… Mientras estuvimos allá fue todo tan hermoso, pensé que jamás me ofendería. Y una vez más me equivoqué.

En un gesto inesperado para Floreana, la mano que le sujetaba la espalda la tumba sin suavidad hasta la manta en el suelo. Queda tendida. Él se apoya firme en su propio brazo, a un costado de ella. En rigor, ningún miembro del cuerpo de uno está tocando al otro, pero sus caras están tan cerca que cuando él le habla, ella casi prueba su aliento.

—¿No te quiso?

—No quiso quererme.

—¡Qué miserable!

Su boca está ahí, ahí, a su alcance. Floreana se pone a temblar, se le entra el habla. La brutalidad de Flavián la provoca, ahora sí que su voluntad no tiene armas: el deseo la impregna de la cabeza a los pies.

—Olvídate de él. Pon tu afán en recordar a tu hermana y en todo lo que ella te regaló durante los muchos años en que la tuviste… Yo te voy a ayudar.

¡Su voz es tan sincera! Y le habla bajito, como si la estuviese cuidando.

Una vez más no depende de ella, su voluntad no ha tenido que jugar ningún papel. Es tal su desconcierto cuando él vuelve a sentarse, dejándola tumbada en la arena, que lo imita y sigue el diálogo como si nada pasara.

—Estaba casado.

—¿Será una razón suficiente?

—Mira, te voy a responder como lo han hecho muchas del Albergue: creo que no se la podía conmigo. Y lo odio por eso.

—Entonces, en buena hora te dejó. ¿Qué habrías hecho después con él?

—¡Qué práctico eres! ¿Se te olvida lo irracional que es todo este lío del amor?

El rompe a reír.

—Sí, parece que lo he olvidado. Como tú, me alejé de esas lides hace un buen tiempo. Pero, a la inversa tuya, me he preocupado meticulosamente de no recaer. Y lo he cumplido al pie de la letra.

—¡Bonito dúo hacemos nosotros dos! —Floreana imita su ánimo—. ¿Y cómo lo haces? Quiero decir… eres joven, saludable, atractivo. No me dirás que vives en abstinencia…

Vuelve a reír:

—No creo que te incumba. Pero si ya estamos en las confidencias… no, tan estoico no soy. Tengo mis encuentros sexuales, si eso es lo que te preocupa. Pero con los límites tan establecidos que no entrañan peligro.

Casi las mismas palabras de Elena. Por un momento Floreana habría jurado que sus sospechas eran fundadas.

—¿Mujeres de la zona? —pregunta, disimulando su agitación.

—El archipiélago es grande, también está el continente, está Puerto Montt… Pero no seas intrusa, ¿qué te importa a ti con quién me acuesto si a mí no me importa?

—Tienes razón.

Un poco abochornada, Floreana se concentra en el mar. Sus oídos se resisten a semejante nivel de frialdad, ¡como si el sexo fuese una necesidad anónima! Él respeta su silencio. Al cabo de un rato, ella vuelve la cabeza hacia Flavián; aunque ya no la toca, están muy cerca.

—Dime una cosa… a veces una cree que sus dolores, o lo que a una le han hecho, son lo peor. Es fácil equivocarse sin parámetros para comparar. Ya que tú y yo somos un par de animales heridos, ¿serías capaz de mostrarme una imagen donde sientas que ahí, justo ahí, perdura una llaga?

—Sí, varias.

—¿Puedes contarme o te da pudor?

Flavián duda.

—Me dijiste que éramos amigos, Flavián.

—Es cierto. Pero no es fácil ser sincero.

Su mirada está acorralada, ficticiamente glacial, temeroso él de producir en ella alguna fisura.

—Te voy a hablar de una herida verdadera. Pero tengo que contarte antes otra cosa, algo muy difícil de hablar.

Floreana le devuelve la mirada con tal empatía que nadie en su sano juicio se habría resistido.

—Debes saber, Floreana, que yo maté a un hombre.

—¿Cómo? —no puede reprimir el sobresalto.

—Fue un paciente. Sucedió durante la peor época de mi matrimonio, creo que yo estaba medio loco, o de eso me trato de convencer cuando busco alguna cobarde justificación. Igual no me sirve de nada, pero hago el ejercicio. Cada noche.

—¿Cómo sucedió?

—No voy a entrar en detalles, me resulta muy difícil. El resumen es que hice un diagnóstico equivocado y por mi culpa el paciente murió. Si yo hubiese estado más sano, más atento, jamás habría ocurrido.

—Pero eso no es matar…

—Claro, no lo maté con mis propias manos… Pero la negligencia médica puede ser mortal, y uno aprende eso el primer día.

—Ay, Flavián, ¡qué tremendo! —Floreana le toca la cabeza, acaricia su pelo castaño, y su atrevimiento al alzar la mano hacia su mejilla nace de la más pura compasión—. Fue por eso que te viniste, ¿cierto?

—Sí. Me echaron de la clínica donde trabajaba. Como ha sucedido más de una vez, no me acusaron al Colegio Médico, sólo me cortaron el trabajo. Tampoco hubo una familia que se querellara… Era un hombre rico, aparentemente bastante solo, y la viuda pareció más que resignada ante la herencia. Todo el episodio fue muy abyecto.

—¡Dios mío, cómo habrás sufrido!

—Lo indecible. La culpa no me abandona ni un solo día. Pero volviendo a tu primera pregunta… Cuando llegué esa noche a mi casa, destrozado, fui en busca de mi mujer. Venía saliendo de un largo baño de tina y se veía relajada. Hasta que me puse a hablar. Le conté todo. Su reacción fue la más opuesta a lo que yo esperaba y necesitaba. ¿Sabes qué me dijo? ¡Vivo con un asesino! Lo gritaba una y otra vez. Los niños oyeron. Los encerré en la pieza y volví furioso donde ella. La pelea fue feroz y comenzó a provocarme. La amenacé con pegarle si seguía. ¡Pégame!, me gritaba: si ya has matado a un hombre, ¿por qué no pegarle a una mujer? ¡Pégame de una vez, siempre has querido hacerlo, demuéstrame lo macho que eres! Yo hacía un esfuerzo descomunal por controlarme. Entonces ella hizo algo inaudito: se abrió la bata de baño que la cubría, debajo estaba desnuda. Separó las piernas y se llevó ambas manos al sexo, tomándoselo. ¿Ves?, me gritó, ¿ves este lugar? ¿Quieres saber cuántos hombres han estado aquí desde que nos casamos? ¡Además de asesino, eres un cornudo, y un cobarde porque no te atreves a pegarme! ¡Me tienes miedo!

—¡Supongo que te fuiste y la dejaste sola con toda esa histeria! —lo interrumpe Floreana, que ha escuchado sin aliento.

—No. La golpeé. Ella parecía feliz de que por fin lo hiciera. Después se vistió con una perfecta sangre fría, tomó el auto y partió. Yo tenía ganas de pegarme un tiro. No tardó mucho en volver y me dijo que había dado aviso a la policía, que me había denunciado por maltrato físico, que había quedado fichado.

—¡Mi pobre Flavián! ¿Cómo ayudarte a olvidar algo tan horrendo? —vuelve a acariciarle el pelo—. Tu mujer estaba loca o te odiaba mucho. ¿Qué le hiciste para que pudiese tratarte así?

—Algo que todos les hacen a todos: me había enamorado por fin de una mujer maravillosa y ella se había enterado.

Durante el trayecto de vuelta, ninguno habla. ¿Cuánto haría que él no ventilaba esa historia? A Floreana le parece pobre sacar a relucir sus heridas luego de lo que ha escuchado, y no sabe a qué expresión recurrir para el consuelo. Si te sirvió, le dijo él al montar, valió la pena contártelo. Por su postura delante de ella en el caballo, Floreana imagina que la cabalgata le ha devuelto la prestancia. Pero su corazón continúa pendiente de un hilo, delgado y frágil. Sólo la pena lo sujeta.

Evidentemente, llega tarde a la sesión colectiva en el comedor. Elena la mira pero no dice nada, y ella no logra atender a lo que las otras hablan. Sólo recuerda la historia de Flavián y sus palabras al despedirse: «A partir de hoy somos inevitablemente cómplices; tratemos de quedarnos en esa categoría, ya que no soy el mejor modelo de ser humano. Y me alivia que lo sepas».

Lo dijo sonriendo con amargura.

Seis

Ahí está el sol: el forastero.

Sentadas en el porche de la cabaña después del almuerzo, le dan la bienvenida y lo aprovechan. Las distrae un matapiojos y su vuelo de ventilador ofuscado. Tintinean las cucharas en las tazas de café.

—Es verdad, hablo poco de mi madre —comenta Floreana—, pero es una gran mujer. Nos puso pocas cortapisas, las mínimas. Miren, mis amores, nos decía, la vida no es como yo quisiera que fuera, así es que tengo que prepararlas para esta vida, la real, que es una buena porquería. Me encantaría decirles que tienen los mismos derechos de los muchachos, pero si les enseño eso les va a ir mal: se lo van a creer y el día en que agarren a besos a uno porque ustedes tienen ganas, él las va a descalificar y las mirará en menos por encontrarlas disponibles, aunque él también haya sido criado por una mujer a quien este sistema deje perpleja, como a mí. Claro, ya de grandes... grandes-grandes quiero decir, podrán vengarse y hacer lo que quieran. ¡Pero en la adolescencia no!

—¡Qué lujo de mamá, hasta cínica la hallo! —exclama Toña.

—La mía me ha controlado toda la vida —acota Angelita—, siempre ha sido una entrometida. Tanto así que en mi adolescencia yo mantenía dos diarios de vida: uno para ella y otro real. Ornamentaba de «confidencias» y de «secretos» el que dejaba a la vista, para que mi mamá se lo creyera.

—¡Dios mío! —exclama Floreana riendo.

—¿Cuál de los dos sería más entretenido? —pregunta Toña, burlona.

—Lo que es a la mía, sería incapaz de describirla. Escuchen esto: todos los días lunes y martes mis hijos se iban a casa de su padre, cuando estábamos recién separados. Y todos los martes llegaba mi madre a ver a sus nietos. La escena se repetía martes a martes. La empleada le servía un café y la acompañaba en el living mientras ella comentaba lo mala madre que era yo. Luego me decía por teléfono: nunca están los niños cuando voy a tu casa. Pero, mamá, le contestaba yo, los martes los niños se van con su papá y tú vienes siempre los martes. Pero cómo, yo creía que sólo martes por medio. No, mamá, te lo he explicado veinte veces. Y al martes siguiente volvía. Cuando entré en la peor de las crisis, mi mamá me dijo:

»Estás cansada.

»Sí, es que trabajo mucho.

»Te ves ajada.

»No es raro, con la vida que llevo. Después de todo, tengo que mantener a los niños...

»¿No te das cuenta de que, si te vieras más linda, todos tus problemas se resolverían?

»Un día me llama por teléfono: que se siente mal, que la vaya a ver. Yo estaba con una depresión que apenas podía levantarme de la cama; no era la persona más adecuada para consolar a nadie, la que necesitaba consuelo era yo. Pero igual fui.

»Creo que estoy en las últimas, me dice mi madre.

»No, mamá, no exageres. Estás un poco depre, eso es todo.

»Tengo un problema que resolver antes de morir.

»¿Cuál?

»No puedo dejar este mundo con una hija tan amargada.

»Como ven, lo hice mal. ¿Cómo fui tan tonta, cómo no me rebelé en la adolescencia, el único momento en que correspondía? Con mi hermana, en cambio, que es una loca adorable, tiene muy buena onda porque ella la hizo añicos en la juventud. Recuerdo cuando a los catorce años tomó una moneda y con su filo rayó toda la muralla de la fachada de la casa: *¡Vieja concha de su madre!* Hoy son íntimas».

Ésa es Olivia, alta, muy, muy flaca —puro hueso, como la Olivia de Popeye, le dice Toña—, y el pelo castaño con un corte masculino. Su cara es tirante y dura, seca, y su mandíbula parece estar a punto de ser reabsorbida. Cuando mastica, cada hueso confirma su presencia, dándole un cierto aire de codicia. Masca chicle sin parar, cosa que a Floreana la pone nerviosa. Olivia dice que es porque dejó de fumar. Le habría correspondido estar en la cabaña de las intelectuales, a juzgar por sus intereses. Es periodista y se ha especializado en cine, teatro, literatura, música. Desde que llegó, no se ha sacado su chaqueta de plástico acharolado, tan amarilla como la electricidad. Su acento delata una larga estadía en Argentina. («Inconmensurable Buenos Aires», murmura.) Su franqueza y su extraversión se encuentran con las de Toña y, en vez de chocar, se dan la mano.

—¿Saben ustedes cómo los llaman en Argentina a los moteles? ¡Albergues transitorios!

—¿Usan la palabra *albergue* para eso? —pregunta Angelita, escandalizada.

—Bueno, con la cantidad de eyaculación precoz que existe en el continente, lo de transitorio sí que cobra sentido —señala Toña.

Es definitivamente más alegre que Constanza y mucho más descuidada con el orden del baño. Hay días en que no hace su cama y esto no le parece bien a Angelita, que vela por la pulcritud de la cabaña. Pero tras su vivacidad se esconde algo insondable.

Floreana la observa: es, sin duda alguna, una peso pesado.

—Yo no soy apta para encarnar a la mujer fetiche. No entro en esos cánones, ni física ni síquicamente —le ha confesado la noche anterior mientras se preparaba una tina caliente y la llenaba de espuma—. ¡Oh, Freud, el más machista de todos! ¡Pusiste el misterio por delante de la mujer porque no lo soportabas! Porque has de saber, Floreana, que si el labio, el muslo o cualquier otra cosa de la mujer no es fetiche, los hombres no tienen erección. Has leído a Freud, ¿verdad?

—Algo, pero no soy ninguna experta.

—¿Sabes? Me encantaría tener un poco de lo que tienen las minas que cumplen bien su papel —continúa—. Las flores, las joyas… nunca un hombre me regala esas cosas… ¡Estoy cagada! —tantea la temperatura del agua con la mano—. De mí se enamoran puros desadaptados. Los normales, no. Me tienen miedo.

Me tienen miedo.

Me tienen miedo.

La repetición.

Floreana aspira esas palabras cuando su voluntad grita por vomitarlas. ¡No más!

No más, susurraron sus ojos entonces, cuando las montañas, en una escena cinemascope del Antiguo Testamento, la indujeron a creer que Dios o Yavé aparecería en cualquier momento. Los rayos del sol lo anunciaron en esa tierra sureña, la de la identidad propia, como le dio a Floreana por llamar a la Patagonia.

No más miedo, en esas soledades desérticas. ¡Qué color diverso tiene el abandono cuando es seco! La tierra se resquebraja, está a punto de partirse en dos, ¿qué capa de tristeza sostendrá estas sequedades?

No más miedo, susurraron sus ojos desde la Laguna Amarga con los flamencos —ellos color damasco, verde, verde la laguna—, viendo cómo se erguían majestuosas por detrás las dos torres, secas, de color café, cuidándolos a todos. El Almirante Nieto, nevado y real. Todos protegidos menos ella, sola en medio del paisaje bíblico porque un hombre tuvo miedo.

(Era después del amor, dentro de la cama en el Hotel Valdivia; ella le cuenta de Magallanes, no disimula la fascinación que le produce un lugar que contiene varios países dentro de él. Magallanes es la Patagonia, le dice, es otro país; luego le habla de Puerto Williams, ciudad final de Chile, la más austral, donde se ha entrevistado con una anciana, la última sobreviviente yagana: una sola de toda su raza. Le habla también de la sequía, cómo la naturaleza ha golpeado la zona, cómo los pastos se han secado antes de tiempo, y se detiene en la nieve, la peste blanca. El terremoto blanco, la llaman los fueguinos. El Académico hace un paralelo entre el Estrecho de Magallanes y Ciudad del

Cabo, ambos envueltos en esperanza, Cape Point por el Cabo de la Buena Esperanza y aquí, en nuestra tierra, Magallanes por la Provincia de la Última Esperanza. También allá se juntan los océanos, *the south of the south*. Por eso, le dice ella, si estuviste allá conmigo debes también acompañarme aquí, he oído que en las Torres del Paine la esperanza es sagrada; yo tengo que volver allá dentro de poco, insiste, ¡ven conmigo! Él se lo prometió. Y no cumplió su promesa porque tuvo miedo.)

Ese miedo la obligó a navegar desacompañada por el lago Grey; los hielos que sobrepasaron a las cumbres, en el azul celeste de los ventisqueros, le dijeron que la montaña era sabia: deja ir aquello que no puede mantener. Allí los glaciares, los del lago, tenían formas de cristal tallado, y el corazón de Floreana constató que la naturaleza dotaba a cada uno de los suyos de esas líneas que a él le eran negadas: una página en blanco su corazón. Página abandonada con la misma irresponsabilidad de un escritor que habría debido imprimir en ella la emoción.

Creo que los ojos se copan, pensó Floreana concluyendo su vuelo, cerrando las alas para abandonar las Torres del Paine, adonde su cobarde insuficiencia nunca quiso ir sola. A partir de un cierto número de imágenes, los ojos ya no ven. No pueden seguir viendo.

Se anula la Patagonia, por excesiva, pero no se anula el irremediable miedo.

Siete

Un corazón quiso saltar un pozo
confiado en la proeza de su sangre,
y hoy se le escucha delirar de hambre
en el oscuro fondo de su gozo.

Las caderas del doble de David Hemmings se cimbran con la música.

El corazón se ahogaba de ternura,
de ganas de vivir multiplicadas,
y hoy es un corazón tan mutilado
que ha conseguido morir de cordura.

Interrumpe la canción:
—¡Morir de cordura, Floreana! ¡Qué muerte! ¿Estará pensando en mí?
—Los dos conocemos un corazón que podría morir así, ¿verdad?
¿Es Flavián o es ella? Quisiera darles un giro creativo a las ideas.
—Ya que hablamos de eso, Pedro: ¿por qué escribes sobre el erotismo?

—Uno siempre escribe sobre lo que no ha resuelto, o desde sus carencias; no conozco a un solo escritor que escriba de sus certezas. Igual he malgastado mucho tiempo haciendo la distinción entre lo erótico y lo pornográfico. Nunca faltan las mentes estrechas que los confunden. ¿No crees que vivimos en este país un momento de mucho pan y poco circo? Tenemos que hacerle empeño a sacudir el marasmo. Ése es mi intento... como verás, del todo extraliterario.

—Dentro de la falta de circo, la libido se ha vuelto escurridiza, ¿verdad?

—Escurridiza y *démodée*. Este sistema está excluyendo el amor y el placer. Hay que horadar el sistema, Floreana, como los antiguos revolucionarios —Pedro sonríe y ella no sabe cuándo habla en serio, cuándo en broma—. En el peor de los casos, nos pegarán una patada en el culo, pero la tentación de transgredir es enorme...

—Se ha desordenado el amor —medita Floreana en voz alta.

—Sí... —parece conceder él—. Bueno, la tarea es enriquecer las apariencias para tomarles confianza fantasiosamente. En eso estoy yo.

Pasado un rato, Pedro le clava, muy serio, la mirada.

—Quizás sea más corto aclararte algo desde el principio. Soy un habitante forzoso de un mundo que yo mismo elegí.

—En otras palabras...

—Soy homosexual.

281

Floreana se sorprende. No se le había pasado por la mente.

—¿Tienes algún problema al respecto? —pregunta él.

—Ninguno. Sólo que es una lástima para el género femenino. ¡Qué pérdida! —lo dice con toda espontaneidad.

A Pedro esto le hace gracia.

—Sin embargo, he hecho una opción justa porque, dejémonos de cosas, las mujeres están enamoradas del concepto del amor, no de los hombres.

—Y los hombres, ¿de quién están enamorados los hombres?

—Cada vez más de otros hombres.

Su sonrisa es vigorosa. Aliviado tras haber entregado una información que creía imprescindible, continúa:

—Estoy acostumbrado a la reserva que los demás tienen hacia mí; nunca me han dado el aplauso abierto, ese aplauso limpio y total. Siempre queda un espacio de vacilación, nunca hago las cosas *enteramente bien*. Lo raro es que ya ni sueño con ese aplauso, ahora parto de la base de que no me será concedido.

—En eso, créeme, soy tu hermana.

—Pero en otra cosa no lo eres: yo estoy en contacto con mis propios bajos instintos. Y basta mirarte para saber que tú no lo estás.

Desfila frente a Floreana un sinnúmero de recuerdos que ella debe ahogar. Impedir que esas semillas se transformen en fruto. Que el arado, a costa de pasar cien veces, las destruya... Pedro es capaz de crear una atmósfera tan persuasiva que llegue a diluir toda su solvencia interior. ¿Qué quedará de ella, entonces?

—Quizás yo también debiera haber sido escritora —dice, pensativa—. Habría logrado desentrañar lo que ignoro.

—Bueno, la literatura, como dijo un crítico, es la larga paciencia. Y tú pareces tenerla.

—Pero no estoy segura de que eso sea bueno. Un psiquiatra decía que se deprimen los virtuosos, no los sicóticos o los irresponsables. ¡Tú estás a salvo! —se ríe Floreana—. ¡Y yo en franco peligro!

—Déjame pervertirte, entonces.

—¿A mí? ¡Jamás!

Una hora más tarde, Floreana corre colina arriba —ya puede correr—, liviana, fresca y puntual. A las siete en punto entra al salón de la casa grande como si viniese de su cabaña. Elena le entrega una carta: es de Emilia y decide guardarla para más tarde, cuando pueda saborearla a solas.

Cuando salió al porche, la luz de la luna le dio inmediatamente un aspecto metálico, transformándola en una Floreana que no era. Lleva la carta de Emilia en su mano: el abandono de Dulce se ha consumado una vez más.

«… y me ha dado pudor contarte que llevo encerrada todo este tiempo, preparando mi primera exposición. Estoy terminando las últimas piezas y debo reconocerte que mi material de trabajo han sido ustedes. Lo que no sabía lo he inventado, y espero haberlo inventado bien. Soy la futura artista de la familia y ésta ha sido mi primera experiencia narrando con los pinceles. Nunca lo habría hecho de no mediar esas largas tardes que pasé entre ustedes mientras Dulce moría. En su honor, y en el de ese equívoco gesto tuyo de querer tomar su lugar, he titulado mi muestra *La Cuarta de Brahms.*

»No creas, Floreana, que no he reflexionado sobre ustedes. Nosotros, los jóvenes, somos radicalmente distintos y doy gracias por ello. Pero no quisiera omitir algo que nunca antes te he dicho: tu generación me produce una rara nostalgia, tal vez debiera llamarla admiración. Al fin, ustedes han sido una generación peleadora, ruidosa, que no se irá en silencio. Y a pesar de haber hecho tantas malas opciones, nos han abierto las puertas… de muchas maneras. Creo haber aprendido un par de cosas; una de ellas es sobre el amor y esto de entregarse a él sin condiciones, como Dulce lo hizo con su propia vida.

»Supongo que mientras las observaba nunca supe que estaba pintando mi primera muestra».

¿Qué lenguaje vas a usar, Emilia, si estamos al borde de quedarnos sin ese privilegiado instrumento? ¿Serás capaz, con la pintura, de eludir la obviedad?

Yo no sé ver ni mirar el lado oculto y nocturno de las cosas. Quizás Emilia, graciosamente, pueda hacerle el quite a lo evidente. ¿Quién sabe? Quizás ya esté en condiciones de ver lo que esconde la luz. Entonces habrá atravesado un puente tan largo como el que uniría esta isla con la tierra grande.

Dulce se filtra en sus pensamientos:

«¿Te acuerdas de cuando éramos chicas y tú me llamabas *mi niña*?» Dulce extiende su mano delgada, tan delgada, y toma la de su hermana sobre la cama metálica del hospital. «Era tan absurdo, me hablabas como si fueras mi mamá y eras solamente una hermana mayor. ¡Pero a mí me gustaba tanto!»

El recuerdo a veces miente. Floreana no confía en él ni en su arbitrario tiempo, tan lleno de vacíos.

La última e inútil operación.

Mi niña duerme en la placidez de la morfina. Mi niña duerme un sueño de justos. Mi niña tiene los ojos cerrados e ignora que su cuerpo ha sido abierto, herido y tajeado. Pasarán todavía muchas horas hasta que sepa del dolor. Por ahora, gocemos tu sueño. Más tarde conocerás el precio de la morfina: las náuseas, el asco, los vómitos. Pero duerme ahora, duerme creyendo que eludir el dolor no se paga.

Las palabras en Floreana eran como los volantines. A veces las amaba, pero ellas partían por el cielo y no lograba sujetarlas. Muchas veces sus palabras se soltaron de su mano y vagaron por el azul, inasibles. Se iban. Se iban.

En la seducción, las mujeres —sea en el lenguaje escrito o verbal— deben frenar constantemente las efusiones emocionales; la parquedad del reflejo que ven frente a sí las lleva a temer lo desaforado, las hace sentirse al borde del ridículo.

Pero en el dolor ya no hay palabras que frenar, porque en el dolor no hay lenguaje. Entonces, ¿qué está haciendo Emilia? ¿Puede eludir a Dulce?

Floreana evoca el momento exacto en que lo supo: Berlín, hace algunos años, cuando visitó Sachsenhausen, el campo de concentración nazi. Hasta el pelo que les raparon a los judíos y a los miembros de la resistencia está expuesto en las vitrinas. Tocó los hornos donde los cremaron, al lado de las cámaras de gas. Vio las celdas y el carretón en que apilaban los cadáveres. Vio las fotografías de los cuerpos mutilados para hacer experimentos con ellos. Vio los instrumentos que usaron para disectar estos cuerpos y las camillas de azulejos donde los tendían y las lámparas que hicieron con su piel y los cuadros o tapices resultantes de las pieles tatuadas. Vio muchas cosas. Ninguna imaginación humana parecería suficiente para concebir esos niveles de maldad.

Había olvidado esa imagen. Sin embargo, su olvido no ha producido ningún cambio: el olvido estaba ahí, y no por eso los campos de concentración han dejado de existir. No encontró lenguaje para ese reflejo. Ni siquiera el gesto (¿ojos engrandecidos, abiertos, muecas de horror?). Creyó que eran solamente las mujeres y los marginales los que quedaban en silencio, por carecer de un lenguaje capaz de traducirlos, de expresarlos; a partir de Berlín supo que debía agregar el horror.

Las mujeres, los marginales, el horror.

Para Floreana, la muerte de Dulce se ha convertido en una historia de dolor y en la imposibilidad de su lenguaje.

Las mujeres, los marginales, el horror y el dolor.

Floreana enmudece.

Ocho

—Mi hijo menor decidió arrancar la maleza de los jardines vecinos para ganar un poco de dinero. Cuando le pagaron, corrió al almacén y compró un regalo para cada miembro de la familia: una hoja de afeitar para el papá, un caramelo para su hermana y un Rinso para mí. Me entregó el paquete y yo me largué a reír. ¿Qué tenía que ver el Rinso conmigo? Cuando caí en cuenta, casi me puse a llorar: mi hijo no esperaba que yo quisiera algo propio. Sólo el detergente.

—No hablemos de los hijos, que me viene la nostalgia. Ni menos de que ellos no nos concedan tener deseos propios, porque eso me da demasiada pena. ¿Por qué no nos reímos un rato de los hombres, mejor?

—¡Buena idea!

—Ay, chiquillas, no sean frívolas…

—¡Yo soy una experta! Analicemos a los amantes de los años noventa.

—¡Ya! ¡Qué entretenido! ¿Se han fijado en que están cada vez más malos para la cama? Parece que se acojonaron con esto de que las mujeres ya no somos unas ignorantes…

—Es que saben que ya no pueden pitarnos. Antes se montaban arriba, se pegaban tres corcoveos y... ¡listo! Eso era un acto sexual. Los perlas quedaban regio, y nosotras... que nos llevara el Diablo.

—Mira, yo no hablaría tan en pasado. Hay muchos huevones que todavía tiran así. Y más encima con la luz apagada y en completa mudez. ¿Saben qué hago yo? Finjo el orgasmo para que todo el asunto se diluya de una vez, lo más rápido posible...

—¡Por favor! Me parece atroz fingir...

—¡Pero si todas hemos fingido en algún momento! Lo patético es que cada hombre está convencido de que eso no le sucede a él. La cantidad de imbéciles que creen que todas han acabado con ellos es infinita.

—¿Se acuerdan de esa escena del orgasmo fingido en *Cuando Harry conoció a Sally?* ¡Magistral! Esa película debiera ser obligatoria para el género masculino.

—Una amiga mía ha logrado acabar tan pocas veces en los últimos años, que lo anota cada vez, como un trofeo.

—Otra amiga mía anotaba en su libreta no los orgasmos, sino cada polvo. Como tiraba con dos, hacía un signo distinto para cada uno: un círculo al primero y una equis al segundo. ¡Su agenda parecía un tablero para jugar al gato!

—Pero si hay cada loca... Una amiga mía, encantadora pero un poquito histérica, no acababa nunca con la penetración… en diez años de matrimonio. Se resignó a que su sexualidad era así no más, y ya no consultó a psiquiatras ni le puso más empeño. Una noche estaba leyendo a la Doris Lessing en algún complicado análisis sobre los tipos de orgasmo de las mujeres, y quedó furiosa consigo misma por su incapacidad. Al día siguiente se acostó con su marido, hizo el amor como siempre y de repente, sin saber cómo, acabó con el pene adentro. ¡Después de diez años! Ella divide hoy su vida en dos: antes de la Doris Lessing y después de…

—Bien tonta tu amiga, andar preocupándose por eso… Si el porcentaje de mujeres que acaban con el clítoris es mil veces más alto que el de las que acaban por la vagina.

—Sí, las estadísticas son sorprendentes. Pero todavía hay mujeres que se torturan por no acabar con la penetración. Quizás no hay suficiente información…

—Todo por culpa del boludo de Freud, que calificó la sexualidad clitoridiana como «sexualidad infantil». ¡Qué huevón más grande! ¡Lo que a mí me da rabia es que nadie nos lo haya advertido, y que nos hayamos sentido anormales por tanto tiempo!

—¡Sigan hablando de sexo, no más! Al final, somos todas incapaces de separarlo del amor. ¡Díganme que no…!

—Por favor, no vamos a dicutir eso de nuevo. Es como el negro que se agota de explicarles el racismo a los racistas.

—Pero no nos pasemos películas, tampoco; las mujeres somos incapaces de relacionarnos sexualmente con un hombre sin enamorarnos.

—¡Mentira! De todos los hombres que he conocido en los últimos años, creo que sólo a dos no me los tiré el primer día... y no me he enamorado de ninguno.

—¿Y cómo lo haces?

—Me encierro con ellos en una orgía, tres largos días de bacanal, de amor que nos sale hasta por las orejas, la pasión más desenfrenada. Y terminados esos tres días, no los veo nunca más. Se los traga la tierra.

—No lo encuentro muy edificante como experiencia, qué quieres que te diga.

—¿No estaremos enfocando mal el problema? Para mí no se trata de sexo sino de compromiso afectivo. Todo esto de la liberación femenina ha revuelto un poco las relaciones de poder, y la reacción de los hombres ha sido optar por el descompromiso, que es la mejor forma de herirnos. Pero no nos confundamos, a ellos les importa un rábano todo eso, y a nosotras sí. El asunto es: ¿quién sigue ostentando el poder?

—¡Ellos, ellos, ellos! ¡A veces creo que me voy a volver loca de pura soledad! ¡Nadie me llama! ¿Qué puedo hacer? Me voy a desquiciar en este desierto. No le importo a ningún hombre sobre el planeta, créanme, a ninguno. Cuando he logrado meterme con alguien, este alguien está invariablemente a punto de separarse… pero, obvio, a los tres meses decide que mejor no hacerlo.

—Lo que es yo, llevo un año sola, desde que me separé, y en todo este tiempo no he recibido ni una invitación de parte de un hombre. Ni una sola. ¡Un año!

—No me extraña, no eres la única. Pero los hombres no están muy seguros tampoco de cómo seducirnos. Yo diría que están en aprietos también. Sin ir más lejos, mi hermano menor no sabía cómo abordar a las mujeres. Un día decidió ir al supermercado a la «hora femenina», como la llama él, y me pidió prestado a mi hijo para que lo acompañara. En síntesis, ha empezado a arrendármelo porque descubrió que todas las mujeres, al verlo solo con su chiquillo, lo suponen separado. Se les incentiva el instinto maternal, protector… Mi hermano siempre sale de ahí con una conquista.

—En provincias les resulta más fácil. ¡Putas que es fácil en provincias! Me acuerdo de mi hermano, un verdadero macho cabrío. En la empresa le regalaron un maletín de tevinil, él juraba que era cuero y se lucía dando vueltas por la plaza. Anduvo siempre con el maletín, hueveando sin parar de aquí para allá, con minas distintas. El día que le robaron su famoso maletín, ¡se casó!

—Claro… el Rambo y su compadre decían siempre: seamos humildes, compadre, dejemos que nos elijan ellas, las mujeres. ¡Y ahí estábamos las tontas que los elegíamos! En los pueblos la conquista es fácil.

—A mí nadie me elige. Sin embargo, he estado pensando... resulta que para tener cualquier posición social, yo debiera casarme de nuevo. Sin marido, una se vuelve sospechosa en mil sentidos. De partida, para portarse mal.

—¿Tú sabías que las solteras casi no tiran? Nadie quiere tirar con ellas.

—Eso sí que es cierto. Mi caso es una muestra. Yo por eso me puse mala. Yo era buena, les juro que lo era. Pero de repente empezó en mí este maldito hábito de calcular. Mi marido era un perfecto huevón. Decidí quedarme con él porque me protegía el hecho de estar casada. Me quedé con él puro para meterme con otros. Porque si no tienes pareja, estás jodida, ni uno se te acerca. El único problema es que a la larga la maldad empieza a notarse...

—Les propongo que no hablemos más de hombres, ni de sexo, ni de amor... Como que me angustié.

—Es que es nuestro talón de Aquiles. Es por ahí que nos cagan, porque no depende de nosotras. Nadie que nos oyera creería cuánto nos importan otras cosas: los hijos, el trabajo, las ganas de cambiar el mundo.

—Oye, no seamos duras con nosotras mismas. Si hablamos leseras y nos reímos es porque nos alegra la vida. Total, estamos todas aquí por las mismas razones. Es la cercanía entre nosotras veinte lo que nos lleva a hablar así. No me cabe duda de que cada una en su cabaña, a solas, está en otra.

—Lo único que tengo claro es que los hombres nos tienen convencidas de que ellos son un bien muy escaso.

—Lo que yo no tengo tan claro es que sean un bien...

—¡Pobres hombres! Seamos comprensivas. No saben cómo readecuar su realidad a este fenómeno de las mujeres, porque, si lo piensan bien, es lo más profundo que ha pasado como revolución cultural en este siglo de mierda. Porque nosotras no somos como la economía social de mercado o los estados totalitarios; a nosotras no nos pueden cambiar, ni reemplazar, ni derribar. Nuestro proceso es irreversible, por eso somos la verdadera revolución.

Cuando iban saliendo del salón grande, Toña se acercó a caminar junto a Floreana hacia la cabaña. Tenía el ceño fruncido, el rostro ofuscado.

—¿Sabes? He estado reflexionando... aquí todas hablan de «los hombres». Pero si nos remontamos a lo más primario de lo que significa la atracción, nos encontramos cara a cara con la necesidad. A tal yo lo necesito, por lo tanto me atrae; de ahí viene todo. Pero tal como están las cosas hoy día, yo no necesito a un hombre. Mis capacidades son las mismas que las suyas, lo que me lleva a no sentirme atraída por él. No me sirve. La atracción, entonces, se libera, tiene un valor en sí misma y ahora lo que te atrae es una persona, no importando su sexo.

—¡Qué inteligente estás, Toña! En teoría tienes toda la razón. Lástima que yo siga necesitándolos.

Mareada por tantas voces, Floreana se retira a su habitación. Hoy sí que han trasnochado, todo porque Elena se fue a Puerto Montt y no vuelve hasta mañana. La conversación le ha devuelto muchas imágenes que el Albergue había ido lentamente alejando; por lo tanto, vuelve a sentirse el blanco donde los dardos calan, justo al centro.

La primera vez que hicieron el amor, el Académico y ella, fue muy breve. Cuando ella sueña con volar juntos, él ya se ha ido. La esperada ternura en el post-amor no aparece. Él está en su mundo, satisfecho, y la suspensión sexual de Floreana no lo altera… si es que nota que ha quedado suspendida. Pero ella decide no darse por vencida: un placer desdeñado por tan largos años no debe dejarse ir como un volantín por el aire. Deja pasar un tiempo prudente y sutilmente inicia nuevos acercamientos amorosos hacia ese cuerpo tendido, de ojos cerrados. Tienta a disolver su distancia conquistando con su boca ese pedazo donde se concentra su sangre, poco a poco, hasta que percibe el cambio de respiración, la fisura en el hermético silencio y, al fin, la hondura electrizada. Logró que todo el acto de amor recomenzara. Más tarde, ya desahogados, avanza su mano con suavidad hacia el miembro en reposo y le dice: él y yo vamos a ser amigos, al margen de ti; tenemos que bautizarlo y establecer de inmediato esta distinción. Él se ríe, complacido; no por nada el falo ha comandado la historia, no por nada. «Corazón de León» le pondremos, dice ella, como el rey. Convienen en que es un nombre adecuado. Pero Corazón de León no hará nada que incomode o altere a su dueño, especifica el Académico. Floreana amolda su mejilla sobre su pecho y, dócil, responde: entonces yo aspiro a que las ganas de su dueño coincidan con las de él. A partir de ese día, Corazón de León pasó a ser un personaje central en el amor y Floreana nunca le escatimó mimos ni cuidados.

Cuando él la hubo abandonado, entre las mil recapitulaciones que atormentaron la imaginación de Floreana, la vagina volvió a ser un hito y una pregunta: ¿por qué fue siempre invisible? No se la nombró nunca, fue tocada sólo de paso (casi instrumentalmente), no tuvo ningún protagonismo. Ni una identidad propia, como Corazón de León.

Su boca también fue avara.

Nueve

—¡No me digan! ¿Están cayendo lacónica-
mente en el sentimiento?

—¡No seas profano! La entrega de pan es
siempre sentimiento —contesta Flavián justifican-
do su gesto, caricia leve, tan leve, una mano ligera
sobre la cabeza de Floreana al recibirla; pero aun
en su levedad ese gesto no pasó inadvertido a los
ojos de su sobrino, habituado a su parquedad.

Es domingo en el pueblo y en el país entero.
Los domingos se amasa la tortilla al rescoldo en
los braseros del Albergue y Pedro ha invitado a
Floreana a tomar el té. Ella contribuye con la tortilla, y es a Flavián, como dueño de casa, que se la
entrega, todavía con restos de ceniza en las manos.

Mientras Pedro va a la cocina a preparar el té,
Floreana se desembaraza de sus muchas lanas: go-
rro, chaquetón, bufanda, guantes. No pretende
engañar a nadie, llega a esta casa vestida de sí misma y de inmediato se acomoda en el sillón de las
franjas rojas y mostaza. Le pregunta a Flavián cómo está. La última conversación que sostuvieron
en la caleta no la ha dejado en paz. Ha ensayado
restarle importancia, pero ¿cómo bajarles el perfil

a las palabras si ellas no han hecho sino enterrar poco a poco la visión de Ciudad del Cabo, primando Flavián sobre aquella imagen en cada oportunidad en que las palabras se presentan?

—Cuando veas al Payaso no lo vas a reconocer. Tuve que raparlo, dejarlo sin un pelo; los piojos le habían hecho surcos en la cabeza. El problema es que sigue con las fiebres.

—¿Todavía?

—Sí. Creo que lo voy a hospitalizar en Puerto Montt. El director del hospital es mi amigo y siempre les da espacio a mis pacientes.

La intención de Flavián es mantenerme a distancia, se dice Floreana, alerta; está arrepentido de nuestro último encuentro, sé que otra vez va a retroceder.

—Tú quieres al Payaso más que a cualquiera de nosotros, ¿verdad? —el reproche es evidente como la luz de un mediodía estival. Una de sus voces internas la condena: ¡qué descontrol! No te preocupes, responde la otra voz, Flavián es un vigilante, nada se le escapa y él sabe cómo manejarse.

—Gran tipo, el Payaso. Sospecho que es analfabeto. A mí me dice que no puede leer si hay alguien a su lado porque se pone nervioso, pero que sí lee cuando está solo. Cursó hasta el cuarto grado en la escuela y la abandonó porque el profesor les pegaba a los niños. Parece que se ensañaba especialmente con él.

—¿Con qué derecho...?

—Eran otros tiempos. Pero el Payaso se vengó. Cuando ya era un hombre grande, se topó con este profesor en una fiesta del pueblo. Lo agarró de las solapas y le dio un buen puñete. A cambio de lo que me hiciste de niño, le dijo. Y el profesor tuvo que pedir traslado.

—El amor por tus pacientes te llena la vida, ¿verdad?

¿Otra vez, Floreana? ¿Qué te pasa?

—No, sabes bien que soy un hombre bastante solo.

—Por tu propia voluntad...

—Quizás es por mi profesión. Padezco el síndrome del brujo de la tribu. ¿Sabes a lo que me refiero?

—Explícamelo.

—Ser médico es como ser el brujo de la tribu. El médico maneja los secretos del alma de mucha gente, se compenetra de tal cantidad de humanidad... Y no debe revelar ni sus pócimas ni sus saberes. Su arma debe ser siempre silenciosa, pero al mismo tiempo expuesta. Por eso está condenado a la soledad, porque no puede compartir. Y siempre llega a un lugar donde nadie puede ayudarlo.

A pesar de sí misma, Floreana lo mira intensamente.

—¿Nadie? ¿Estás seguro?

—Es que esa soledad interior es la única condición posible para ser el brujo: la condena del hechicero.

Floreana piensa que él se adentra en esa soledad aterrado de no poder volver atrás, mientras, a pesar de sí mismo, la busca con desesperación; incluso ha elegido una geografía de soledad porque su gran fantasía es llegar allí enteramente.

Él reacciona ante su expresión reconcentrada:

—Esto no es exclusivo de un médico de pueblo —dice con un aire algo forzado—. Sucede en varios oficios. Hasta un escritor vive esa misma soledad, también él es un brujo de la tribu.

—¡A la mesa! —los interrumpe Pedro—. El té está listo.

Repitiendo el rito de aquella noche del cordero, Floreana se sitúa a la cabecera, sentándose los hombres uno a su derecha, el otro a su izquierda. Ella toma la tetera y, separando el té del café, comienza a llenar las tazas.

—¿Qué les pasa a las mujeres allá arriba? —pregunta Pedro sin preámbulos—. ¿Es idea mía o se asemeja a un pabellón de leprosos que viven en el extraño círculo vicioso del contagio?

Mientras habla, deja su café con leche para atacar directamente con la cuchara la mermelada de arándanos que reposa en un frasco, al lado del pan humeante.

—Están tristes —responde Floreana, decidiendo obviar la ofensiva metáfora de Pedro.

—Tristes… —el pequeño David Hemmings parece reflexionar—. Para algunos la tristeza no es más que una forma de cansancio.

—Entonces, estamos muy cansadas.

El viento afuera parece jugar a las escondidas con la poca luz que resta, esa que no se ha tragado aún la tarde invernal. Floreana ve por la ventana cómo el viento arrasa la desprotegida intemperie. Siente que las maderas de la casa del doctor y el calor de la habitación son verdaderos diques; aquí está a salvo del pavoroso poder que el viento se ha asignado a sí mismo. Aquí está a salvo, a salvo.

—¿Sabes lo que me recuerdan ustedes? —dice Pedro—. Blackpool, un balneario inglés en las costas de Lancashire, frente al mar de Irlanda. Allí llegan todos los fines de semana grupos de mujeres. Se apoderan de un pequeño hotel y se dedican a emborracharse. Son en general proletarias y, como me contó una de ellas, se apoyan entre sí contra maridos aun más borrachos que las maltratan. Casi no hablan, incluso siendo amigas. Lo único que hacen es emborracharse. Es raro verlas... Dice la policía que dan más problemas que los hombres.

—El Albergue no es Blackpool —se defiende Floreana—. Aquí el motivo es la reparación, no la evasión. Pero, claro, si yo fuera una mujer de la clase trabajadora inglesa y mi marido abusara de mí, seguramente optaría por el alcohol.

—De acuerdo. Son los hombres quienes tienen el patrimonio de la fuerza física, y personalmente la aborrezco —interviene Flavián desde su puesto en la mesa, tan atractivo a los ojos de Floreana con su suéter azul de cuello subido—. ¡Pero con qué arte y sagacidad manejan las mujeres la violencia psicológica!

—¡Ahí sí que son irreductibles! —aprueba su sobrino dándole un golpe a la mesa—. Tanto como en sus verbalizaciones.

—¿Qué quieres decir con eso?

—¡Las palabras! —responde Pedro con visible buen humor—. Las mujeres sienten y viven a través de lo que se dice, nunca a través de lo tácito o misterioso. Para tus congéneres, lo que no se dice no existe.

—Estoy de acuerdo —replica Floreana—. Las mujeres siempre queremos palabras, son las que dan forma al sentimiento, las que lo hacen real. Para ustedes, en cambio, resultan innecesarias y por eso son tan mezquinos con ellas.

—No sólo innecesarias, Floreana, es más que eso: las palabras deforman el sentimiento —responde Flavián con una sonrisa irónica; se sirve una nueva taza de café puro y agrega—: No hay nada más contradictorio que la verbalización de una mujer y su actuar. Por ejemplo: repite tres veces «no consentiré» y a la tercera negación ya está entregada.

—Pero eso es divertido —dice Pedro—. ¡Nada tan delicioso como la entrega en medio de la duda! Entregarse, estrellándose contra los pudores.

—¿Pudores? El pudor femenino ya no existe... y lo echamos de menos.

—¡No te creas! —Floreana es enfática al enfrentar a Flavián; siente que, aunque sutil, la castiga de todos modos—. ¡Existe! Pero está mezclado con tantos otros ingredientes que una termina disimulándolo porque lo siente anacrónico. ¡Créeme que aún existe!

—Digamos… matices más o matices menos, yo diría que desapareció. Es una lástima… Después de todo, el temor en la mujer era parte esencial de la calentura. Había que palpar algo de ese miedo y de esa pasividad para funcionar eróticamente. Ahora ustedes son dueñas de su cuerpo, dicen lo que quieren, ¿cierto?, hacen lo que quieren, se expresan. Se han masculinizado en la cama y eso nos deja sin repertorio. Antes esto pasaba solamente en la pornografía, y ahora pasa en la realidad. La conquista ya no es necesaria y, te lo aseguro, eso mata nuestras fantasías.

—Déjate de huevadas, Flavián, no estás en una corte del siglo XIX. ¿Por qué les vas a negar a las mujeres el derecho de conquistar ellas, o incluso de asediar? ¡Qué monótono que sea una tarea siempre masculina! —las comisuras de Pedro se tuercen.

—La verdad es que está todo muy confuso —el tono de Flavián es defensivo—. Tanto hemos leído los hombres y tanto nos han dicho que hoy todo ha cambiado y que llegó el momento en que las mujeres ya no buscan sexo sino ternura… Pero resulta que si uno no se las tira, o no demuestra ganas de tirárselas, se ofenden. ¿Quién las entiende?

Floreana sonríe al percibir la vulnerabilidad disfrazada de duda.

—Las dos cosas, Flavián, las dos cosas.

—No me mires con esa cara de benevolencia, ¡como si tú estuvieras más allá del bien y del mal!

Los hombros de Floreana se tensan como los de un animal salvaje preparándose para una pelea, pero Pedro le quita la palabra.

—Tiras con cualquier mujer y es lo mismo: una gimnasia brutal, un esfuerzo agotador por sacarles un quejido, una búsqueda patética de aprobación. Ante la confusión reinante, parece acertado inclinarse por el propio sexo. Eso concluyo cada vez que discuto estos temas.

—Tú no te aproveches para sacar dividendos de esto —lo corta Flavián; luego se dirige a Floreana y pronostica, solemne—: ¡Es el caos! ¡Se ha producido la estampida! Las mujeres están interesadas en las aventuras, se sienten con derecho a vivir el amor con la misma seguridad con que históricamente lo han vivido los hombres. Empieza el juego: ellas llegan liberadas, uno las trata con displicencia, pero es todo una trampa. Nosotros les decimos: tú eres tan segura, tienes todo tan resuelto, yo no te destruiré la vida, me tomarás como una aventura, ninguno se va a enamorar… ¡No! Ya al decirlo, yo sé que lo digo para escudarme. Empieza la trampa porque, en el fondo, tengo miedo, y cuando ella llega a las sábanas empieza el miedo de ella. Se metamorfosean las soledades. Y si algo no funciona en la cama, ya no es solamente culpa mía, como antes; ahora ella, que se presume dueña de su sexualidad, pregunta: ¿qué habré hecho mal? Antes las mujeres pasivas no eran culpables si las cosas no resultaban; ahora sí, se responsabilizan porque en el sexo son activas y la consecuencia es que se culpan. Nadie cuida a nadie, ni yo a ella ni ella a mí. En la lucha de poderes, caemos en la trampa de nuestras propias palabras. Y el resultado es que ya no nos queremos.

—Mi tío es siempre muy lúcido, pero últimamente se ha puesto un poco denso. No tenemos derecho a invitar a Floreana a tomar té para echarle encima todas las neurosis que nos produce su género. Mírale la cara, ¡pobrecita, se ve agobiada!

Flavián vuelve sus ojos hacia ella, indiferente, como si en estos últimos minutos, a pesar de haberla mirado, no la hubiese visto.

—No creo que Floreana se agobie —responde, despachando las aprensiones de su sobrino—. Cuando converso estas cosas con Elena, ella las transforma en encendidas discusiones, tiene la capacidad de azuzarme y ponerme frenos simultáneamente… mientras que a Floreana nada la inmuta.

—¡Qué injusta comparación! —es casi un gemido lo que sale de la garganta de Floreana, la rabia y la pena entrechocándose—. Lo que pasa es que Elena te enfrenta con una seguridad que a mí nunca me has concedido. Elena es más inteligente que yo, tiene más mundo del que yo nunca tendré, y más encima se siente querida por ti. A mí me has tomado como el receptáculo de tus heridas y no me das nada a cambio. Si te resulto pasiva es porque contigo evito la guerra, justamente para no hacerte recordar lo que odias. Elena puede darse lujos contigo… ¡porque puede tocarte!

Se encuentra hablando como una sonámbula aunque había creído que iba a enmudecer sin remedio. Pero luego enmudece de verdad y su silencio amortigua la estridencia de tan desatinada afirmación. Se acaba de ver representando un papel que no se había propuesto, y se extraña de que la voluntad haya andado por su cuenta. El buen sentido nunca fue su gran cualidad y ahora viene de veras a hacerle falta.

Siente que Flavián busca la verdad. No lo percibe en sus palabras sino en el timbre de su voz.

—Lo siento, Floreana. Es que mis sentimientos han llegado a ser muy pobres. Como bien lo sabes, tuve la mala suerte de casarme con una mujer que asesinó poco a poco mi candor, dulcemente.

—¿Y cuántas tendrán que pagar por ella?

Flavián encoge los hombros en una actitud que a Floreana le parece insoportable.

Pedro se interpone con rapidez, cambia el giro amenazante que parece llevar la discusión: se levanta y toma a Floreana, que ya lo imitaba, por la cintura.

—¡Si yo hubiese nacido con la voz de Joan Baez! *I killed a man for Flora, the lily of the west…* —su entonación es armoniosa—. Vamos, el pesimismo puede enviudarnos la cara. Alégrate, yo mataría a un hombre por ti, Floreana, cuenta con eso.

Aunque Pedro y sus palabras la alivian, la sonrisa que Floreana le devuelve es forzada. No quiere mirar siquiera a Flavián, que en ese momento abandona la sala sin disculpa alguna. Es que la intensidad que ella proyecta sobre cada uno de sus actos no puede sino teñirlo y empaparlo todo, sea persona, reflexión o sentir. Un tinte, sólo un ligero tinte, se decía, se prometía, pero su otra voz reclamaba la mentira, descubriendo el probable cansancio del objeto de su intensidad.

Temiendo que su desgano pase a desesperanza, a los pocos minutos Floreana abandona la casa del doctor. Sale a protegerse en el disimulo de la noche.

Diez

—Se trata de tener una convicción, Floreana. ¡Una convicción tan cierta como irracional!

Negándose ella a volver a casa del médico, se encontraron al pie de la colina; han caminado por un sendero que bordea el pueblo por detrás hasta llegar a la caleta de pescadores, la que Floreana vio por primera vez desde el jeep de Flavián camino a casa de doña Fresia, hace tanto tiempo, una eternidad le parece. Los fuertes muslos de Pedro no flaquean como los suyos y su hermoso cuerpo cruza elástico por rocas y arboledas, como el buen felino que es. Al llegar a la playa enmudecen frente al restregarse incansable del oleaje al abordar la arena. Pedro se desprende de la manta que lo protege (todo gesto está destinado a repetirse, piensa ella) y, midiendo la distancia del agua, la tiende con esmero sobre la arena. Alisa las arrugas para que Floreana se acomode.

—¿Quieres saber, amiga mía, cuándo conocí yo el dolor? —le dice quebrando ese silencio casi excluyente que impone el mar—. En mi anterior visita a esta isla me dediqué a escarbar y a interrogar a mi cerebro...

—Lo que no te cuesta mucho hacer...

—Retrocedí hasta los siete años. Cuando me prohibieron hacer teatro.

—¿Siete años? ¿Qué te sucedió a los siete años?

—Estaba en el colegio y formaba parte del grupo de teatro: escribía el libreto, dirigía y actuaba. ¡Lo hacía todo! Me asigné a mí mismo el papel de diva, la súper protagonista. Y elegí al niño que más me gustaba para el papel de mi amante. Teníamos que abrazarnos. ¿Es necesario?, me preguntaba él. Lo dice el libreto, respondía yo, otorgándole a la letra impresa una objetividad separada de mí. Me vestía de mujer, me ponía unos pañuelos de cabeza de mi mamá como turbantes. En alguna ocasión usé una toalla y se me sujetaba de lo más bien con las vueltas que le di. Me colgaba encima lo que tuviera a mano, además de joyas y bisutería. Estaba apasionado en mi papel. Hasta que me llamó el cura encargado de la actuación y me previno: que tuviera cuidado con los papeles de mujer, me podían llevar a ciertas desviaciones. Luego me pidió que mejor me retirara del teatro. Mi obra se presentó sin mí. No fue el teatro mi pena: fue la brutalidad de esa impertinencia, de mi intimidad revelada.

Floreana busca una de sus manos con delicadeza y la guarda en la suya.

—Ese fue el primer dolor de mi vida —concluye Pedro.

Ella absorbe la complicidad y presiona aquella mano. Está tendida de costado sobre la manta, afirmada en su codo, lo que le permite mirarlo desde arriba. Él yace entero horizontal: sus piernas, extendidas sobre la manta, se ven más largas de lo habitual y la estrechez del pantalón dibuja con detalle cada músculo. Bajo la tela, su bulto aparece insinuante, impúdico. Su pelo está revuelto como nunca, las claras ondulaciones le ocultan la frente; sus labios relajados —llenos, ampuloso el inferior— no ostentan en las comisuras gesto alguno que llame a la desconfianza. En otra situación su impulso la habría volcado sobre ese cuerpo tendido, pero el instinto, siempre sabio, le recuerda la inutilidad. Cuando se quiebra una promesa, el dolor y la culpa estragan pero las defensas se aflojan: quebrarla de nuevo ya no resulta difícil. Lo piensa con Ciudad del Cabo bailando en su mente. Liberando su mano, Floreana se limita a acercarla a esa cabeza en abandono. Sumerge sus dedos en el cabello ensortijado, empieza a jugar con él. Al cabo de un rato se descubre a sí misma acariciándolo.

Floreana no es estúpida; sabe perfectamente qué escena está tratando de repetir, yendo hoy más lejos; inconsciente, desafía a sus fantasmas por si en el revuelo lograra espantarlos.

Imposible que esto pase inadvertido para el hombre que se tiende a su lado. Su reacción es estirar sus brazos, envolverla con ellos y atraerla a su pecho, obligándola a reposar en un abrazo angosto y constreñido, donde cada miembro reconoce a su contrario. Allí sumergido, el cuerpo de Floreana tiembla, reavivándose dentro de él marcas inevitables, ancestrales. Cuando abre los ojos, divisa el lucero de la tarde, el que anuncia la oscuridad de cada día.

—Me he prendado seriamente de ti, Floreana —su voz surge de la nada, sorpresiva al romper un silencio que no se suponía fuera a ser roto—. No te vuelvas a Santiago. Quedémonos aquí un tiempo, trabajemos, pensemos, creemos juntos.

—No hagas invitaciones irresponsables —se lo dice levantando la cabeza, dulcemente—; además, la del pueblo no es tu casa.

Pedro se incorpora, ha vuelto a ser él mismo. Responde, gesticulando:

—Pero si ya se lo propuse a Flavián y no le ha parecido mala idea. Nadie niega que él sea de baja graduación afectiva, pero sufre también el temor de todos los de nuestra raza: anquilosarse.

—No me hables de ese hombre… Estoy furiosa con él.

—No le des importancia. Lo que ocurre es que Flavián siente que las expectativas que sobre él tienen las mujeres son abusivas. Más vale reírse o relativizar ciertas profundidades. Pero no te me escurras, estábamos en otra cosa.

—Mi vida real está en Santiago.

—Floreana: ¡ésa es una declaración convencional! Espero más de ti, ¿sabes? ¿Cambia en algo la suerte de tus yaganas si tú estás en el kilómetro número uno de la carretera Panamericana o en el número mil?

—Está José…

—Me contaste que se iba a quedar todo el año en casa de su padre. Puede venir a visitarnos, ¿por qué no?

Atónita al comprobar la relación que se ha generado entre ellos, sorprendida del interés que despierta en él su persona (¿cómo ocurrió?, ¿por qué?) y desconcertada al extremo (aunque el desconcierto es tibio y reforzante, por esa ambigüedad en la que se han deslizado esta tarde), vuelve a tocarlo. Como si no pudiese dejar de tocarlo. Invadida como está, no encuentra respuestas inteligentes a mano.

—¿Estás idealizando tu vida en la capital, Floreana, Florinela, Florina? No olvides que la memoria es una obstinada falsificadora —a Pedro le gusta su contacto y le acaricia la cadera en respuesta.

—¡Eres un loco, Pedro! —se levanta de un salto, estira el cuerpo y lo invita a hacer lo mismo—. ¡Vamos! Ya oscureció, tengo que volver al Albergue.

Y ver a Elena, estar con ella, vencer este incipiente veneno. Ella no tiene la culpa de nada.

—¡Deja ese apuro! Respóndeme una sola pregunta: ¿qué es para ti la historia?

—¿La historia? —Floreana se muerde el labio inferior—. Es para asirme de algo… en realidad, es un consuelo personal.

—Entonces, si tu ambición es edificar cultura, como es la mía, cultura es todo lo que un hombre puede construir entre el polvo y las estrellas. ¿Te das cuenta del espacio enorme del que disponemos? —Pedro dirige sus ojos al firmamento.

—¿...?

—No sé si alguien lo dijo o lo inventé yo, pero es así.

Es que había caído una helada durante la noche anterior en el pueblo. Había amanecido todo congelado, hasta los pensamientos, y Floreana los llevó escritos en su cara todo ese día. Pedro ha visto esas marcas, piensa ella, por eso me invitó, por eso me abrazó. Por eso todo. Nada sucede porque sí, nada es del todo casual o inocente.

Durante esa mañana recibió la primera carta de Constanza, y con ella la confirmación irrefutable de que el Albergue —para Floreana— tiene los días contados.

A la vuelta de la playa, con la carta desdoblada todavía, relee el último párrafo y se le escapa una sonrisa.

«... todos mis desmayos y presiones son glamorosos, pero no dejan de ser desmayos. (¿No radicará el problema, Floreana, en que estamos todas disculpándonos por existir, por estar envejeciendo y seguir vigentes pero culpables porque tenemos una nueva arruga?)

»A falta del Albergue, y de ti, me fui hace unos días a Olmué para estar radicalmente sola, para evitar todo estímulo, para sentir que nadie en el mundo me requería. Me senté frente al sol en una silla de lona, por fin ociosa y sin persona alguna a mi alrededor, todos los cerros arrojados a mi cara marcando mi imperturbable retiro. De repente siento la voz de un hombre a mis espaldas que llama: ¡Carmen! No hay respuesta. ¡Carmen!

»No, no soy yo. No me llamo así, no soy Carmen. Oh, qué maravilla, ¡no me llamo Carmen! Agradezco a los buenos oficios mi nombre. Esta vez soy yo: Constanza. Esta vez no debo responder, por una vez en la vida no debo responder; esta vez no me llamo Carmen».

Floreana dobla la carta diciéndose que Constanza ama de verdad; por lo tanto, todo acto que ella hace es legítimo.

Tendida sobre la colcha blanca tejida a crochet, ha contemplado largamente el techo mientras piensa, por vez primera, en lo que significará volver a lo suyo. Santiago, la ciudad desvivida. Piensa en su cotidianidad, en los perros que le ladran sistemáticamente en las veredas —lo han hecho con ella desde que nació—, en los taxistas del paradero de la esquina con los que habla de fútbol y de política, en las eternas y calladas horas frente a su escritorio mientras los pájaros trinan en la ventana, en el Vicepresidente del partido que impedirá sus conversaciones nocturnas por teléfono con Fernandina, en Isabella corriendo entre la chacra, la mina, su marido, la crianza de sus hijos y de sus sobrinos casi huérfanos. Piensa en lo que no quiere pensar: la ciudad sin Dulce. Y aunque es temporal, contraria a la acerada permanencia de todo lo demás, en su propia casa sin José.

La sacude un sobresalto potente como esas ráfagas de viento a las que se ha acostumbrado en la isla.

Mira los papeles acumulados en el cajón de su cómoda: la vida y la muerte del pueblo yagán la esperan. Observa el espesor de las fichas y da vuelta su cabeza. No hay energías. La mayor parte del peso de su maleta era esto. Trajo muy poca ropa, porque casi no tiene. No le fue concedido ese don de la mínima mundanidad. El peso de su maleta es el de su trabajo. ¿Cómo pensar en tres meses de su vida —a estas alturas— dedicados nada más que a sus emociones? El trabajo la desembarazaría de la culpa que siente ante el dinero familiar invertido en ella, aunque ese dinero le pertenezca. No, nadie la apremia; los plazos de la Fundación son amplios, no le han puesto fecha límite. Sin embargo, se siente comprometida a apurarse. Es un problema nada más que entre su súper yo y ella.

Los papeles no han sido tocados sino una vez —para leer una ficha— desde que pisara la colina del Albergue.

Se levanta de la cama, va al baño a tomar un vaso de agua. La cabaña está vacía. Sólo la pequeña ventana del baño le regala un ángulo de la luna, como a Heidi en la casa de su abuelo en la montaña, cuando dormía en ese altillo de paja con la luna encima de ella. De esa luna parcelada cuelga algo de su infancia.

Floreana se imagina llegando a la ciudad; al abrir la puerta de su departamento, entra a la primera casa que fue suya, la de sus padres. Vuelve a correr, adulta, por ese pasillo lleno de sorpresas. Son las luces de esas muchas ventanas que dialogan entre sí, que existen unas gracias a las otras, que se refractan y complementan. Se atraviesan los olores, ¿qué olor específico era? No puede definirlo, pudo ser el pasto fresco recién cortado, la leña, las comidas. Algo de albahaca y de cebolla. Algo de ají. Algo de pulpa, jugosas las carnes en la parrilla caliente, jugosos los melones y las sandías en el verano. Es su casa de toda la vida la que está ahí, la que no le pesa por haberla acarreado siempre en el inconsciente. Cocina y pasillos, luces y olores, ésa es su casa paterna. Floreana anhela volver a oler con esa misma propiedad, pues sólo entonces podría conectarse otra vez con lo atávico, porque nunca más tuvo algo tan de ella. (El país natal eres tú, le había dicho Pedro.) Y porque ahora, más que antes, las casas han llegado a tomar un lugar tan central, una importancia distinta —verdaderas cuevas, refugios— por lo retirado que cada uno vive del otro, de los otros. ¿Es que sus casas de adulta nunca reprodujeron el olor de un horno atildado, el sabor de las hierbas? ¿Y la textura en la luz que le regalaban los vitrales a la casa paterna? No, ¡no me lo digan, por favor, si fue la única que tuve! Si he sido incapaz de impregnar ningún otro espacio, prefiero no saberlo.

Con la melodía de la más pura nostalgia, vuelve a su dormitorio, abre el cajón de la cómoda y extrae las fichas de su investigación. Se sienta con la espalda muy recta en la silla frente al pequeño escritorio. Se frota nerviosa las manos, pidiendo callado auxilio.

«En sus miradas hay algo que no es venganza ni sumisión, sino más bien la queja amarga y contenida ante la cruel necesidad de ocultar ambas cosas a la vez. Es el valor trocado en desesperación por la certidumbre de que aquel sitio es el designado para guardar sus despojos, como los últimos de una raza expoliada».

Levanta la mirada de sus fichas y a través de la ventana asoma un pedazo de isla.

Aquí en Chiloé, piensa Floreana, en su paz helada y su dura contienda con la tierra, se encuentra un trozo de Chile, casi ajeno a ese nombre y a lo que su bandera significa hoy, distante de ese pomposo despertar del subdesarrollo, esa prosperidad pagada de sí misma que a los isleños no los alcanza. Y si mi bandera ha de ser ésta, se dice ella, me siento más cercana a sus espacios de tierra sureña, pobre y desolada, que a aquéllos del norte donde tantas veces la exclusión me barre la cara, recordando mi espíritu un poco errático.

Edificar la cultura: Pedro parece burlarse de ella detrás de las cortinas. Floreana no desea malherir sus propios acuerdos, pero a pesar de Pedro son miles los Flavianes que rondan su dormitorio, los que invaden su órbita, los que le roban su cordura.

Once

Caminaban todas hacia el pueblo y, mientras bajaban por la colina, una pincelada púrpura hizo que el cielo se pareciera a las hortensias. La luz desistía con la promesa de una venidera oscuridad donde poder recogerse. Los árboles y el paisaje parecían recién hechos... o así se lo dictó a Floreana su pupila. Su sombra, que no había cesado de serpentear al sol, se proyectaba ahora en la penumbra por delante de ella.

Él estaría allí: directo, desenfadado, quizás lejano, pero al fin y al cabo siempre él.

Agiliza el paso para alcanzar a Olivia, que se ha adelantado junto a Toña y Angelita. Detrás viene Elena, acompañada de Olguita, Aurora, Cherrie y Maritza. Rosario, Graciela y Patricia conforman un último grupo que ha esperado a Consuelo, atrasada como de costumbre.

—Con la edad, las curvas empiezan a desperfilarse —había comentado Patricia mirándose al espejo con gesto crítico, en el salón de la casa grande—. Descubres la papada en vez del mentón, las piernas ya no son piernas, se engrosan las muñecas... pasan a ser «muñecas de muñeca», como las de Cherrie.

—¿Tanta autocrítica para una simple fiesta del pueblo? —pregunta, sospechosa, Graciela a sus espaldas—. ¿No tendrás alguna intención escondida?

—Escondida, nada. Le tengo echado el ojo al doctor ése desde que llegué, pero no me ha dado ni la hora. A ver si hoy consigo al menos bailar con él. ¿Cómo nos vendría un pequeño atraque, para empezar a hablar?

—No, yo estoy en otra, no quiero saber de atraques ni nada parecido...

—El invitado del doctor es mucho más atractivo que él. ¿Se lo han topado? ¿No lo han visto en el almacén o en la Telefónica?

—Sí, por favor, lo capté el mismo día que llegó. ¡Es estupendo! ¿Han visto la facha sexy que tiene?

—Lo que es yo, nada de profesionales dándoselas de caritativos con los isleños; a mí me gusta uno de los pescadores, un macho recio, muy fornido. ¡Ojalá venga hoy día!

—Ah, no, yo soy clasista, nada de pescadores. A mí me gusta el ingeniero de las pesqueras.

—¡Supiera el cura las connotaciones que le estamos dando a su fiesta! Se le caería el poco pelo que le queda...

Una especie de mareo acomete a Floreana. Retiene el aliento al experimentar un descenso en su humor, un bajón que muy luego se convierte en temor, y asoma en ella la tentación de prohibirse para siempre toda expresión, ya que evitar el sentimiento, definitivamente, no está en sus manos. Mantiene su fisonomía imperturbable, consciente de estar al borde de volverse vacilantemente mentirosa.

Ya lo sintió la noche anterior, después de la comida, cuando Angelita lanzó en la cabaña lo que a su juicio era una pregunta crucial:

—¿Qué nos vamos a poner mañana para la fiesta? Acuérdense, chiquillas, ésta no es sólo la fiesta del pueblo, también es nuestra despedida. La de Toña, la mía y la de varias otras. ¡Vamos a partir todas juntas!

—Elena, con justa razón, quiere matar varios pájaros de un tiro.

—Yo me voy a poner mi minifalda naranja, la de cotelé. Me hace juego con el pelo.

—Te vas a cagar de frío con una mini... —opina Olivia.

—¿Quién se caga de frío bailando? —responde Toña—. Además, me queda regio...

—Sí, ¡se te ven unas piernas espléndidas, espléndidas! —exclama Angelita.

—En honor al cura, me voy a sacar la chaqueta amarilla. Pensándolo bien, es entretenido usar faldas, por una vez que sea. Traje una muy cortita, de esas que usan las argentinas.

—¿Y tú, Floreana, cómo te vas a vestir? —interrumpe Angelita—. Mi camisa de cabritilla te queda tan bien... pero ya te la pusiste para esa comida donde el doctor.

—Media huevada —interviene Toña—, ¿tú crees que los hombres se acuerdan?

—Me da lo mismo qué ropa usar…, mañana veré.

—Che, ¡qué indiferencia! —la mira de reojo Olivia.

Al día siguiente, cuando se acerca la hora, la cabaña es un solo gran desorden: las toallas tiradas en cualquier parte, las blusas y los suéteres desparramados; los adminículos de belleza inundan los dos baños y la mesa del desayuno.

Toña se ha ofrecido como maquilladora oficial. Mientras le echa una base de polvos compactos a Olivia, suspira.

—Me parte el alma dejar el Albergue.

—No pienses en eso, concéntrate en esta noche.

—De acuerdo —interrumpe su trabajo y sonríe—. Parecemos cabras chicas. ¡Qué fantástica nuestra capacidad para engancharnos con cualquier lesera!

—¡Una fiesta en el gimnasio del pueblo…! ¿Habríamos sospechado en Santiago que algo así nos iba a excitar tanto? —ahora la que suspira es Olivia.

—La gracia está en bailar. Yo no bailo desde que llegué aquí —especifica Toña.

—Lo que es yo, hace más de un año —informa Olivia.

—Y yo, desde Ciudad del Cabo —replica Floreana—. Vale decir, una eternidad.

—¿Y si nadie nos saca a bailar? —se preocupa Angelita.

—Bailamos entre nosotras, eso es lo de menos —la seguridad de Toña impregna el aire.

Avanzan en tropel hacia el gimnasio. De lejos se escucha la música, un ritmo de merengue le saca ya los primeros pasos a Angelita que, alegre, grita «¡viva la parranda!» El estómago de Floreana se recoge. Flavián es amigo del cura, no puede faltar. Odia esta ansiedad adolescente, su vértigo anticipatorio.

Han transcurrido seis días desde ese domingo ventoso y no lo ha vuelto a ver; tampoco ha enviado él señal alguna. Sus citas con Pedro, en cambio, han sido diarias. Pedro se ha introducido en su existencia sin que ella alcanzase a advertir la relevancia que han llegado a adquirir esos encuentros. Transcurren lejos del policlínico, en total discreción. Floreana se arranca del Albergue después del almuerzo y llega en la tarde a la convivencia colectiva sin que nadie haya notado su ausencia. Se ha saltado varias horas de silencio y eso sí le genera culpa. Constanza la habría sorprendido, pero Constanza ya no está. Angelita y Toña han ido cerrando progresivamente un cerco en torno a sí mismas, involuntarias excluyentes, concentradas de tal modo la una en la otra que Floreana no cabe allí. Olivia no importa, es nueva, pasa poco en la cabaña, se ha identificado con las intelectuales más que con ellas y no parece atenta a la rutina de esos dos dormitorios.

Para justificarse, piensa que sus indisciplinas han sido válidas porque Pedro le transmite alegría: con él se siente alegre como alguna vez lo fue, ya no recuerda cuándo. ¡La alegría! Si algo caracteriza a las mujeres del Albergue, pese a los dolores con los cuales cada una llegó, es que todas son alegres; todas menos ella, cree Floreana. Las mujeres en general son alegres cuando conviven entre ellas, piensa, y tienen una enorme capacidad de reírse de sí mismas. ¿Por qué yo no?

Pedro es su alimento, Pedro es su juego, Pedro es su baile. Es, en una buena medida, su desafío. Pedro drena su asfixia. Con Pedro el tiempo interno se burla del externo, con él ríe, con él habla de lo recóndito. Pedro es su pleito. A él puede tocarlo. De hecho, lo hace cada día con más desenfado, y aunque sus manos no son catedrales, acarician de vuelta. Actúas por un mero mecanismo de reemplazo, le dice una de sus voces con severidad. No, responde la segunda voz, porque no llegarás a ninguna parte con Pedro. Es como tener un pedazo de Flavián, dice la primera, es tu puerta hacia Flavián. ¡Mentira! Floreana se enoja con sus voces: Flavián no tiene nada que ver con esto; ¡y no toquen a Pedro!, ¡él es suficiente en sí mismo y yo soy su amiga! ¿Has pensado en lo joven que es,

Floreana, y además en que nunca harás el amor con él? Lo sabes, ¿verdad? ¿De qué te sirven sus manos, entonces, y ese pecho caliente? Al menos Flavián es un hombre.

¡Cállense!

Desde la puerta del gimnasio, observa en panorámica el paisaje de la fiesta. Al fondo de la amplia sala están las bebidas, sobre un largo mesón cubierto con un mantel plástico de cuadros azules y blancos; al lado, el sacristán vela por la radio gigante y por las cassettes, designado por el cura para hacerse cargo de la música. A cada costado de la sala, dos hileras de sillas se ordenan en fila, una al lado de la otra; son las sillas de la escuela. Allí están sentadas las mujeres del pueblo, todas endomingadas, siempre recatadas, con las piernas muy juntas, estirando y bajando constantemente los bordes de sus faldas. Los más viejos las acompañan. El resto de la concurrencia deambula en grupos o baila. Varios jóvenes se han concentrado, bulliciosos, al lado de las bebidas y toman cerveza, chicha de manzana o vino tinto, riendo entre ellos. El Curco y Maruja, que han llegado temprano a ayudar, sirven papas fritas y pequeños trozos de queso fresco. La imagen de Maruja la enternece: a pesar de tener manos de carbonera, hoy en la tarde se ha dado el tiempo para pintarse las uñas, extrayendo de su baño un modesto frasquito de esmalte rojo, un gesto que le sugiere a Floreana el inmenso esfuerzo que toda mujer hace, sea cual sea su situación, para no abandonar su cuerpo.

El Payaso, rapado y aparentemente sano, baila con la señora Carmen, la del almacén, y Floreana se pregunta cuál será la famosa María que siempre se esconde en la bodega con el azúcar. El cura, como buen anfitrión, va de aquí para allá, pendiente de todos, hablándole a cada uno. El alcalde también se ha arrimado al mesón del fondo y desde allí conversa, muy serio con su vaso en la mano, con el carabinero del anillo con la piedra roja, con el presidente de la Junta de Vecinos… y con el médico del pueblo. Ya, por fin sus ojos dieron con él. Como todos los demás, se ha vestido con formalidad para la ocasión y a Floreana no le pasan inadvertidas su chaqueta azul y su corbata, ni lo estilizada que se ve su silueta. Pedro, en cambio, con sus estrechos bluyines y una casaca de cuero, más parecido que nunca a David Hemmings —«buenmozo, buenmozo», dijo Angelita—, está situado al costado izquierdo de la pista con un grupo de pescadores y aparentemente les cuenta algún chiste.

Nadie puede ignorar la llegada de las mujeres del Albergue, son tantas que en un instante cambian el panorama del gimnasio.

Cuando Pedro la divisa, deja a los pescadores y atraviesa la sala, avanza hacia ella y se apresura a abrazarla ante la absoluta sorpresa del resto de las mujeres, que sólo sabían que fue invitada a comer una noche por este admirador de sus libros.

—He convocado a los invencibles dioses de la lascivia y de la perversión, como dice un amigo mío, ¡para sobornarte los sentidos! —se lo susurra como si acabase de oír a las voces de Floreana peleando.

Floreana es incapaz de establecer en ese instante los motivos precisos de su goce, pero la risa que le devuelve a Pedro es una risa iluminada. Hasta que ve de pronto al alcalde caminando solo hacia Elena y, al escrutar la mirada de Flavián, percibe que ésta se cubre de una fina desidia, irradiando una distancia infranqueable. Nadie, ni siquiera Elena, se ha atrevido a acercársele. (¿Elena? ¿Tampoco Elena?)

Cuando el sacristán ve que todas ya se han incorporado, cambia la música y a todo volumen empieza un ritmo de cumbia que tienta a los invitados con *El negro José*. En un momento la pista se repleta. Pedro saca a Floreana a bailar, qué bien lo hace, mientras los jóvenes disuelven su grupo y también los pescadores, y se prueba que las aprensiones de Angelita eran infundadas: cada mujer del Albergue se ha hecho de una pareja para la cumbia y todas aprovechan para cantarla ruidosamente. Sólo el cura, el carabinero y Flavián se han quedado inmóviles al fondo del gimnasio, observando.

La fiesta se ha armado. Cuando Floreana siente las primeras gotas de sudor sobre su frente y su cuello, Ciudad del Cabo se hace presente: no olvida que el baile y su voluntad nunca van de acuerdo. Mientras los ritmos sean movidos, está salvada. Teme los brazos de Pedro, la sensualidad de Pedro, el

327

cuerpo de Pedro, su pubis siempre abultado. No debe su vientre dislocarse...

Y sus temores se confirman: el ritmo cambia de improviso y una voz empalagosa entona las primeras notas de *El rey*. ¿Cuántas veces ha escuchado las increíbles palabras del mexicanísimo José Alfredo Jiménez, dejándose cautivar por ellas a pesar del rechazo intelectual que le causaban? Ante su estupor, ve a Flavián avanzando hacia ella. Sin preguntarle nada, la toma por la cintura y Floreana se deja llevar: el baile ha comenzado. Pulcro, medido, él da pasos exactos y mantiene la justa distancia física que dictan el buen gusto o la prudencia.

—No te he visto en estos días —dice él sin mirarla, su boca próxima al oído de Floreana.

—No.

Está sorprendida; lo ha controlado desde lejos y sabe que es primera vez que él pisa la pista. La ha elegido, según la lógica económica de Constanza, en un momento en que las opciones de inversión son vastas para él y la competencia muy alta para ella.

—Me has hecho falta. Parece que me estoy acostumbrando a ti.

—Al revés, yo trato de desacostumbrarme —le contesta espontáneamente Floreana.

—No necesitas hacerlo. ¿Para qué? —todavía no se miran, hablan cada uno al aire a través de la cabeza del otro.

—Tú lo sabes.

—¿Qué es lo que debiera saber?

—Lo fácil que resulta vulnerarme. Yo muestro de una vez todos los flancos, no disimulo, no guardo nada... ¡No sé protegerme!

Entonces Flavián la mira; ahora sus ojos son risueños.

—Por eso resultas querible. Debes ser el último ser humano en este planeta que todavía no se protege. ¡Pero no lo hagas conmigo! Yo no te voy a comer, te lo prometo.

El cierre que él da al abrazo es leve, muy leve, pero ella lo percibe. No en vano es la primera vez que siente ese cuerpo envolviéndola, es lo más cerca de él que ha estado nunca. En Puqueldón fue su mano, sobre el caballo fue sólo su espalda, en la caleta fue su brazo. Ahora es todo su cuerpo, todo su cuerpo. Manteniendo el aire risueño, él agrega:

—Debo reconocer que estoy un poco celoso del Impertinente. Me da la impresión de que ustedes ya no se separan...

—Acertado, doctor, acertado.

—Y eso, ¿por qué razón?

—Porque él tampoco se protege.

A Flavián no se le escapa la mirada inteligente y directa de Floreana, y continúa el baile en silencio, mientras ella se ordena a sí misma: debo resistirme a sus palabras; tratándose de él, ya ha dicho muchas, ¡por favor, que no me sumerjan en la embriaguez del romanticismo!

Súbitamente pendientes de la canción, ambos parecen escucharla muy atentos. Cuando termina, Flavián la suelta y ella entre que ríe y se emociona; a su vez, él sonríe burlón e irónico:

—Toda una pieza *El rey*, ¿no te parece?

Ella vuelve a reír, incapaz de hablar, como una colegiala. Se pregunta qué debe hacer ahora.

—Está bien —dice él como si le respondiera—. No te muevas de aquí: voy a pedir que toquen algo adecuado para ti.

Floreana se queda parada en la pista, inmóvil, rogando que nadie se le acerque para que él pueda volver, y se da cuenta de que está siendo observada. Son muchos los que la miran mientras Flavián se aproxima a la enorme toca-cassettes que los convoca desde el fondo del gimnasio.

—Adelante, doctor, ponga lo que usted quiera —le dice el sacristán.

Flavián introduce su mano en el bolsillo trasero de su pantalón y extrae una pequeña cinta que coloca con mucho cuidado en el estruendoso aparato. ¿Venía preparado?, se pregunta Floreana, atónita. Vuelve donde ella, que se ha mantenido sola, le dedica un gesto galante, se inclina con una venia y la toma entre sus brazos.

Doce

Llegan las primeras notas a sus oídos ya perturbados.

—¿Un tango entre gaitas? ¿Qué es esto?

—Es Loreena McKennitt —responde él mientras acomoda su mano derecha en la espalda de Floreana, un poco más arriba de la cintura—. La irlandesa, ¿te acuerdas? Pedro nos la presentó.

—¡Qué belleza! Y qué extraña esta música aquí, en la isla de Chiloé.

—Es una primicia... para ti, para los dos... Se llama *Tango to Evora* —estrecha el cuerpo de Floreana contra el suyo y baja la voz—: Entrégate.

Como una orden.

No era un misterio para Floreana que Flavián poseía, con respecto a las mujeres, un riguroso código personal. No sólo por cuidarse de lanzar frases afectuosas indiscriminadas, sino por el temor de que sus propios dichos lo comprometieran. Y esta vez lo desconoce. *Entrégate.*

Floreana percibe una corriente de timidez en el círculo humano que la rodea. El pueblo no tiene una respuesta danzante para Loreena McKennitt, ella está fuera de lugar, es un elemento demasiado foráneo, aceptado sólo porque viene del médico. Solos en la pista, los primeros pasos le resultan un suplicio al saber que todos los observan. Estoy dando el espectáculo de mi vida, todo mi absurdo al descubierto. Elena me mira fijo, Toña y Angelita me señalan, Pedro está sonriéndome desde lejos: todo eso cruza su mente hasta el momento en que, en una especie de arrebato, Flavián le oprime la espalda, hunde las manos en su carne encerrándola y al ritmo de la música la obliga secretamente a situarse en el lugar exacto, el que ambos necesitan para sentir. Baja su cabeza, la acerca a la de Floreana, su barbilla recién afeitada con olor a limpieza viril repasa primero sus mejillas, luego su cuello, para detenerse a hurgar en el nacimiento de ese cabello negro y grueso que alguna vez ella peinó en una trenza. No importa, nada importa, es lo último que alcanza a pensar Floreana antes de registrar que sus pantalones son delgados, bendita Angelita que la obligó a ponérselos cuando ella pensó que no la abrigarían, delgados, disponibles, virtual desnudez para cada uno de los pliegues del hombre que la toma, antes de perder por completo la lucidez.

Entonces el pueblo se nubló, porque la pelvis de Flavián comenzaba la búsqueda de la suya, ensayando flanquearla, cubrirla. Claro, las decenas de ojos no fueron más que pequeñas luces remotas que los acompañaban en una lejanía otra, ajena.

El alma desmayada arrojando este suspiro, ay,
y caída en los brazos del amor divino.

¿Qué bendita irlandesa ha cruzado el océano con su música para convertir su cuerpo en una brasa, en un puro deseo? Él la busca con aspereza, la instala en una emoción precisa. Los guía el puro instinto, y los lleva a escoger lo mejor. Esto es el comienzo del fin, siente el corazón contraído de Floreana. El ritmo ha penetrado sus venas, sus arterias, sus vasos comunicantes hasta no dejar un solo espacio libre. Floreana entregó sus escudos defensores y Flavián los horada como si fuese su adversario o, peor aun, su constructor. Porque cerrando ambos los ojos, el rapto arrasa con toda existencia posible: gimnasio, Albergue, pueblo, isla, todo lo que no fuese una mano que descendía por su cintura ciñéndola, ciñéndola, una pelvis que gira con urgencia tanteando a su opuesta, hasta ensamblarse, hasta atornillarse amalgamadas en un algo de fuego, lenguas del más allá que ya ninguno controla, que ninguno planificó ni previó. El mármol por fin derritiéndose, la seducción convirtiéndolo en materia flexible para miembros ayer agarrotados. Eran sólo dos cuerpos abrasados, dos cuerpos que se imploraban en el peor y más febril, el más delirante de los abrazos, buscándose voraces, absortos en esa necesidad eterna hasta encontrarse y sólo entonces se funden el uno en el otro y en el sonido amoroso del tango que no es tango sino quebranto que se adhiere a la vida de una mujer, y Evora los quemó como nada lo había hecho por siglos y siglos.

Se imploraban tanto.

Hasta que la música —¡nada es eterno, Floreana!— terminó y ella despertó de esa violenta dicha. Abrió los ojos y encontró una realidad nocturna frente al mar. Y el pueblo aplaudió, la gente del pueblo aplaudió su fiebre.

Sus mejillas están tan azoradas, su rostro tan desencajado y sus muslos tan húmedos que no puede sino mirar el suelo. Cada parte de su cuerpo se envuelve en tal temperatura que resulta imposible dar la cara a nadie. La reconforta ver a Flavián en igual estado, mirando hacia abajo, los brazos colgando como si le sobraran, vacíos, como si no supiera ya qué hacer con ellos, incapaz de enfrentar ni al público ni a ella. Entre ambos, el silencio estruendoso, absoluto. Un silencio feroz. La definitiva absorción de cada uno por el otro no puede sino anclarlos en el mutismo.

Este latido tuyo recorriéndome.

Ni siquiera Ciudad del Cabo —en su repetición— la rozó esta vez.

Floreana no pudo con su propio cuerpo. Solamente Flavián conocía la verdadera dimensión de ese abandono, sólo Flavián podría discurrir ahora sobre lo que han tocado. Él ha cubierto su fragante desmesura, un cuerpo desmadrado, como un potro arrancado de las manos del hombre que lo quiere domesticar. Desbocado por el tango, por unos brazos calientes,

334

por un pubis duro y rastreador. Esa dureza, la que ya se ha acoplado —sin vuelta atrás— a su propia carne, podría hacerla sucumbir, rendirla para siempre, directamente matarla. Todo gracias a una irlandesa que juega a disfrazarse de tango y que los reúne en este rincón de un sur casi austral frente al Océano Pacífico, en un remoto país llamado Chile.

Entonces Floreana se va. Entre nieblas ve que se acerca Prosperina, una de las empleadas del Correo, bamboleando sus enormes pechos, cimbrando su cintura, abriendo los brazos para bailar con el doctor como si todo el gimnasio se hubiese arrebatado, como si la excitación de Floreana, extendiéndose, provocase el goce de cada criatura allí presente.

Flavián, con paso lento, vuelve donde el sacristán, retira su cinta, la guarda en el bolsillo trasero del pantalón y, ya con ritmos familiares, toma otro cuerpo de mujer sin que sus ojos busquen siquiera a Floreana.

La fiesta continúa.

La pista está libre. Quédense con su bendito doctor, se lo regalo a ustedes, cómanselo entre todas. Yo me voy.

Y la fiesta continúa.

Nadie le pone atajo. Floreana sube el cerro hasta el Albergue, sordas escalan sus piernas, no percibe la oscuridad. No es posible ignorar el invierno ni el mar, pero ella lo hace... No se detiene hasta llegar a la cabaña, entra en su dormitorio y se tumba sobre la cama. Porque efectivamente fueron convocados los dioses de la lascivia y lograron sobornar sus sentidos. Porque durante ese tango sintió lo incógnito.

¿A cuántos gestos les hemos dado el nombre de amor?

Ahogada, turbada, y sin embargo extrañamente engrandecida, ya no podrá ser, quiéralo o no, la misma. ¡Dios mío, el deseo! ¡Cuán avasallador e inoperante, cuán irreversible!

Trece

Tras un obstinado insomnio, Floreana amaneció nublada. Los sucesos de la noche habían sido tan intensos que la dejaron ciega para el próximo día. Ni pensar en abandonar su cama: el ruido familiar sobre el techo, reconfortante y monótono, indica que hay lluvia. La contempla por la ventana. ¡Se va a instalar para siempre aquí esta lluvia! Por primera vez durante su estadía en el Albergue —la que terminará más pronto de lo que ella quisiera— no se ha levantado, faltando a sus tareas matinales. Llamó al impulso, al único que podía interrogar, para preguntarle cómo sacarse del cuerpo esos anhelos ancestrales; pero el impulso no le respondió.

Las sábanas son Flavián: ropaje para su tibieza, cómplices para su desate. Son su cobijo. Se apega a ellas, se esconde en ellas, las sujeta, ¡que no se escurran! Pasan las horas matinales y ella espera, no sabe qué. Una pequeña voz comienza poco a poco a zumbarle dentro y le muestra una cierta cobardía... hasta obligarla a detener su devaneo y enfrentar el mundo más allá de su dormitorio. Vasto o diminuto el mundo allá afuera, pero mundo real al fin. No sabe si la realidad, sólo por serlo, resultará más consistente. O si la expresión de otros ojos será un espejo más eficaz de sí misma. Se levanta, cruza la pequeña sala vacía, las puertas de los otros dormitorios están cerradas. Se acerca a la de Angelita, no, no tocará, no dará los dos golpecitos de siempre, se asomará nada más por si también ella se ha quedado dormida; sí, Angelita duerme con la placidez de una niña. Angelita no está sola, Angelita duerme en el abrazo de Toña.

Floreana cierra la puerta muy despacio.

El hambre la empuja a salir de la cabaña. Se coloca un buzo con rapidez sobre el piyama, se echa la manta encima y corre a la cocina, no quiere ver a las demás, no aparecerá por el comedor. Llega empapada, toma el primer paño que encuentra a mano y busca a Maruja mientras se seca descuidadamente la cara y las manos. Maruja no está. La chiquilla del pueblo, una de las que van por el día al Albergue para ayudar en la cocina, le informa que Maruja está enferma. ¿Enferma?, ¿qué quiere decir eso, a estas alturas? ¿Pescó un resfrío o se volvió loca? No, algo le cayó mal anoche, muy mal, no puede levantarse, ha venido el doctor a verla.

—¿Quién? —pregunta nerviosa, olvidándose del hambre.

—El doctor, pues. La señora Elena lo mandó llamar. Llegó en el jeep con el Curco.

—¿Y está aquí? —helada, suelta el paño y lo deja caer al suelo.

La chiquilla no alcanza a responder, vuelve la cabeza hacia la puerta trasera de la cocina al oír voces. Floreana piensa esconderse, pero es tarde: Elena y Flavián están ahí y se dirigen hacia ella. Él lleva puesto su delantal blanco y de su mano cuelga un pequeño maletín. Es el doctor, ya no el hombre del tango; ha recuperado su aplomo y así lo demuestra al saludarla. Ella responde algo ininteligible, algo parecido a un saludo, y recoge el paño de secar, lo que le permite no mirarlo de frente.

—¿No quieres tomarte un café? —lo invita Elena.

—Muchas gracias, no puedo. Tengo a varios pacientes esperando, les avisé que volvía pronto. Hago los arreglos para Maruja y te aviso —siempre de pie, mira de paso a Floreana y, como en un intento de incluirla, le informa—: Es la vesícula, le está jugando una mala pasada.

Floreana se consterna: ¡pobre Maruja!, ¡qué lesera!

Elena precede a Flavián hasta la puerta de salida. La cocina es larga. Cuando Elena atraviesa el umbral y desaparece, Flavián se vuelve y se acerca a Floreana. Le roza con un dedo la mejilla y le dice con un tono cariñoso, pero —para el gusto de ella— demasiado dueño de sí:

—Nada de arrepentimientos, ¿verdad?

Floreana se ruboriza. Balbucea un «no».

Él vuelve a acariciarle apenas la mejilla y sonríe, como si algo lo divirtiera.

—Yo creí encontrarme con una recia exponente de los noventa, y me veo enfrentado a una damisela del siglo XVIII.

Se va, dejando la cocina vacía. Más vacía de lo que nunca estuvo.

Floreana no se ha movido, sigue cerca de la puerta con el paño en la mano. Así la encuentra Elena. ¿Por qué ella nunca muestra huellas, ni de lluvia, ni de sueño, ni de cansancio? Esto resiente a Floreana, que sólo constata en Elena un justo grado de impaciencia.

—¡Todo amaneció tan desordenado hoy! —exclama—. Nadie se levanta, Maruja está enferma… ¡Un desastre!

Floreana no abre la boca ni se mueve. Elena se acerca al fogón y levanta la tapa de una enorme olla que hierve.

—¿Tienes hambre?

—Un poco.

—Siéntate. Hay litros de caldo de gallina, para todas las trasnochadas.

Su sonrisa alivia a Floreana, que toma una silla y se sienta cuidadosamente. El pan está sobre la mesa al lado de un enorme corte de queso fresco. Lo toma y parte un trozo con la mano; mientras lo saborea recuerda que no ha probado bocado desde la tarde de ayer. Le sabe bien, tan bien como la llama del fogón y ese olor a sopa reparadora en un día frío. O como todo lo que la cobije, todo lo que la inunde de nostálgica domesticidad. Luego de servirle un enorme plato de caldo,

Elena despacha a la chiquilla, la envía a acompañar a Maruja, y ambas mujeres se quedan a solas.

Floreana mira su cuchara. Ha desaparecido el bienestar, fue tan breve. No osa levantar los ojos, ésta es la última situación que habría deseado. Y como se decretó de antemano vencida, no la sorprende la pregunta que Elena le dispara, arrancándole las nubes de su cabeza.

—¿Por qué abandonaste de esa forma la fiesta anoche?

—No sé.

—Si no quieres hablar, estás en tu derecho —su modulación a la vez cálida y asertiva confunde a Floreana; están sentadas frente a frente y Elena, apoyando los codos en la mesa y sosteniendo su barbilla con ambas manos, da la impresión de contar con todo el tiempo del mundo.

—¡No hay caso! Si es siempre lo mismo, Elena... en un baile yo puedo dejar mi vida.

¡Por la cresta!, se recrimina.

—¿Recuerdas que te lo dije un día? No puedes forzar la castidad, eres muy joven para eso.

—Créeme, ¡lo he intentado tanto! —un eclipse, piensa Floreana, que se escondan la luna y el sol para que nadie me vea.

—Lo que prueba lo inútil que ha sido. El deseo es feroz, ¿verdad? Puede dar tanto miedo.

(¡Cómo es posible que un cuerpo determinado encienda y duela así! ¡Cómo es posible que su solo contacto, o sus huellas, perfore así!)

341

—Te vi anoche, Floreana. Todas te vimos, y el pueblo también.

Ella no responde, hunde la cuchara en su sopa como si en eso se le fuera la vida, rabiosa de sentirse tan poca cosa ante Elena, de palpar su superioridad, de comprobar una vez más —en desmedro de sí misma— la enorme distancia que las separa.

—No necesitas decirme nada. Sé perfectamente en qué estado te encuentras y creo que te convendría escucharme: estás dando una pelea difícil. Han pasado muchas mujeres por el Albergue, algunas con bastante más experiencia y destreza que tú en estas lides, Floreana, y ninguna se ha atrevido a dar semejante pelea. Flavián las paró en seco... Pero contigo es extraño, ha llegado más lejos.

—¡No soy, ni con mucho, una conquistadora, Elena! Si las otras hubiesen tenido mis oportunidades, otro gallo les habría cantado. ¿Te das cuenta de que es sólo el azar? Probablemente a ninguna de ellas le tocó acompañarlo a una isla y quedarse aislada con él por una tormenta... o escribir libros que justo su sobrino hubiese leído. Puras casualidades, no es que yo sea mejor que las otras. Al revés, yo no sé conquistar.

—Tu encanto puede radicar exactamente en eso, quién sabe. Debo reconocer que te admiro, ¿sabes? Corres un riesgo, uno que yo conozco, y tal vez puedas ganar.

—¿Uno que conoces?

Elena la mira inquisitiva, irresoluto el aguamarina de sus ojos. Luego suelta la mirada junto con las palabras.

—¿Sabes cuántas veces me han preguntado sobre mi historia oculta? Todo el mundo supone que tuve una antes del Albergue.

—Muchas veces, imagino.

—Bueno, yo nunca digo nada, porque he llegado a creer que tal historia no existió. Pero tú, en tu corazón, ya la sabes, ¿no?

Insegura de cómo readecuar con este nuevo elemento sus respectivas realidades, dudosa de desear hacerlo, Floreana trata de incluir el horizonte y el detalle en la misma mirada.

Catorce

—¿Flavián...?

¿Cómo puede una palabra tan gruesa convertirse, con su voz, en delgadísima?

—Fue mi última historia de amor. Más bien, de la imposibilidad del amor. Después vino la retirada. Pero mi retirada fue auténtica, es importante que lo comprendas.

—¿Qué pasó? —pregunta, atónita, Floreana.

—Vamos por partes. Fuimos compañeros en la Universidad, él estaba varios cursos más abajo que yo y era uno de mis tantos enamorados. Yo no le di mayor importancia entonces; me gustaba, cierto, pero también me gustaban otros. Nos volvimos a encontrar mucho tiempo después en un curso de psiquiatría, en California. Flavián ya se había separado una vez porque su mujer se fue con otro, y estaba a punto de separarse de nuevo... de la misma mujer, tú sabes. Sufría mucho. Me enamoré de él, perdí la cabeza y, gran error, me desviví en el esfuerzo de curarle las heridas. Verás, Floreana, para Flavián entonces la pareja era un campo de batalla, con verdugo y con víctima, donde uno debía vivir y el otro morir. Se consideraba un esclavo de su mujer y la verdad es que lo era.

A pesar de la profunda atención con que Floreana escucha, una puntada en el vientre la distrae: su
imaginación la lleva al departamento de Elena en
el Albergue, convirtiendo el floreado del tapiz de
los sillones en siniestras flores vivas que atrapan a
Flavián, se enroscan a su alrededor hasta maniatar-
lo, induciéndolo a que por fin las muerda...

—Fuimos extremadamente discretos; sin embargo, ella se enteró. ¡Un desastre! Esta mujer decidió emprender la reconquista. ¡Qué mal tiempo
fue ése! Tú sabes bien cómo las mujeres, en su lucha por lograr la estabilidad, se ponen ansiosas...
A medida que él percibía esa ansiedad, ambas lo
íbamos perdiendo. Fuimos tontos, él y yo: al no
ser capaces de vivir lo permanente, transgredimos
lo transitorio y arruinamos la relación. Él se hartó
tanto que ya no distinguía si me amaba o no; pienso que en ese hartazgo ni siquiera sabía reconocer
quién era yo y qué le ofrecía de nuevo. En fin, no
fue mi mejor *performance*, Floreana.

Elena calla. Se observan en silencio, pesadumbre contra pesadumbre. Floreana busca sus cigarrillos en el bolsillo de su buzo. Los encuentra,
prende uno y aspira el humo con alivio. Elena no
fuma.

—Cuando su mujer se embarazó sin decírselo,
yo perdí definitivamente la pelea. Flavián se quedó
con ella.

La incredulidad de Floreana no es una pose, el
asombro la enceguece.

—¡No te creo, Elena, te juro que no te lo creo!

—Pero, Floreana… ¿por qué no?

—¿Cómo por qué? ¡Ante nuestros ojos, y los de tantos, tú eres una mujer imbatible! ¿Quién es Flavián para haberse dado ese lujo? Me resulta difícil imaginar que un hombre te pueda haber dejado. ¡A ti, Elena!

—Sí, a mí —repite con humor, divertida ante la reacción de la mujer sentada frente a ella—. Dos cosas importantes, Floreana, para no olvidar: primero, no existen las mujeres todopoderosas, el amor no hace diferencias y arremete con todas por igual, porque es, gracias a Dios, una demencia muy democrática; segundo, los hombres actuales tienen una característica bastante rara: quieren lo que no tienen la valentía de elegir. No olvides eso. A mí me quiso y no me eligió. Bueno, más tarde también la dejó a ella.

—¿Y por qué se vino al sur, entonces?

—Tuvo un problema en la clínica donde trabajaba.

—Sí, lo sé. Él me lo contó.

Elena se sorprende genuinamente.

—¿Te lo contó él? Pero ¿a qué grados de intimidad has llegado, mujer? No es una historia que Flavián suela relatar.

Floreana ríe suavemente, sintiéndose por primera vez dueña de algún poder sobre ese hombre aparentemente tan disputado.

—Sigue —le dice a Elena.

—Entre sus remordimientos, continuaron los problemas con su mujer. Ella insistía en quedarse con él. Flavián le propuso que anularan el matrimonio, le dijo que estaba dispuesto a pagar su consentimiento con este mundo y el otro. Ella aceptó y él pagó el precio muy confiado. ¿Qué crees tú que hizo ella luego de haberlo esquilmado? Se negó a firmar la nulidad. A eso se llega cuando no existe una ley de divorcio; la famosa nulidad en este país da lugar para las peores manipulaciones. ¡Y mejor ni te cuento cómo lo chantajeó con los hijos!

—En otras palabras, siguen casados... —murmura Floreana, consciente de que siempre le vienen a la cabeza las cosas importantes y las secundarias al mismo tiempo.

—Y lo estarán, en las formalidades vacías, hasta la muerte. Así lo ha jurado ella, al menos.

—¿Y qué quiere conseguir, si ya lo perdió a él? —Floreana recuerda la facilidad con que ella había firmado la nulidad de su propio matrimonio cuando su marido se lo pidió.

—Es la única instancia de poder que le queda, su última venganza. Flavián ha encontrado la paz aquí, alejándose de ella, porque en Santiago no cesaba de perseguirlo en esa mutua destrucción en que vivían. Además, él quedó muy empobrecido. En la práctica, todo su dinero y sus propiedades quedaron en manos de ella. ¡Pobrecito! Sentía que se ensañaba en él la perversidad de todas las mujeres. Tal como ha dicho, quedó asqueado de la condición femenina. Y de sí mismo por tolerarla.

Elena sonríe para sus adentros. Quizás atrapó un recuerdo cariñoso en el aire, no hay dolor en sus palabras.

—¡No se puede con él! —en la voz de Floreana la rabia y el resentimiento parecen sujetarse apenas, con puntadas hechas a mano, propensas a soltarse—. Cualquier impulso vital de entrega que una sienta, ¡cualquiera!, termina coartado por su avaricia.

—¿Avaricia? No, nadie priva a otro de lo que no tiene. Debes distinguir entre un pobre y un avaro: uno retiene porque no quiere dar, el otro porque no tiene qué dar.

Como si Flavián hubiese olvidado por completo el alfabeto del amor.

Mierda, piensa Floreana, ¡mierda!

—Pero no te engañes con él —continúa Elena—. Una vez atravesado su resentimiento, te encuentras con un hombre querible en extremo. Ese tipo de hombre con que todas alguna vez soñamos: complejo, sensitivo y justo, capaz de adentrarse en los vericuetos más oscuros del otro y de acogerlos con una infinita ternura.

—¿Por qué lo invitaste al pueblo, después de esa historia?

—Yo ya había clausurado hacía mucho mis sentimientos por él. Además, en algún espacio íntimo me sentía responsable de su descalabro. De no mediar nuestra relación, las cosas habrían ido por otro camino, estoy segura. Podría haberse evitado tanta indignidad. Yo fui, después de todo, lo que desequilibró más a su esposa: me transformé para ella en una verdadera obsesión.

—¡Qué celos debe haber sentido! —Floreana lo afirma con vehemencia, como si supiera muy bien lo que dice.

—Pero lo importante es que nos convertimos en grandes amigos. No es raro, yo soy muy amiga de los hombres que he amado, me resulta fácil relacionarme con ellos en el plano de la amistad cuando el romance ha terminado. Y debo reconocer que me hace muy bien su presencia en estas latitudes, es un vínculo con ese antiguo yo que a veces olvido y, como no quiero borrarlo, él me ayuda.

—¿No le tienes rabia?

—Ninguna. Ambos le creamos deudas al corazón, y las hemos pagado.

Odio ser tan irreductiblemente yo, medita Floreana al comprobar lo benéfica que resulta la serenidad de Elena.

—No volvamos a mencionar lo de anoche —dice súbitamente, y se levanta de la mesa como si todo lo que ha escuchado cambiase radicalmente sus puntos de referencia—. Ya pasó, te ruego que lo olvides, tal como lo haré yo —suena tajante, lo decide sin haberlo previsto—. Me queda muy poco tiempo aquí, Elena, y no quiero desaprovecharlo.

Soy la pecadora del Albergue, se dice, ¡no vine acá para esto!

Con el plato en una mano y el cenicero en la otra, busca el enorme recipiente de la basura y bota los restos del cigarrillo; luego se acerca al lavaplatos y abriendo la llave enjuaga su plato, dando así por terminada la conversación. Un brillo distinto, que Floreana no sabe interpretar, asoma en los ojos de Elena:

—De acuerdo. Entonces no olvides tú lo siguiente: existen seres, tanto hombres como mujeres, que los otros no pueden dejar de tocar, sea con el roce de una mano, un cariño en el pelo o el apretón de un músculo, en fin, algún gesto que desahogue, porque no tocarlos es una locura.

Floreana hace un esfuerzo por absorber la ambigüedad de esas palabras. ¿Cuántas lecturas le sugieren? ¿La está consolando Elena, le está informando o le está advirtiendo?

Su gran duda —la actual relación entre Elena y Flavián—, esa que la ha desasosegado antes y después, permanece aún encubierta.

Al caminar hacia su cabaña, busca a través de la lluvia la línea del horizonte. Pero en la medida en que ignora dónde se encuentra ella misma, esa línea le parece falsa e inútil.

Nada de arrepentimientos, ¿verdad?

Quince

—Aunque estemos trasnochadas y todavía un poco borrachas, tomémonos el último trago las cuatro juntas, si es que podemos llamarle trago a este licor de damasco —pide Angelita esa noche, la del sábado siguiente al viernes de la fiesta.

—¿A qué hora parten?

—Mañana al alba, para tomar el avión en Puerto Montt.

Floreana, entristecida, arregla la mesa de centro, pone cuatro pequeñas copas y sale a la intemperie —el refrigerador de la cabaña— para recoger el hielo. Corta en trozos el queso que ha robado de la cocina y coloca en un platillo las únicas aceitunas que consiguieron en la cabaña de las bellas durmientes. Nadie bajó ese día al pueblo, como si la lluvia y los sentimientos se lo hubiesen impedido a cada ocupante del Albergue.

Las maletas están listas, agrupadas al lado de la puerta.

—Cuéntenme sus planes —pide Olivia, siempre un poco al margen de lo que sucede a su alrededor.

—Nos vamos a vivir juntas, a mi casa —responde Angelita, y su mirada se vuelve brillante—.

El tercer piso es una enorme mansarda, con baño propio. Les diremos a los niños que Toña arrienda esa pieza porque la casa, y eso es cierto, nos queda un poco grande a nosotros. Será la versión oficial, para mi mamá y para toda la familia, especialmente para mi ex marido. Como Toña es una actriz famosa, a todos les va a encantar tenerla entre ellos. La idea es que yo sea su agente: Toña no sabe manejarse con los contratos y le cuesta tomar decisiones. Yo lo haré con ella, en la idea de que vuelva al teatro y no a la televisión, por ahora. Y la cuidaré: ni una droga, ¡ninguna!

—¿Y cómo te vas a mantener por mientras, Toña? —pregunta Olivia, para quien el dinero es esencial en todo paso que se dé.

Antes de que Toña alcance a responder, lo hace Angelita:

—Por ahora, yo mantengo el sistema. A mí lo único que me sobra es plata y no le tengo mayor apego, tú lo sabes —dice mirando a Toña.

—No será un préstamo en saco roto —la dignidad de Toña habla por ella—. Nos resarciremos las dos, con creces. No me cabe duda de que me va a ir muy bien, ya tengo a alguien que me cuide, lo que me ha faltado desde siempre. Sé que con un poco de apoyo puedo ser la mejor actriz de este país. También, a veces, me han faltado los hijos. ¡Qué alivio que Angelita ya los tenga, así no tendré que parirlos yo!

Floreana se ríe.

—Estos meses en el Albergue me han limpiado tanto por dentro —continúa— que hasta podré adoptarlos afectivamente, cosa insospechada para mí hace tres meses.

—Y mi tarea en la vida dejará de ser la dulzura, ¡por fin! ¡Van a ver cómo tomo las riendas, chiquillas!

Se las ve radiantes; Olivia las mira entre irónica y dubitativa:

—¿Les irá a salir tan fácil?

—No seas aguafiestas —dice Floreana.

—Pero si de alivios hablamos —continúa Angelita—, el mayor es éste: no preguntarme más por los hombres, esos extraños seres a los que nunca entendí y que tampoco me entendieron a mí.

—¡Adhiero! —exclama Toña triunfal, pero luego aparece en ella su expresión más reflexiva—: Elena cree que el día en que los hombres dejen aflorar su lado femenino, que indudablemente tienen, como nosotras el masculino, las cosas cambiarán. Pero yo pienso que eso es casi imposible... ¿Cómo van a dejar aflorar lo que en su infancia tuvieron que matar?

—¿Qué quieres decir?

—Es lógico: nace el niño del vientre de una mujer y se encuentra con que la persona que le da la fuerza, la que lo nutre en todo sentido, no es de su mismo sexo. Mira hacia el padre y la mirada se le devuelve: no es él quien me ha dado la seguridad, él carece de los elementos de mi madre... sin embargo, yo debo aspirar a ser como él. Entierra en lo más recóndito cualquier identificación con la mujer y suplanta estas carencias con el poder. Allí él empieza a armarse. ¿A ese hombre le van a pedir veinte o treinta años después que deje fluir su lado femenino?

—¡Uy, qué densa que te has puesto, che! —se burla Olivia.

—Pero tiene toda la razón —opina Floreana.

—A ver, contéstenme la siguiente pregunta —dice Toña—: si ya está claro que los hombres no quieren hacer el amor con nosotras, ¿con quiénes lo hacen, entonces?

—Lo harán con otros hombres —aventura Floreana, como si el tema le fuera ajeno.

—No generalices —la reta Olivia—. Sexo entre hombres y mujeres habrá hasta el fin de los días. No olviden, chicas, un elemento importante y muy en boga: el sexo pagado, el sexo seguro. La existencia de las prostitutas como remedio del amor. No compromete ni amenaza. Imagínense a un ejecutivo en viaje: ¿cuál es la forma más segura de sentirse querido sin arriesgar nada?

—Pagando y dejando establecidos los límites de la relación desde un principio —responde Toña—. Eso al menos aplaca el temor al sexo… por un tiempo.

—En Argentina es pan de todos los días —agrega Olivia dando un sorbo a su copa—. Tengo recortes que aparecen en los diarios más serios de Buenos Aires… ¡Vieran los ofrecimientos que

hacen las mujeres, y el lenguaje que usan! Por
ejemplo: *Morochas infartantes y chiquitas: realizamos
todas tus fantasías.*

—Trata de acordarte de otro… —le pide Toña
riéndose.

Floreana se pregunta cómo, con este frío, han
entrado moscas a la cabaña. Angelita es experta en
moscas, las olfatea, con un instinto especial escucha su aleteo y las descubre en los rincones. Las
persigue y siempre logra aniquilarlas.

—¿Quién dejará la cabaña libre de moscas mañana? —le pregunta Floreana, anticipando su nostalgia.

Angelita le toma una mano y se la estrecha con
cariño.

—No van a ser más de dos semanas, Floreana,
y dos semanas no es nada. Allá nos juntaremos con
Constanza, las cuatro, en la mansarda de mi casa, y
les mataré mosca por mosca. Además, les voy a tener los tragos listos a cada una; prometo algo más
que puro queso y aceitunas. Vodka para ti, whisky
para Constanza. ¡Cómo vamos a tomar después de
tanta abstinencia!

Un golpe en la puerta las interrumpe. Es el
Curco, con un sobre para Floreana. Las otras tres
se abalanzan sobre ella cuando trata de abrirlo, lo
que le cuesta hacer porque la lluvia lo ha mojado.

—¡Apuesto a que es del doctor! —vaticina Angelita.

—No —dice Floreana—, yo sé quién es el único que no me deja sola aunque llueva.

—¿Tu admirador? ¿El sobrino?

Floreana lee: es una nota corta, escrita con pluma y la tinta es verde.

Al acostarse, mira por la ventana las prendas colgadas a la intemperie que la lluvia moja y vuelve a mojar. Luego de su conversación con Elena en la cocina, se fue a la cabaña, tomó las ropas usadas anoche y, en vez de acudir a la enorme lavadora, las lavó con sus propias manos. Luego las tendió en el cordel del patio de atrás. No importaba que no se secaran, es que debían airearse. Sólo así podría volver a ponérselas, a mirarlas con ojos más limpios, más secos.

Se cubrió con la manta y caminó a un punto de la colina —uno que ella ha detectado— desde donde, bajando la vista por el cementerio hacia el pueblo, más allá del torreón de la iglesia, se divisa el policlínico, sólo porque el pedazo de tierra al que está anclado se adentra en el mar. Es fácil para los ojos distinguir el pequeño faro e inmediatamente después la construcción de colores café y amarillo. El manzano y los dos ordenados cipreses ocultan la casa del doctor, sólo se avista el humo que sube desde los cañones en volutas al cielo. Floreana imagina el fogón y la salamandra rodeados por troncos secos que vigilan la guarida contra la lluvia, a Flavián sentado en el sofá de los listones

356

rojos y mostaza, estiradas las piernas para apoyar-
las en la mesa de centro, con un libro en la mano y
probablemente un concierto de Beethoven en el
equipo, mientras Pedro —sentado a la mesa grande, aquélla donde comen— apuntará palabras en
un cuaderno con su lapicera a tinta verde. Todo estará en calma, suave y rigurosa la calma, y entre
ellos gozarán la compañía —discreta, callada—
que los entibia sin obstruir.

Floreana se mete en la cama. Al taparse, su
cuerpo se le antoja algo dividido pero a la vez uni-
do y multiplicado; desencadenado, sin Dios ni ley.
Pone las dos manos sobre sus pechos. El deseo: ar-
der, robarle un momento a la muerte, resplandecer
un instante para luego morir, siempre morir.

El sino —la esencia misma— del tango es la pérdida, piensa. Entonces… ¿cómo empezar con él?

La vida es prepotente, concluye; pasa por arriba de nosotros sin hacer la más mínima pregunta.

Dieciséis

Con la certeza de que no doblan por ella, Floreana escucha las campanas de la iglesia desde su cabaña. Apresura un último detalle, se escobilla el pelo y toma desde el perchero su chaquetón forrado en lana de oveja. La lluvia es apenas un velo transparente. Corre colina abajo.

La gente del pueblo va acercándose por el camino principal —ni siquiera éste tiene pavimento— para asistir a la misa del domingo. Pedro la espera en la puerta de la iglesia, hermoso como siempre, despeinados sus rizos claros; los bluyines muy ajustados oprimen sus músculos sin miramientos, y sus botas de vaquero con gruesos tacones le dan más altura de la que ya posee.

Se abrazan como si hubiese pasado mucho tiempo.

—Rara tu invitación —Floreana lo dice escabulléndose de sus brazos: de nuevo la están mirando los del pueblo—. Yo entendía que no eras creyente.

—No lo sé. Si Dios existe o no, dudo que sea de mi incumbencia.

—¿Y a qué vas a misa?

—A cantar, a mirar a la gente. Me gusta el rito, cualquiera sea. Y hoy te he invitado para que pidamos salvación después de tanto pecado —dice con tono burlón.

Floreana se ruboriza. No ha visto a Pedro ni ha hablado con él desde el viernes, en la fiesta.

La nave central está dividida en dos hileras de bancos: los hombres se sientan a la derecha, las mujeres a la izquierda. El techo, un óvalo construido con tablas antiguas que forman una perfecta cúpula, está pintado de cielo, azul el fondo y amarillas las estrellas que parecen titilar.

Pedro y Floreana se sientan en el segundo banco y con una inclinación de cabeza dirigen un discreto saludo al sacerdote y al sacristán, que hoy parece un obispo con su vestimenta morada de monaguillo. Pedro participa del ceremonial en perfecta consecuencia, y a la hora de los cánticos no sólo conoce de memoria las palabras sino que las entona a voz en cuello, con visible alegría.

Cuando el sacerdote ofrece la comunión, la fila se repleta de mujeres que esperan tomar el sacramento. Un solo hombre las acompaña, uno en toda la iglesia.

—Está claro en qué sexo se acumula el pecado —le susurra Pedro al oído.

—O está claro cuál es el sexo que necesita hacerse perdonar —responde Floreana, la voz muy baja.

Mientras el cura se afana en limpiar el cáliz y guardar las hostias sobrantes, sube el fiscal al púlpito y le habla al pueblo desde allí. El tema es el cementerio parroquial, el que linda con el Albergue.

—A partir de ahora, no habrá más moros —dice el fiscal—. Los no bautizados del pueblo podrán enterrarse junto a los cristianos, no van a quedar en las esquinas del cementerio, como antes.

Pedro clava su codo en las costillas de Floreana:

—¡Moros y cristianos! Nunca creí que a fines de este siglo mis oídos llegaran a escuchar algo parecido.

A la salida de la misa, un esquivo rayo de sol tienta a los feligreses. Floreana cierra los ojos para recibirlo. La lluvia delgada se cruza con el sol y el arco iris que atraviesa los cerros parece la cinta de un regalo de cumpleaños.

—Éste es el Chile arcaico —comenta Pedro—. ¿Cuánto más durarán estos reductos?

—No soy muy optimista, creo que tienen sus días contados.

—Aquí estamos salvados, Floreana, ¿lo sabías? Tantos viven hoy en la sobriedad y el aburrimiento de sus vidas diarias, sin vuelo alguno, porque los cerros no los rodean tentándolos, porque ven el mar como un obstáculo y no como un camino, porque no tienen cien imágenes de sí mismos que los interroguen: ¿cuál soy yo? Viven su mesura, elegida y calculada, la que yo nunca viviré. ¡Me sofocaría!

—Porque ellos no intoxican, como tú, hasta el más puro de los paisajes.

—De acuerdo. Si yo entro por un huerto de limones, soy capaz de transformar su inocente azahar en veneno.

—O sencillamente arremeter contra ellos.

—Es que le temo tanto a la velocidad. La he vivido hasta el tuétano, lo confieso, pero hoy quiero estar en el tiempo eterno: éste. Créeme, tengo que pelear para que no me mate la vorágine que me espera en cada esquina. Quiero que la inocencia me lleve a este otro tiempo, el del cementerio que divide a los muertos entre moros y cristianos. A propósito, no entendí la figura del señor que habló desde el púlpito. ¿Quién es?

—Es el fiscal. Los fiscales son una institución chilota, los encargados de las capillas cuando el cura no está. Es que aquí los jesuitas construyeron como cien iglesias, todas esas preciosuras que vemos en la isla, y el cura (había muy pocos) pasaba una vez al año por cada misión. Entonces el fiscal le juntaba a la gente para cada visita: los que debían casarse, bautizarse, etcétera, y tenía todo preparado para la fecha en que el cura llegaba.

—¿Cuándo sucedió todo eso?

—En el siglo XVII.

—¡Me enamoro de ti cuando te veo de historiadora! A veces lo disimulas tan bien.

Caminan un poco, sin dirección precisa.

—¿Ves que tengo razón cuando te pido que nos quedemos en el pueblo? Esta misa te lo demuestra. Aquí podemos capear el temporal…

—¿Cuál temporal? O mejor dicho, ¿cuál de todos?

—El del desorden actual que vive este país con su identidad, y todos los demás desórdenes de los que hemos hablado. Yo estoy por las formas, sólo las formas. Y aquí se mantienen, impertérritas.

Floreana lo mira, interrogante.

—El problema de Occidente, querida mía, es que pretendió unir forma y contenido. Los unió en el sentido y se armó la confusión, porque las formas deben mantenerse separadas del contenido. Su unión enreda los actos inocentes, que son los que aún importan. Ahora, si te interesa saberlo, para mí lo único que tiene sentido es la forma; los contenidos dan lo mismo. ¡Antes me importaban tanto! Ahora adoro todo lo aparente, cuando antes lo odiaba. Es una conclusión reciente a la que llegué al cumplir los veinticinco años.

Pedro la mira de reojo antes de concluir:

—Es por eso que me interesó la noche del viernes. Por las formas.

Ya, imposible hacerle el quite: como fuese, Pedro enfrentaría el tema y Floreana sabe que es inútil impedirlo.

—¿Qué pasó el viernes con las formas? —pregunta con pretendida inocencia.

—¡Desaparecieron! ¿No te parece fascinante como fenómeno? Fue la noche que se volvió loca. O, para ser precisos, Flavián y tú volvieron loca a la noche. ¿No te acuerdas de cómo los aplaudió la gente del pueblo? ¡Ustedes contagiaron cada palma, la yema de cada dedo! ¡Estuvo a punto de terminar en una bacanal! El cura, supongo que para mantener su virtud, se retiró. Tus amigas lesbianas empezaron a atracar sin tapujos, a los pescadores se les soltaron las trenzas y por poco lengüetean a unas cuarentonas con cara de intelectuales liberales que se dejaban hacer, felices. El carabinero punteaba a la auxiliar del policlínico y ella le pedía más y más, a don Cristino se le olvidó cuánto cuesta cada kilovatio y bailaba muy acaramelado con doña Fresia, el sacristán perdió la cabeza por esa esotérica con pinta de anoréxica, el ingeniero de la pesquera besuqueaba a la loca de la Telefónica, el alcalde perseguía a Elena por el gimnasio dando saltitos, excitadísimo don Raúl. ¡Todos perdieron la compostura! ¡Debieras haber visto el espectáculo!

—¿Y Flavián?

—Se fue rápido. Bailó una vez con Prosperina y partió.

—¿Y tú?

—Yo terminé adentro de un bote con uno de los pescadores, en la caleta chica al lado de la casa.

—Pero, Pedro... —algo ensombreció el semblante de Floreana.

—¡No seas fresca, *my lily of the west, my faithless Flora!* Tú te pegaste el atraque de tu vida y pretendes estar celosa porque te seguí el ejemplo. En general yo salgo del pueblo cuando quiero hacer de las mías, tú sabes, por discreción con mi tío. Pero esa noche todo fue distinto. Gracias a la cantante irlandesa, o a ti, descubrí que no necesito salir. Aquí mismo hay mucho material y yo no lo había averiguado.

—Pedro... —Floreana se le acerca, toma una de sus manos, con la suya libre le sujeta una cadera; inquieta, no sabe cómo mover su cuerpo, cómo comportarse.

—Estás caliente —le dice él, muy serio.

Es mentira que sólo el viento silbe, las palabras también lo hacen.

—No digas leseras —se aparta de él avergonzada y le da la espalda.

—Estás caliente con Flavián y quieres que yo te alivie. Mírame, Floreana, mírame.

Se gira: su cuerpo joven se muestra ante ella, siempre ceñido, siempre provocativo, siempre tibio. Vulnerable como el de ella, desprotegido, aventurero. Pero a diferencia de Floreana, es un cuerpo que no vacila, que no guarda reservas. Es un cuerpo expuesto.

—Tengo que reconocer, Pedro, que entre Flavián y tú, cada uno a su manera, han revuelto mis pobres hormonas, que llegaron tan firmes a esta isla. ¡Las han revuelto tanto! Pero... tú no me deseas.

—No seas lineal, Floreana. ¡Como si no existieran los matices! Hasta en el deseo los hay. Los homosexuales no somos todos iguales. De vez en cuando se me enciende algo con una mujer, aunque no sean ellas mi proyecto de vida. Lo mismo le puede ocurrir a una mujer con otra, sin ser lesbianas. ¿Nunca te ha ocurrido desear, aunque sea levemente, a una mujer determinada sólo porque ella es ella, sin que por eso te dejen de gustar los hombres?

—Sí, quizás alguna vez.

—Entonces, yo me puedo permitir desearte hoy, aunque no soy capaz de hacer de ese deseo un flujo continuo.

Floreana posa en él su vista, totalmente sobrepasada por sus propias contradicciones. Pedro toma un mechón de su pelo y se lo acaricia.

—Si lograra hacerte feliz, de la forma que fuera, ¿te quedarías en el pueblo? ¿Postergarías esa estúpida vuelta a la ciudad?

No responde, sus pensamientos y deseos la turban visiblemente. Camina al lado de Pedro, distraída de la huella que sus pasos siguen, hasta percatarse de que van en dirección al mar, hacia el policlínico. Cuando el manzano ya está encima de ella, se da cuenta de que han llegado. Vacila.

—No te preocupes —Pedro parece detectar siempre sus aprensiones—. No hay nadie en casa. Flavián almuerza hoy en la casa parroquial. Cambian al cura, ¿sabías? Llega un franciscano, un italiano experto en teología y otras materias. Flavián está muy contento, tendrá con quien discutir. A mí, en lo personal, me parece regio, pero no ignoro que es una competencia en ciernes. Flavián me va a necesitar menos.

Floreana se asombra de la capacidad de Pedro de pasar de lo más personal a lo objetivo, un giro que hace con la agilidad de un acróbata, en un instante.

—¿Y quién te asegura que un italiano de esa congregación es más atractivo para discutir sobre la vida que tú? —le viene bien hablar de cualquier cosa, mientras sea capaz de hacerlo con distancia, una distancia que le está resultando cada vez más resbaladiza.

—Lo supongo, por ser más ajeno: es europeo y es misionero... Flavián tiene la obsesión de encontrar siempre pares en estas lejanías para no morirse de inanición. Seguramente este cura nuevo lee a Dante y a Ariosto. Se reduce mi lugar. Ven, te voy a preparar un aperitivo, como corresponde a un día domingo después de la misa de once.

Diecisiete

Cruzan frente al manzano y a la absurda gruta con sus piedras pintadas, donde las pupilas de porcelana de la Virgen brillan como los ojos de una mujer enamorada a la luz de la mañana. Pasan entre los dos cipreses que escoltan la entrada como leales soldados. Es la primera vez que ella visita la casa a esta hora.

Al entrar, la sala —a través del gran ventanal— parece que fuera a ser arrojada al mar de un momento a otro. Todo el océano ahí encima. Floreana se reclina contra el vidrio, respira hondo y traga el azul. Pedro ha ido a buscar las bebidas.

—Y tú… —una voz la saca abruptamente del ensueño—. ¿En qué momento apareciste?

Floreana gira para encontrarse a boca de jarro con el dueño de casa. Acaba de entrar al living, viene de su pieza, supone ella, y no los oyó entrar.

—Pedro está en la cocina… —es lo único que atina a responder. Me dijo que Flavián no estaría, ¡mierda!

—Siempre serás bienvenida en esta casa, no necesitas que te traiga nadie.

Flavián está de buen humor, parece agradablemente sorprendido y se acerca a ella para depositar un beso en su mejilla, a la más común usanza chilena; pero Floreana cree advertir una cierta presión antes ausente en esos labios.

—Por un momento tuve la ilusión de que venías a visitarme —le dice contemplándola.

—Creí que no estabas —se disculpa—. Pedro me dijo que hoy ibas a almorzar en la casa parroquial.

Ella necesita desentrañar su imagen en la mirada de Flavián, pero siente que a sus años es mejor dejar tranquilas las cicatrices.

—Sí, pero eso será más tarde. Si ustedes van a tomarse un trago —se vuelve al sentir los cubos en la hielera, desde la puerta abierta de la pequeña cocina—, me gustaría ser incluido...

Floreana se queda absorta en un detalle: el pedazo de torso oscuro que deja entrever la camisa abierta. Los tres primeros botones están desabrochados. En Puqueldón llevaba una polera bajo la camisa celeste con que se acostó, ésta es la primera vez que lo ve sin sus suéteres cerrados o de cuello subido. En el gimnasio llevaba corbata. Le mira el cuello, un poco del pecho, lo más cercano al desnudo en este invierno de cuerpos cercados. No puede apartar los ojos de allí.

Pedro entra con la bandeja, la deja en la mesa.

—Creí que estabas donde el cura —le dice a su tío.

—Son recién las doce, nadie almuerza a esta hora. ¿Qué pasa? ¿Es que les sobro?

Floreana no sabe si sospechar o no de Pedro. ¿Sabía que Flavián estaría allí? ¿Es ésa la razón por la cual la trajo?

—Al revés —dice Pedro—. ¡Me encanta hacer vida de familia! Tú siempre estás invitado a comer o a almorzar con la gente del pueblo y muchas veces me aburro en esta casa tan sola. Un vodka para Floreana, ¿cierto? ¿Y un vino blanco para ti?

—No, dame un whisky, y que sea fuerte.

—Qué amenaza para tu templanza, hombre, ¡me sorprendes!

Flavián sonríe débilmente, hay algo vencido en su expresión, algo entregado.

Cuando cada uno ya tiene su vaso en la mano y han encendido los respectivos cigarrillos, Floreana vuelve a sentir ese aroma fuerte del tabaco negro.

No me gusta ese olor —lo dice sencillamente; aunque ya casi nada le recuerda Ciudad del Cabo, rechaza este último eslabón.

—¡Qué falta de sensualidad, belleza mía! —exclama Pedro—. Nunca me lo habías dicho.

—Fúmate un Kent, ¿ya? —y alarga su mano hacia la cajetilla de Flavián.

Pedro obedece. Se dirige luego al equipo de música. Floreana tiembla ante la certeza de que el *Tango para Evora* reposa en el mueble, ahí, a escasos centímetros de ella. Flavián parece advertirlo y actúa con rapidez:

—Los barrocos me vienen bien los domingos en la mañana.

—Yo, en cambio, creo que estaría en condiciones de escuchar a Brahms —dice Floreana—. Este año es el centenario de su muerte, debiéramos homenajearlo.

Flavián la mira. Su expresión revela que su memoria es nítida.

—¿Estás segura?

—Sí.

—Entonces, Pedro, escuchemos la *Cuarta Sinfonía* —ordena él con optimismo.

Un hombre capaz de adentrarse en los vericuetos más oscuros del otro y de acogerlos con infinita ternura.

Floreana se sienta en el sillón de siempre. Mientras acaricia las franjas rojas, disfruta, como los otros, del espectáculo del paisaje. Algo muy plácido parece penetrar en cada uno, más allá de Brahms o del deleite que les produce el alcohol a esa temprana hora.

—¡Qué lujo es la luz de estos ventanales! Y la vista… ¡qué bien se está aquí! —exclama Floreana—. Ustedes son unos privilegiados.

—Sí —Flavián aspira el humo de su cigarrillo con intensidad—, es un privilegio, no tengo dudas. Esta casa está muy sola en la semana, Floreana. Yo paso dos días en los pueblos y el resto encerrado en el policlínico. Quisiera dejarte abierta la invitación para que la uses cuando quieras. La primera vez que viniste me dijiste que aquí podrías trabajar muy bien, ¿te acuerdas?

—Sí, pero entonces no me la ofreciste… Y ya no vale la pena, me quedan dos semanas en Chiloé.

370

—Lo que es una enorme cantidad de tiempo en estos lugares. Si te dan ganas, ya sabes, ¡adelante!

Los ojos de Pedro relampaguean.

—Te prestamos una llave. Así podemos tener la ilusión de que cualquier día uno llegará tarde, con frío, y habrá una presencia femenina entibiando el hogar.

—¿Una presencia femenina, o específicamente la mía?

Pedro la mira, siempre un poco burlonas las comisuras de sus labios, siempre un poco de diversión en sus ojos.

—Ya que no puedo ofrecerte matrimonio, te haré entrega formal de la llave de esta casa —se levanta, la saca del bolsillo de su pantalón y se la alcanza con solemnidad—. Y junto a ello, quiero bautizarte como lo que realmente eres para mí: mi pupila veladora.

Si Flavián ha notado una corriente de emoción entre Floreana y Pedro, la interrumpe:

—Claro que puedes casarte con ella, Pedro. Uno sólo puede casarse en la calma y en la quietud, jamás en la pasión. Así, puedes proponérselo ahora mismo; yo haré de testigo.

Ambos fruncen el ceño, delatando su desconfianza.

—¿Qué quieres decir con eso de la pasión? —pregunta Pedro.

Flavián los mira, primero a uno, luego al otro, toma un largo trago de whisky y adopta una actitud paternal.

—Escúchenme los dos: nunca hay que casarse mientras se vive la pasión, porque han de saber ustedes que ésta es algo distinto del amor; la pasión es el vértigo del descubrimiento, el afán constante de la posesión, un empecinarse en conocer las formas y lo íntimo de ese otro hacia el cual se está inexorablemente impulsado. El amor, en cambio, requiere tiempo, conversaciones tranquilas que construyen la amistad. Es como un sedimento que se acumula solamente una vez que se superan ciertos límites de la intimidad, y cuando se conocen ya con precisión los defectos y las limitaciones del otro. En suma: cuando en la balanza de los dos platillos, los factores positivos sobrepasan inequívocamente a los negativos.

—Flavián, ¡te advierto que ya tuvimos un sermón en la misa de esta mañana!

—Ya termino, déjame entregarte la conclusión: en semejante contexto, casarse en el entusiasmo de la pasión que todavía impide la profundidad del conocimiento me parecería la antesala segura del desastre. Nunca hay que casarse antes de que se evapore el placer inicial.

—¡Dios mío! ¡Qué escepticismo! —exclama Floreana—. ¿O será realismo?

—Por eso, que Pedro te proponga matrimonio no más —Flavián mira su reloj y deja el vaso sobre la mesa; se levanta sonriendo—: Yo no podría hacerlo.

El corazón de Floreana se dispara, cómo sujetarlo para que no se arranque lejos. La sonrisa de Flavián al pronunciar esas palabras no es la irónica, tan típica en esa boca, el fácil rictus suyo. No, es por fin el reconocimiento del *Tango para Evora*.

—Espérate, Flavián, ¡no te vayas! Yo tengo la solución —irrumpe Pedro con el vaso en alto—. Uno de los más brillantes cerebros que Francia ha producido, Victor Hugo en persona, dijo: «El matrimonio es una cadena tan pesada que para poderla llevar con dignidad no son suficientes dos personas. Son necesarias tres».

Abre los brazos teatralmente.

—¡Henos aquí!

—No es una mala idea. Por ahora, los dejo —anuncia Flavián entre las risas de Pedro y Floreana—. Me voy a mi almuerzo mientras ustedes meditan sobre el futuro. De que somos un estupendo trío, no tengo dudas.

Flavián toma su abrigo. Pedro le pide que lo espere unos minutos, quiere buscar un libro que ha prometido mandarle al cura, y se dirige a su dormitorio. Flavián y Floreana, sus nombres con sonido de agua, se quedan aterradoramente solos. Ella hace un amago, apenas un impulso de su cuerpo, casi imperceptible, que no se concreta porque él reconoce el movimiento y en vez de estirar sus brazos, de ofrecérselos, se retrae. El endurecimiento de cada uno de sus músculos no necesita comprobarse, la vista ya lo palpa. La mira como si pudiese traspasarles a los ojos de ella una ajena voluntad, la suya. Pero no lo consigue. En los de Floreana el suplicio no sabe de escondrijos.

Él respira y se agita; ella lo mira, lo sigue mirando, no puede dejar de mirarlo. Hasta que Flavián se acerca, extiende esas manos grandes y toma delicadamente su cabeza, la lleva hasta el espacio oscuro que ella ha vislumbrado y la esconde ahí, estrecha esa cabeza, la tapa con sus manos, la cubre. *Ese tipo de hombre con el que todas alguna vez soñamos.* Y mientras ella huele su piel, mientras la olfatea como una cría para no besarla, escucha cómo su voz emerge, más ronca de lo que nunca ha llegado a sus oídos:

—Ese tango se ha quedado adherido a mi cuerpo, Floreana, como posiblemente al tuyo. Pero tienes que ayudarme, niña mía. No debemos volver a bailarlo, o vamos a hacernos mucho daño los dos.

Dieciocho

Camina despacio colina arriba, de vuelta al Albergue; toda intención previa que la llevó hacia Pedro fue borrada por el ruego de Flavián, tan contradictorio.

A pesar de su abrazo, es la contención.

El lenguaje cercenado.

La expresión de los sentimientos, cercenada.

No te pierdas en los laberintos de tu oficio, Floreana. El problema llega más allá de las palabras, es la impronta que debes manejar cada día para testimoniar los hechos, las memorias colectivas. La vida es más que la historia. Quizás son los sentimientos los vedados, no sólo la simple expresión de ellos.

Cabizbaja, Floreana cavila que en el Albergue sucede lo mismo que en un santuario: todo se ve doble. O para ser más exactos, se ve dos veces: una con los ojos despejados, y la otra, a causa de la quietud, con el alma, aquel órgano a través del cual nunca miramos en la ciudad porque allí no tiene cabida ni tiempo.

Y porque ahora habita el fin del mundo, porque está en el sur, porque no sabe nada de nada. Porque a veces intuye que, detrás de su fachada hosca, el hombre del tango le teme; pero tampoco está segura. Y si así fuera, Floreana no sabe qué hacer con ese miedo. Porque sospecha que el escepticismo rigidiza, haciendo que el ritmo natural se paralice. Palpa cómo ceden sus músculos y toda ella empieza a bajar la guardia: desmesura, desmesura, quédate conmigo de una vez, ¿por qué insistes en darme la espalda?

La cabaña ostenta el vacío de una tumba, como si fuese a estar vacía para siempre. Angelita le ha dejado de regalo una caja del color de una ciruela mansa; su madera se llama nazarena. La acaricia, vuelve a tocar su suave lisura y piensa que ya han partido casi todas las mujeres que la recibieron cuando ella llegó. En los últimos días se ha producido la estampida; los plazos se han cumplido y no distingue aún las nuevas caras. El silencio del domingo, único día en que la pereza es permitida y en que desaparecen los ritos y las obligaciones, impulsa a Floreana: abre su maleta, que ha permanecido cerca de tres meses dentro del closet, saca el retrato con el ligero marco de madera y lo coloca en su pequeño escritorio: los ojos de Dulce la miran y ya no la ven. Ahí están esas pupilas que intentan todavía capturar la vida que se agitó a través de su mirada. Ahí, a la vista, ese instante petrificado que ya conoce aquel otro instante eternizado, el de la muerte.

Para aprehender algo, debo inmovilizarlo: todo lo fluido es inasible salvo fragmentadamente, se dice Floreana. Para convertir mi vida en historia coherente, tengo que fragmentarla y mitificarla como se hace con la Historia, la grande. El retrato de Dulce: muerte sobre muerte, inmovilidad sobre inmovilidad, historia detenida. Floreana vuelve a mirarlo. Y para unir sus pedazos, vuelve también los ojos al marco de plata, a Daniel Fabres, a su madre, a sus hermanos y hermanas, a todos sus sobrinos. Entonces, se calma.

¿Cuánto tiempo real ha pasado? Se pregunta si el tiempo real tiene alguna relación, alguna, con el otro, y comprende que el tiempo se va de las manos sólo cuando se lo pierde, cuando se vuelve imperceptible, y sumergida entonces en el orgulloso tiempo perceptible abre la ventana de su dormitorio para escuchar la quietud. Se deja mecer por el sonido del viento contra el mañío, apenas alcanza a fijarse en el color de las vigas del techo y en cómo la imanta esa madera, cuando ya se ve, de pronto, otra vez, en el corredor de la casa de sus padres: un remolino de imágenes, La Reina, el hospital, Ciudad del Cabo, Berlín, las Galápagos, Chiloé, las fichas sobre el pueblo yagán, el sexo del Académico, las manos de Flavián. Sumergida en lo atemporal, lo no espacial, sus entrañas esbozan una vez más la pregunta que siempre esquiva, porque sabe que lleva demasiados años buscando la respuesta: ¿cuál es el lugar de la patria? Si no es físico ni geográfico, ¿dónde está ese lugar?

Sí, ya puede partir.

Ha visto el atardecer. Ha divisado desde la colina cómo, primero una y luego otra, cada ventana nace a la noche. Se ha quedado quieta en su modorra, tratando de recomponer el cuerpo y el espíritu, entre un sueño ido, un cielo que se arranca, un calor que amenaza con pasar al frío, una certeza de fertilidad, una ganancia a la muerte; no ha querido hacer ni un solo movimiento, cualquiera habría resultado incompleto. Antes, en su intransigencia, detestó todo gesto práctico que le recordara la cotidianidad. Hoy le da la bienvenida.

También el agua ha limpiado el cielo. ¿Ves esa cantidad de estrellas, Floreana? Es que la tierra en esta isla está colmada. Alguna vez Colón creyó que América era un paraíso y que sólo se podía entrar a él con el permiso de Dios. Y cada poro se le abre, se ensancha entera, absorbe el aire, no debe malgastar el momento: ya es capaz de nombrar la ausencia.

Entonces toma la decisión, cruda y apremiante. Elena debe estar despierta. Se levanta y encamina sus pasos a la casa grande.

Cuando al día siguiente vuelve de la Telefónica tras preparar su partida —reservar el pasaje del bus a Puerto Montt, avisar a José y a Fernandina—, vuelve a tomar la caja de madera nazarena y en su caricia subyace la certeza de que la reveladora tarde de ayer, de un triste día domingo, ha sido real. Pero no debe engañarse, en su decisión también juegan factores externos. Como bien dijo Flavián, dos semanas aquí en la isla pueden ser eternas y a ella no le alcanzan las fuerzas. No se ve a sí misma necesariamente débil, sino debilitada por una relación que no la reconoce.

Su deseo es desenfrenado, inconfesable, arrollador. Tal derroche vuelve imposible todo consentimiento. No basta para desentumecer a ese otro cuerpo irreductible y cansado que pega patadas, que mueve las piernas como un recién nacido, descoordinado, arbitrario, ciego. ¿Qué quiere avisar? ¿Cuáles son sus berridos? Flavián.

Ese cuerpo de hombre sólo puede manifestar que sus heridas lo han enmudecido.

Nada ha sido catastrófico ni sublime, nada ha sido tanto, nada ha sido tan poco, se dice Floreana: es sólo que, al final, lo más importante que me ha pasado, no pasó.

—¿No te vas a despedir de Pedro y Flavián?

—Prefiero no hacerlo. Les escribiré desde Santiago. Me da mucha pena, ¿sabes? O quizás les deje una nota contigo.

Elena la ayuda a encontrar su ropa en el lavadero, escarban entre las rumas tratando de distinguir qué es de quién, colocan en la secadora las prendas que Floreana ha lavado por su cuenta.

—¿Te vas en ese horrible bus del alba?

—No hay otro para llegar a Puerto Montt…

—¿Y es necesario que lo hagas todo con tanta prisa?

—Es la única forma, creo. O parto mañana, o me quedo aquí para siempre —Floreana le sonríe, una sonrisa que titubea entre la vergüenza y la disculpa.

—¿Estás segura de lo que estás haciendo?

—Totalmente. Y quiero que sepas cuánto aprecio tu comprensión, sé que estoy quebrando las reglas.

—Las has quebrado desde el primer día, Floreana.

Se ruboriza. Elena está en lo cierto. Desde que fue a comprar azúcar al almacén de doña Carmen y se enteró de que los cigarrillos Kent no habían sido distribuidos, no ha vivido en el Albergue como lo han hecho las demás.

—Por eso te he permitido partir antes de lo que te corresponde. Pero no te preocupes, ya informé en el diario mural y nadie, aparte de Olguita, conoce ese detalle. Hoy te despediremos a la hora de comida y podrás ahorrarte explicaciones.

Elena plancha con la palma de su mano la ropa que Floreana va separando, la dobla amorosamente.

—Anda a hacer tu maleta y deja todo listo. Así tendremos tiempo de verte tranquila esta tarde.

Deshacer su pequeño dormitorio resultó más difícil de lo que había pensado. Cada rincón significa una evocación diferente, y se aferraba a todas, incapaz de avanzar. ¡Con razón ahora se exige una eficiencia donde las emociones sobran! Se pregunta con ternura quién será la próxima ocupante, cuáles sus tristezas.

Los ojos de porcelana de la muñeca que le regaló Cherrie la miran fijamente, como los de la Virgen de la absurda gruta que cuida el policlínico. Cherrie, con sus blusas de vuelos y sus caderas rellenas, también ha partido, y al entregarle su regalo le ha dicho: «Para que no me olvides».

—Imposible, Cherrie —dice Floreana en voz alta, sus manos presionando la rubia cabellera de la muñeca—. Ni a ti, ni a Olguita, ni a Maritza, ni a Aurora, menos aun a Toña y Angelita, ni a Constanza, creo que a ella menos que a nadie.

Envuelve la muñeca dentro de un suéter de lana gruesa para que resista bien el viaje por los caminos del archipiélago.

Guarda con cuidado la fotografía familiar y la de su hijo José, pero deja el retrato de Dulce sobre el velador; mañana, al partir, lo meterá en la maleta. Amarra las cartas y las ordena junto a sus fichas de trabajo. Ha guardado toda su ropa: voy a usar para el viaje la que llevo puesta, decide, y envidia a Constanza y a Angelita, que contaban con el dinero para hacer el viaje en avión.

Toma su maleta. ¿Por qué pesará más que al llegar? Se distrae calculando los kilos cuando de pronto golpean a su puerta. Es Elena.

—¡Cambio de planes, Floreana! Tu despedida va a ser antes de la comida, a la hora de la «terapia», como la llamaba Toña.

—¿Por qué?

—Ya te dije, tú quiebras las reglas…

—¿Qué quieres decir?

—No vas a comer aquí —le sonríe con picardía.

—¡Elena! ¿Qué pasó?

—Nada, no te pongas pálida. Es que me encontré con Pedro en el almacén, me vio haciendo las compras y preguntó a quién despedíamos hoy.

—¿Me delataste?

—No creerás que te voy a hacer el juego mintiendo. Una cosa es omitir, otra es faltar a la verdad.

Floreana se sienta en la cama, exánime, incapaz de emitir palabra.

—Pedro se sintió un poco traicionado. Pero luego pareció recapacitar. ¿Pasó algo ayer?

—No, nada.

—¿No fueron juntos a misa?

—Sí.

—No estás muy comunicativa. Pero creo que, después de todo, debieras haberle avisado. Yo tuve que consolarlo, ¿no te parece absurdo? Por eso le prometí adelantar la despedida para la tarde, así él podría invitarte a comer. Partió corriendo donde la directora de la escuela a ver si le mataba un pato para la noche. Quiere festejarte.

Una lágrima se deslizó por la mejilla de Floreana. Se la enjugó con la mano y la lamió. Sus lágrimas aún eran saladas. Hacía tanto que no las vertía, temió que la sal ya las hubiera abandonado.

Diecinueve

—*I was betrayed by Flora, the lily of the west.*

Una vez que se ha ido el Curco tras dejarla sana y salva en la casa del doctor, Pedro cierra la puerta y la estrecha con fuerza entre sus brazos.

—Lo que a mí me debilita es lo que a él lo fortifica. La vida no es justa, Floreana —le dice, y ella cree que es la primera vez que toda ironía está ausente de sus palabras—. Las grietas son fisuras, los huecos son vacíos. Tendré que desentrañar qué es lo que me dejas —lo murmura en su oído.

Una vez más, Floreana mete sus dedos por las ondulaciones claras y juega con ese pelo ensortijado. Permanecen así, en una inmovilidad mágica, como si un hada los hubiese encantado. El momento dura lo que Pedro es capaz de durar en la tristeza.

—Sólo voy a poder resistir tu partida con grandes ingestas de alcohol. Vamos, preparémonos un trago.

Mientras saca el hielo, le avisa que Flavián anda en la casa del presidente de la Junta de Vecinos y llegará pronto. Luego comprueban la temperatura del horno.

—¡Ni un pato le quedaba a la directora de la escuela! Anda muy mal el *stock* de la señora Tomasa.

¿Te has fijado en que aquí cada casa es un pequeño comercio en potencia? Le pedí el jeep a Flavián y recorrí todas las alternativas posibles. ¡Nada! Terminé donde el viejo que tiene el negocio de golosinas allá arriba, el que arregla los neumáticos. Él me vendió este pato.

—No debieras haberte tomado toda esa molestia… No siento merecerla.

—¿Por qué insistes en mirarte en menos? Yo creía que si de algo había servido nuestra relación, era para demostrarte lo poderosa que eres.

—¿Poderosa yo? ¡Estás loco, Pedro!

—Precisamente ese sentimiento tuyo es lo que desarticula todo lo que tocas. ¡Y por eso mismo no habría soportado ofrecerte una comida cualquiera en tu despedida! Si me hubieses dado tiempo, niña apresurada, habría ido al supermercado de Castro y ahora estaríamos cocinando un tremendo banquete.

—Y este salmón ahumado, ¿te parece poco? ¡Qué buena cara tiene! —comenta ella probando una puntita de la cola.

—Éste es el primer plato: la entrada. Se lo trajeron de regalo a Flavián, doña Fresia vino hoy a dejarlo —introduce el dedo en el azafate donde se dora el pato, se lo chupa y busca un aliño entre los frascos ordenados uno al lado del otro, en el estante.

—Gracias, Pedro —agradecida, conmovida, Floreana le dedica una sonrisa luminosa como un traje de fiesta. Él le acaricia la mejilla.

—*Golondrina viajera, yo te habré de esperar.*

—¿Serás leal?

—¡Siempre!

Pedro toma otro frasco de aliños y lo huele.

—Execrable tu partida, ¡execrable! —dice entre dientes.

—Tienes que avisarme apenas llegues a Santiago. No vas a dejar de hacerlo, ¿verdad?

—Admite que allá nos faltará poesía. ¡Admítelo! Nos van a faltar las flores del sur, la amabilidad de la gente. ¿Cómo lidiaremos con la escasez de corazón en medio de esa sociedad de la abundancia? No, Floreana... ¡no quiero la ciudad!

—¿Cuánto tiempo más te vas a quedar?

—No sé, con tu partida voy a tener que replanteármelo todo. Pensaba empezar mi próxima novela aquí, contigo. Pero ya no sé...

—Mejor que me vaya, entonces. Yo podría resultarte poco erótica.

—¡No juegues con fuego, historiadora de mis pasiones! Pero tengo razones ciertas para desear escribir aquí. ¿Conoces al poeta chino Li Fiu?

—Mi cultura literaria es más bien reducida.

—Es del setecientos, de la Dinastía Tang. Él buscaba la simplicidad en la poesía. Iba a la ribera donde las lavanderas lavaban la ropa. Les leía sus poemas, y sólo si las lavanderas los entendían, él los validaba. Únicamente si pasaban por la comprensión de aquellas lavanderas. ¿Entiendes por qué quiero quedarme?

—Sí, comprendo. ¿Sabes, Pedro? Tengo la convicción de que cuando empieces a tomarte en serio y dejes el erotismo de lado, o lo entiendas solamente como un factor más a narrar, llegarás a ser un gran escritor.

—Flavián piensa lo mismo. Quizás ése sea mi destino.

—Y él, ¿qué dice de tus planes?

—No quiere que me vaya. No sé si te contó: está comprando unas tierras en la isla, su idea es cultivarlas y vivir de ellas y de su profesión.

—No lo sabía. ¿Tiene la idea de hacerse rico? ¿O de emular a sus antepasados?

Pedro ríe con ganas.

—¿Rico? No esperes nunca proyectos ambiciosos en Flavián, no corre por sus venas esa energía. Tales proyectos, diría él, son para los *emergentes*. Flavián no conoce la ambición, a lo más un par de sueños... Quizás uno de ellos sea volver a sus orígenes. Pero recuerda, él se autodefine como un *decadente* y le da pereza pelear por las cosas terrenales. Quiere que yo trabaje el campo con él —su voz se enternece—. Es bueno sentirse indispensable para alguien.

—Cosa que parece que yo no soy. Cuando llamé a José para avisarle que llegaba, temió que no cumpliera la promesa de dejarlo pasar un año con su padre. Sé que se va a poner contento de verme, pero no le soy indispensable.

—Da gracias por eso, nada peor que los hijos hombres apollerados. Me gusta tu José, me gusta que tome decisiones y que necesite vivir con su padre. Lo va a pasar mejor cuando grande. Además, tú no pareces tener el corte de la madre castradora. A lo más, un poco distraída… y eso es pecado venial.

Un ruido en la puerta avisa que Flavián ha llegado. Por su saludo lejano y poco entusiasta deducen que viene cansado; se tira en el sillón con el abrigo y la bufanda puestos. Floreana y Pedro salen de la cocina a recibirlo.

—¿Cómo te fue?

—El René está preocupado. Por primera vez están ocurriendo asaltos en el pueblo. Los tienen identificados, pero a los carabineros les faltan evidencias. Son todos afuerinos, vienen del norte.

—Irrumpe la modernidad en el pueblo. ¡La inevitable!

—Además, está llegando la yerba… Nunca antes hubo marihuaneros por aquí.

—¿No se referirán a mí?

—No, huevón, ponte serio. Para el pueblo es un problema y la Junta de Vecinos cree que yo puedo ayudar. Pero ¿cómo?

—Ya lo pensaremos. Ahora, reanímate con el olor a pato asado, ¿no es delicioso?

Flavián se desprende de sus ropas de abrigo y va al dormitorio. Floreana oye correr el agua en el baño y al poco rato él vuelve refrescado, con mejor semblante, despidiendo algún aroma rico, masculino, sexual al olfato de Floreana. Ataviado otra vez con su aire felino. De inmediato se prepara un trago.

—En realidad, este pato promete. Y con el whisky ya me siento mejor. Entonces, Floreana

—por fin alude a su presencia—, ¿es cierto que nos dejas?

—Sí, es cierto —frágil suena la voz de Floreana, temerosa; sin embargo, al pensarlo dos veces, hace un esfuerzo y se relaja, pues comprende que él será la última persona en preguntarle el porqué.

—Es una lástima.

Es todo su comentario; si Floreana se permitiera ser susceptible, adivinaría cierta acidez en el tono.

—¡Y nunca comí un curanto! —se lamenta ella, haciendo un esfuerzo por atraer su complicidad.

—Te aseguro que te has perdido varias cosas de Chiloé, aparte del curanto... Tu decisión —agrega— ¿es una reacción a lo estéril o a lo fecundo?

Floreana tartamudea, no sabe qué decir. Casi no puede hablar esta noche. Sólo atina a preguntarse, frente al hombre que la provoca, cuáles son las hendiduras de su mente, cuál el pasadizo de sus pensamientos. Él la observa sin piedad. Cada uno busca su propia mirada en los ojos del otro.

—Cuando lo averigües, házmelo saber —le dice él con ironía, sin dejar de observarla, y alza su vaso para hacerlo chocar con el de Floreana. Ella recoge sagradamente esa mirada hacia su interior, como si estuviese ante una pintura de Magritte.

—Salud, Flavián.

Afuera ladra un perro.

Veinte

—Mientras no nos despidamos, persiste la ilusión de no separarse —dice Pedro con el bajativo en la mano.

—Deja eso —Flavián es perentorio—. Nadie ha obligado a Floreana, ella está partiendo por su propia voluntad. Más aun, adelanta su partida. ¡Es su problema, no el nuestro! Además, Pedro, cuida tus palabras: acuérdate de que, igual que todo, se gastan.

—Es que parece que yo soy el único de los tres que padece de incontinencia emocional. Si espero a que ustedes dos digan algo, me van a salir canas… ¡Aquí los tabúes acechan!

Es la primera vez que tocan este tema durante la noche. Si la partida de Floreana ha enojado a Flavián, él lo disimula muy bien. Probablemente, la escena les resulta peligrosa a todos, por lo cálida y natural… Porque el riesgo, para cada uno, es sentirla como propia. Se ve a los tres sentados a la mesa en sus puestos habituales; los platos de la comida han sido reemplazados por el café y los bajativos. El salmón ahumado y el pato fueron saboreados gozosamente, tal como la conversación, las discusiones, las muchas risas, las impertinencias con que Pedro lo amenaza todo y las tesis que proclama enfáticamente en los ámbitos más diversos. El ventanal les muestra estrellas luminiscentes, el faro les recuerda que se hallan todavía sobre la tierra. La buena música no ha cesado, incluso Pedro y Flavián han cantado en un genial dúo: todo marcha en la más perfecta armonía, como una velada cualquiera. Una mirada externa diría que cada uno ha encontrado por fin el lugar que anhelaba. Y para que sea así, no corresponde mencionar la partida de Floreana. Como si lo hubiesen acordado en un pacto previo.

Pero la expansividad de Pedro, la que alimenta a Flavián (por su estruendosa carencia), no ha podido refrenarse. Entonces, para aliviar la tensión, él se levanta, cambia la música, coloca un disco de la Rinaldi —«es un tango», advierte, «pero genuino»—, se para en medio de la pieza y mirando a Floreana canta junto a aquella voz argentina:

Rara,
como encendida,
te vi bebiendo
linda y fatal.
Bebías,
y en el fragor del champán
loca reías
por no llorar.

En un instante todos están cantando, la Rinaldi pasa al último lugar y Floreana, bebiendo, loca ríe porque sabe que va a llorar.

En ese momento las luces de la casa se apagan, calla la música. Flavián se dirige a la puerta y la abre: la luz ha desaparecido en todo el pueblo.

—Pedro, tráete velas. Es un apagón, puede ser largo.

Floreana decide retirarse e irse a acostar; no en vano tiene que madrugar. Recuerda cuando a Dulce, ya cercada por la muerte, le empezó a parecer que dormir era una pérdida de tiempo. Trata de distinguir a Flavián en la oscuridad. ¡Cómo ser ciega y poder tocarlo con sus manos! Acariciar esas heridas, palpar su pecho, reposar en ese refugio. Tocar su boca, la más avara de todas, la que nunca besó la suya. Palpar hacia abajo su vientre, comprobar que lo milenario sigue viviendo. Nada la convencería de que esa vivencia es pasajera.

¡En qué momento maldito me puse sobre su huella!

Cuando Pedro comienza a encender las velas, ella anuncia tímidamente su partida.

—Espera un poco —Pedro la detiene—. Tenemos un rito pendiente.

—¿Cuál? —pregunta Flavián.

—Yo no soy desmemoriado y podría repetir cada cosa que le he escuchado a Floreana desde que vino por primera vez a esta casa. Siéntense ustedes dos al frente, les voy a leer una página que he seleccionado para ella. En su honor.

Un candelabro los acompaña. Flavián se acomoda junto a Floreana, muy cerca, y ninguno ignora que sus piernas están rozándose. Pero ninguno se mueve.

Vuelve Pedro con un libro. Acerca otra vela para alumbrar sus páginas.

—¿Qué libro es?

—*El amante de Lady Chatterley*.

Guardan un silencio respetuoso. Pedro comienza su lectura:

«Y ahora amo mi actual castidad, porque es la paz que llega después del amor. Amo ser casto ahora. La amo como las campanillas blancas aman la nieve. Amo esa castidad que es un espacio de paz en nuestro amor, que es entre nosotros como una campanilla blanca bifurcada en blanca llama. Y cuando llegue la verdadera primavera, cuando nos reunamos, entonces podremos, al hacer el amor, volver la llama bien brillante, bien amarilla y brillante.

»¡Pero no ahora, no todavía! Ahora es el tiempo de ser casto; y es bueno ser casto; es como un arroyuelo de agua fresca en mi corazón. Amo la castidad, ahora que se desliza entre nosotros. Es como el agua fresca y la lluvia. ¡Cómo puede desearse correr aventuras aburridas! ¡Qué miseria ser un donjuán, impotente hasta para extraer la más mínima paz de amor cuando brilla la pequeña llama; impotente, incapaz de ser casto!

»Y bien, van ahí muchas palabras, porque no puedo tocarte... Si pudiera dormir en ti, teniéndote en mis brazos, ¡cómo se secaría la tinta en la botella! Podemos ser castos juntos de la misma manera que podemos hacer el amor juntos. Pero es necesario que estemos separados por algún tiempo y ésa es la forma más prudente de proceder. Si solamente estuviera seguro…»

Pedro se detiene, cierra el libro y los mira.

¿Quién osará quebrar el silencio? Floreana gira hacia Flavián, sus ojos brillan como la escarcha entre las hojas de un olivillo. Él extiende su mano y con ella toma la de Floreana, entrelaza sus dedos con los de ella en un encaje preciso, como si dos piezas perdidas de un rompecabezas se encontraran por fin en un mismo tablero. Conduce, ya aprisionada, esa mano hacia su pierna, y sobre ella la cubre en un deseado reposo.

—Si solamente estuviera seguro… —dice, ronco, y presiona la mano de Floreana contra su muslo.

La penumbra los guarda en un silencio bendito, una estatua las tres figuras, mientras las llamas de las velas oscilan; o una pintura del Caravaggio en sus claroscuros, si éstos pudiesen fijarse para siempre.

Floreana nota que un hilillo de esperma ha ido resbalando desde el candelabro hasta la pana de su pantalón. Siente el calor del líquido; no alcanza a quemarla y ella se desentiende: sólo sabe de la mano grande de Flavián sobre la suya.

—Floreana, te voy a ir a dejar. Déjame buscar la linterna.

Y Flavián la suelta, como si su capacidad de intimidad se hubiese saturado; la catedral es retirada y con ella su jerarquía. Floreana mira su mano desguarnecida, al descubierto, y se siente como un niño en brazos de nadie.

La noche era un pedazo de tela estirada por las estrellas.

—Quiero llorar… y debo loca reír, ¿verdad?

—No te apenes por Pedro, seguro que lo verás aparecer en cualquier momento por tu departamento de La Reina.

—¿Y a ti?

—Difícil, yo no voy a la gran ciudad.

Fueron las únicas frases pronunciadas al dejar la casa. Recorrieron sin hablar el camino que asciende por la colina, guiados por el haz luminoso de la linterna que Flavián sostenía en una mano; con la otra no soltó ni por un instante el brazo de Floreana, como si la llevase esposada. Vigoroso y vigilante, cauteloso su acecho de gato montés.

Cuánto pesa una pena, le susurró ella, callada, al abismo inaudible de la noche.

—Mira el Albergue, ¡volvió la luz! —exclama Floreana de pronto.

—Entonces, aquí te dejo —dice bruscamente Flavián—. ¿Ves la arboleda? Yo te miraré subir.

—Creí que me acompañarías hasta la cabaña.

—No hace falta. Puedes correr, cuando yo vea que apagas la luz del porche, me iré.

Una vez más, Floreana vuelve sus ojos, desconcertada. No distingue bien los de él. Flavián apaga la linterna, la guarda en el bolsillo de su chaqueta.

—Buenas noches —dice con un tono neutro.

Floreana no responde. Él espera.

—¿Tantos son los límites, Flavián? ¿Así termina la historia?

—Porque hay límites, es así como termina. Tú lo has dicho.

Él no se mueve. Floreana abre los brazos.

—Ven, despídete de mí —lo ha dicho tan bajo que apenas se oyó.

Cómo se ha equivocado ella aceptando jugar con las reglas que él ha impuesto. ¡Si tan sólo le hubiese hecho, alguna vez, una petición explícita! Desde su impotencia, la formula hoy por vez primera y la reacción de él es inesperada. Como si la hubiese anhelado, en un instante se vuelca vertiginosamente hacia ella, entra en esos brazos que lo esperan, entra, extiende los suyos, entra. Y el abrazo repleta las praderas de la isla entera.

El deseo se desprendió violento e independiente de sus cuerpos, dejándolos desarmados. Flavián busca su boca, no demora en encontrarla, si ella lo ha esperado tanto... Tantea sus labios como si manos fueran, comienza a morderlos despacito, luego los lame, avanza hasta su lengua, besa su lengua, muerde su lengua hasta que ambas bocas se funden besando al deseo tenaz en esta nada en que la oscuridad ha transformado a la noche.

Y como si las costuras del alma hablasen por él, escondido en el cuello que seguía besando, desató lo que no era voz sino ruego.

—Sé indulgente con mi debilidad. Tengo miedo, Floreana.

Ambos abrazan su intimidad de extraños, reconociéndose. El *Tango para Evora* no fue en vano. Floreana siente que en ese instante se desprende de toda su anterior existencia.

Flavián toma su cara y, sujetándola como al bien más preciado, toca su boca, toca sus ojos y murmura:

—Quédate.

Floreana cree estar soñando, no sabe bien si oyó ese verbo o su imaginación lo ha inventado, tan suavemente fue dicho. Pero no alcanza a determinarlo, porque de inmediato aparece el Flavián de siempre.

—Anda, corre, yo te estaré mirando.

Floreana corrió hacia arriba, sin ninguna conciencia del esfuerzo de sus piernas. Nada, salvo la boca, la boca y sus contornos que ardían. El beso de Flavián dejó esa zona de su rostro señalada; empinar la ladera como si le hubiesen arrancado la boca; mordida, tragada, su boca ya no es su boca.

Con los poros ardiendo llega Floreana a su cabaña. Él la ha besado. La selección hecha por sus labios y su lengua distinguió esta boca que perdió su margen, esa línea que ella había creído exacta: su límite.

Boca de todas las bocas.

Floreana se tumba en la cama.

Tú, amor óptimo, dímelo: ¿en qué estaremos convertidos la última noche del siglo?

Veintiuno

El cielo era una sábana.

Forrada de sí misma, ella amaneció a la mañana, y luego de guardar el retrato de Dulce partió con la maleta a cuestas. Con las reservas de vida que le restaban, respiró bocanadas de aire y enfrentó el nuevo sol. Sentía sus labios amoratados, vivos como las hortensias del jardín cuando las miró por última vez.

Cruza la arboleda, serpentea también por última vez su sombra, y el campo enorme se presenta virgen al amanecer, vasto y potente en su silencio. Lo mira embelesada, inhala el olor del viento como si inhalara además la totalidad del cielo. Y aunque el viento negro aún no se presenta, esta naturaleza le recuerda que la piedad está postergada. Sólo los cuervos limpiarán de pena estas praderas.

Tanteando sus pies la tierra como si fueran las manos de un hombre, baja por la colina, despacio. La maleta pesa. Por el costado del cementerio le hace una respetuosa venia al mar y, cuando la pequeña iglesia con su torre de alerce se aproxima, decide no mirar a su derecha: no se despedirá del faro ni de esa prolongación de tierra que alberga al policlínico.

Ya llegó al pueblo. Al lado de la Teléfonica, en el familiar camino de tierra, divisa el bus con su cansancio polvoriento. Hacia él dirige sus pasos. Todos los pasajeros están ya sentados, pacientes y somnolientos, con la marca del alba en sus rostros. Floreana le ordena enderezarse a su cuerpo aún aterido. Y obedeciendo, aparentando ser muy dueña de sí, aborda el bus.

Ya en su asiento, al lado de la ventana, piensa en aquello del tiempo perceptible y se dice con horror: Dulce ya murió, yo moriré algún día, ¿qué le he arrancado yo a la muerte? ¿Sólo un baile y un beso?

El bus parte y Floreana mira el pueblo. No retira sus ojos hasta que cruzan bajo el lienzo que en otros tiempos le dio la bienvenida, y lee su reverso: *Hasta pronto*. Un «pronto» eterno.

Se distrae en el paisaje. Los mil verdes invernales la sobrecogen una vez más mientras van dejando atrás el mar. Los árboles parecen banderas con tantas manchas rojas en sus ramas. Se nubla la mañana, ¡poco duró el sol! Este día será otro de esos plateados que ella conoce. Las nubes están bajas. ¡Qué lejos estoy!, se dice al verlas tan cerca. Atraviesan un pequeño bosque de arrayanes y la estridencia naranja de sus troncos le evocará siempre esta tierra del sur, perennemente húmeda.

Avanza el bus por el camino, por senderos interiores que se alejan y se alejan del mar. Los ojos de Floreana ya no ven el paisaje, o lo ven borroso porque están demasiado llenos de él. Mira al suelo, entre sus pies, donde ha guardado la mochila. Leer. Quizás historias ajenas puedan investirle de ese talante que no encuentra. Quizás le alivianen el peso de esos verdes que insisten, que la retienen, que hieren sus pupilas. Un libro, siempre una tabla de salvataje, le permitirá soñar que muchos lugares pueden ser el Lugar. Cuando se inclina para sacarlo del bolso, sus ojos encuentran una mancha blanquecina en el pantalón, a la altura del muslo. Es la esperma, es la vela de anoche, la derramada. ¿No debería limpiarla? Raspa con la uña el líquido solidificado sobre la tela, disponiéndose a arrancarlo, y de pronto se detiene. Se pregunta por el sentido de eliminarlo: esa esperma es su testimonio. La frota contra su pantalón, como si pudiese convertirla en un impreso sobre su pierna, un grabado o, para preservarla sin límite en el tiempo, un tatuaje. Y mientras repasa con la yema de sus dedos la esperma de la vela, un brillo acomete sus ojos: como una alucinada lleva su mano al bolsillo de su pantalón, busca un objeto, lo palpa, sí, la llave aún está ahí.

Sin más reflexión que el estallido de sus sentidos, en vez de sacar el libro recoge la mochila, se levanta de su asiento y camina hacia la puerta de adelante.

Al descender del bus, Floreana volvió a aferrar su maleta, como lo había hecho casi tres meses antes, cuando llegó al Albergue. Tomó una vez más su peso y se dispuso a caminar, a sobrellevarlo, porque el propio peso de su cuerpo se aligera cuando el desafío la llama. No se volverá a preguntar dónde está la patria: ya sabe que la patria es aquel lugar donde no se siente el frío.

Vamos, Floreana, ¡corre!

Haz un acto perfecto. Uno solo.

Mallarauco, mayo de 1997

Biografía

«Yo nací en una familia de puras mujeres, mi madre tenía cinco hermanas, me cuidaron mujeres de chica, estuve en un colegio de mujeres, trabajé en la política y en la academia con mujeres y he parido sólo mujeres. Mi vida entera es un *feed back* de lo que es el ser femenino.»

Marcela Serrano

Hija de escritores, la cuarta de cinco hermanas, Marcela Serrano nació en Santiago de Chile en 1951 y vive hoy en Ciudad de México. Licenciada en grabado en la Universidad Católica, entre 1976 y 1983 penetró en diversos ámbitos de las artes visuales, con énfasis en las instalaciones y acciones de arte, entre ellas el *body art*.

Comenzó a escribir en 1985 durante un período de crisis personal. En 1991 publicó su primera novela, *Nosotras que nos queremos tanto* (Punto de Lectura, 2000). La obra obtuvo el premio Sor Juana Inés de la Cruz, distinción concedida por la editorial francesa Coté Femmes/Indigo y la Feria del Libro de Guadalajara (México) a la mejor novela hispanoamericana escrita por mujeres. Con su segunda novela, *Para que no me olvides* (1993) le fue otorgado el Premio Municipal de Literatura de Chile. En 1995 publicó en Alfaguara *Antigua vida mía*, que la convirtió en una narradora internacional. *El albergue de las mujeres tristes* es su cuarta novela.

Casada en la actualidad con el embajador Luis Maira y madre de dos hijas, «novelista por instinto», espontánea, apasionada y desafiante, Marcela Serrano ha defendido durante años las reivindicaciones feministas. Su nombre se ha adscrito al de Laura Esquivel, Isabel Allende y Ángeles Mastretta como una de las narradoras más vendidas en habla hispana.